Gila Hayo Mortensen

Sie sagte, sie sei Alma

Lebenspfade

Roman

„**Alma** zog in das kleine Haus mit dem großen Garten, das seit wenigen Jahren leer stand, in meine Nachbarschaft. Niemand wusste so genau, woher sie kam. Im Dorf fantasierten sich die Leute Geschichten über die Alte, weil alles, was ihnen anders und fremd erscheint, was sich ihrer Kontrolle zu entziehen droht, unheimlich ist.
Ich, die sehr viel jüngere Nachbarin und angehende Journalistin wurde neugierig auf diese Alte, auf ihr Leben. Wir begegneten uns öfter, freundeten uns an. Mich überraschte sie immer wieder mit Sätzen, die mir neu und manchmal unverständlich waren."

Gila Hayo Mortensen studierte Philosophie und Psychologie, arbeitete viele Jahre als Psychotherapeutin. Sie lebt und schreibt im Allgäu.
Im süddeutschen Raum liest sie aus ihren Gedichten und Kurzgeschichten mit Musik und Theater. Aus dem ersten Gedichtband " Linien einer Zeit" las sie 2008 auf der Leipziger Buchmesse.

www.gila-hayo-mortensen.de

Gila Hayo Mortensen

Sie sagte, sie sei Alma

Lebenspfade

Für meine Enkel Fritz und Nikolas

Roman

Bibliografische Information der Deutschen Nationalbibliothek:
Die Deutsche Nationalbibliothek verzeichnet diese Publikation in der
Deutschen Nationalbibliografie; detaillierte bibliografische Daten sind
im Internet über http://dnb.dnb.de abrufbar.

© 2023 Gila Hayo Mortensen
Herstellung und Verlag:
BoD – Books on Demand, Norderstedt

ISBN: 978-3738655285

INHALT

Prolog

Alma lag an einem Tag im Herbst tot in ihrem Bett. Sie wollte sterben, war erinnerungsmüde und bis zum Schluss lebensfroh. Das kleine Haus, in das sie vor einigen Jahren eingezogen war, trauert mit geschlossenen Läden. Ihr wilder, bunter Garten verwildert endgültig. Die Johannisbeeren ernten die Vögel, und die Äpfel reifen, als wüssten sie von nichts. Meine Verbundenheit mit Alma bleibt über ihren Tod hinaus bestehen. Ich schreibe alles, was ich von ihr weiß und was sie mir erzählte auf. Wir wollten es so. Dass sie mir ihre Tagebücher vererbte, überraschte mich. Ich blättere mich durch die Tage, Wochen, Jahre.

Die letzte Seite des Tagebuches:

Ja, so war es. Vielleicht auch nicht. Die Erinnerung mit ihren langen Schattenfäden liegt über meiner Seele, wie ein Gespinst. Es hätte auch alles ganz anders sein können. In dieser langgezogenen Spur des Lebens abbiegen, anstatt geradeaus zu schauen, vielleicht nach links auf den Feldweg, am Maisfeld vorbei und durch den dichten Laubwald zum See, eintauchen bis zum Grund und erst wieder an die Oberfläche kommen, wenn die Zeit sich verirrt hat und die Welt sich neu entfaltet. Nicht immer die Erde unter den Füßen festhalten, sondern in der einbrechenden Dunkelheit mit den Fledermäusen umherziehen bis ans Ende der Nacht. Ich stehe am Fenster und schaue in die Dämmerung, in der die Konturen der Büsche sich dunkel im Teich spiegeln. Ich spiele, während ich mir den letzten Schluck Rotwein gönne mit Gedankenfäden, die alles verbinden wollen, was passierte. In welche Abhängigkeiten bin ich gezwungen worden, freiwillig hineingeraten? Im Nachklang erscheint alles so notwendig und wahrhaftig.

Was für ein absurdes Theater.

Alles nur Zufall?

Wieviele andere Leben hätte ich leben können, kann man leben?

Die Begegnung mit dieser jungen Frau, die zu meiner Gegenwart und Vergangenheit gehört, wie schön, das alles noch erlebt zu haben.

Ihr werde ich meine Tagebücher überlassen.

Meine Gedanken verzweigen sich endlos, und ich muss Grenzsteine setzen, den Geschichten einen Anfang, aber auch ein Ende gönnen.

Ich habe kein Heimweh mehr nach meinen Erinnerungen. Ich werde heute Nacht mit den Träumen entschwinden.

Ich habe alles gesagt, was es zu sagen lohnt.

Alles, und noch viel mehr.

Alma

Alma zog in das kleine Haus mit dem großen Garten, das seit wenigen Jahren leer stand, in meine Nachbarschaft. Niemand wusste so genau, woher sie kam.

Im Dorf fantasierten sich die Leute Geschichten über die Alte, weil alles, was ihnen anders und fremd erscheint, was sich ihrer Kontrolle zu entziehen droht, unheimlich ist.

Alma war anders.

Sie war laut und lustig, diskutierte mit jungen Leuten über Politik und soziale Missstände, schimpfte mit den Bauern über die niedrigen Milchpreise und deren kleine Rente.

Langsam verloren die Dörfler die Scheu vor dieser freundlichen Fremden.

Ich, die sehr viel jüngere Nachbarin und angehende Journalistin, wurde neugierig auf diese Alte, auf ihr Leben. Wir begegneten uns öfter, freundeten uns an. Mich überraschte sie immer wieder mit Sätzen, die mir neu und manchmal unverständlich waren:

„Schweigen am Rande der Erfahrung und Schweigen an der Grenze der Erkenntnis müssen wir achten. Wir bewegen uns mit unserem Bewusstsein und den geistigen Fähigkeit im Grenzgebiet. Ich habe immer gefragt: Was will ich vom Leben? Jetzt erst frage ich: Was will das Leben noch von mir? Und es antwortet: Schreibe und erzähle, was sich ereignete, um zu verstehen, was gewesen ist und was jetzt ist, um zu ahnen, was kommen wird. Deine Kinder, Enkel, Urenkel und alle Generationen nach dir tragen mit, was du getan und nicht getan, so wie du alles von den Generationen vor dir in dir trägst, um dein Leben leben zu können."

Dabei schaute sie mich an, als prüfe sie meine geistige Auffassungsgabe und sagte in leicht ironischem Ton:

„Hast du dich mal gefragt, wie viele Generationen notwendig waren, damit du sein kannst?" Ihre Stimme klang fest und erreichte mich.

Erinnerungen, denen sie ihre eigene Form gab und so deren Überleben sicherte, bedeuteten für sie Nahrung und Trost, Lust und Last. Erzählen verstand sie als Kunst einer vergessenen Kultur. Und sie schrieb bis zu ihrem selbstbestimmten Tod Tagebuch.

Sie erzählte von unterschiedlichen Leben, als handele es sich um eine lose Schnur, die überall mit allem verbunden werden kann. Ich ahnte nicht, dass eine Spur zu mir führen würde.

Sie wusste es. Als ich ihr meinen Namen nannte, schaute sie mich prüfend und interessiert an und schwieg. Erst sehr viel später erinnerte ich mich wieder an diesen kurzen Moment und verstand ihr Schweigen.

„Ich bin auf vielen Haupt- und Nebenstrecken gereist, bin auch da angekommen, wo ich nicht hinwollte, was das Schicksal für mich wählte. In der Ferne sind unterschiedliche Ziele sichtbar gewesen, aber die Geschwindigkeit des Zuges blieb nicht gleich, und manchmal habe ich auf einem oder mehreren Nebengleisen warten müssen, wie auf Verschiebebahnhöfen. Ich wusste nicht, wo die Reisen enden würden, aber ich fuhr, bis auf wenige Ausnahmen, gerne weiter. Hatte ich eine Wahl?

Ich reiste freiwillig und zwangsweise in Namibia, lernte voller Neugier Costa Rica kennen, suchte Abenteuer in Marokko, verliebte mich in Spanien, in New York und Paris, vergnügte mich in Italien und war nirgendwo endgültig zu Hause. Ich weiß nicht mehr, woher ich den Satz kenne: *Nicht die Sprache ist das Zuhause, sondern das, was gesprochen wird.* In diesem Sinne fühlte ich mich an vielen Orten zu Hause.

Ich habe die vielen Stationen der Reise, auf die man mich schickte, oder die ich mir selbst aussuchte, jetzt hinter mir. Ich will mit meinen Geschichten und Erinnerungen die immer schneller vorbeifließende Zeit vielleicht anhalten, dem Vergangenen einen eigenen Raum öffnen."

Wenn Alma erzählte schaute sie in eine andere Gegenwart. Sie strich sich über die Stirn, als wolle sie für das Kommende Platz schaffen, nahm mich mit in Zeiten und an Orte, die ich ohne ihre Erzählungen anders wahrgenommen und verstanden hätte.

Alma hatte ihre grauen Haare im Nacken zu einem Pferdeschwanz zusammengebunden. Die Falten in dem schönen Gesicht zeichneten einen besonderen Schmuck, den nur alte Frauen mit Würde tragen können. Sie hatte exotisch bunte Kleidung aus Marokko, Namibia, Costa Rica mitgebracht. Ich brachte ihr aus der Stadt alles mit, was sie in ihrem großen Vorratskeller neben eigenem Gemüse und Obst aus dem Garten brauchen wollte. Ihre selbst gekochte Marmelade, ich glaube hundert Gläser, reihten sich ordentlich nebeneinander. Alles, was sie außer ihren vollen und leeren Weinflaschen noch aufbewahrte, fand seinen Platz. Vorratshaltung betrieb sie als Hobby.

So, wie sie Geschichten immer auf Vorrat hatte.

„Alle erwarteten und unerwarteten Besucher wollen essen und trinken", schimpfte sie mich aus, wenn ich ihren Vorratskeller bestaunte und lachte.

„ und wollen deine Geschichten", ergänzte ich, und es gefiel ihr.

Alma die Weltfrau, wie ich sie manchmal nannte, redete nicht ohne Zorn und Ironie, wenn sie von **Ihm** sprach:

„Der Spielverderber, der Miesmacher, schimpfte sie, der die Melancholie ins Haus brachte, der mich besuchte, auch wenn ich nicht wollte."

Als ich sie fragend anschaute, fuhr sie fort: „Ich rede von dem als Klischee bekannten *Ernst des Lebens,* den Ernst, den ich schon in früher Kindheit gezwungen wurde zu akzeptieren. Ihn, den ich gerne verleugnete und doch respektieren musste. Ich hatte oft das Empfinden, dieser Weggefährte lege mir Fuß- und Handfesseln an, verbinde mir die Augen und verstopfe mir die Ohren oder vernebele mein Hirn. Dann kochte meine Wut und mein schwarzer Zorn jagte ihn. Ich lernte viele Tricks, ihn abzuschütteln, erzählend ihm   zu entkommen, mich gleichsam davon zu reden. Diesem Ernst konnte ich auch untreu werden, wie meinen Liebhabern", lachte sie. „Ich musste oft genug mit ihm verhandeln", fuhr sie zögernd fort, „wenn er das, was ich liebte und was mir Vergnügen bereitete, stören wollte, sich darüber legte und mir die Luft nahm. Und er ließ mit sich handeln. - Nicht immer.

Als ich mich, achtzehnjährig, einige Tage vor Weihnachten für viele Wochen nach einem Unfall im Krankenhaus einrichten musste, spielte ich mit meinem zerschundenen Gesicht in dem großen Krankensaal

Weihnachtslieder auf der Blockflöte. Ernst versteckte sich hinter der jugendlichen Zuversicht. Langsam, neben Hoffnung und Lebensfreude fand er seinen Platz in meinem Leben. Ich lernte ihn zu akzeptieren. Es gab keinen Partner in meinem Leben, der sich mit Ernst nicht angefreundet hätte, ihn oft als Verbündeten gegen mich nutzte. Auch die sechsunddreißig Jahre Mutterrolle waren für mich mit und ohne diesen Miesmacher frei und gebunden, heiter und schwer. Als ich einen Freund verlor, von dem ich glaubte, ohne ihn nicht leben zu können, brauchte ich alle Kraft den Kopf zu heben, das Leben wieder als lebenswert zu erkennen."

Alma konnte lange erzählen, weil ich alles genau wissen wollte und mir bei ihr Zeit gönnte, ihre Geschichten aufsog, träumend alle Rollen-Lebens-Räume mit ihr durchstreifte. Ernst war immer schattengleich anwesend.

„Ernst musste zur Seite treten, als meine Tochter in Namibia, den Tod in den Augen, einfach nur spielen wollte. Ich setzte mich an ihr Bett und spielte, spielte mit ihr gegen den Tod, jeden Tag. „Der große Wurf" mit fünf Würfeln, ein Zufallsspiel, das die Tochter in ihrem erbarmungswürdigen Zustand gewann. Der Tod machte sich davon. Und Ernst schaute ihm noch lange hinterher.

Die psychologisch gedeutete Welt, in die ich tief eindrang, mich professionell schulte und aus der ich nach mehr als dreißig Arbeitsjahren mit müden Augenlidern wieder ausstieg, das war die bevorzugte Welt von Ernst. Hier konnte er sich entfalten, seine Berechtigung beweisen, mich unterstützen, mich allerdings auch oft vergessen machen, dass Freude und Liebe zum Leben, zum Überleben notwendig sind. In der Erinnerung erscheint mir diese Berufswelt wie ein Museum, angefüllt mit bewegten Bildern kranker, schwer beladener Menschen, auf der Suche nach Heilung und Lebenssinn. Der Raum füllt sich immer neu, der Zustrom bricht nicht ab. Und viele finden, nach mehreren Irrwegen und mit oder ohne individuelle Unterstützung, getröstet den Ausgang."

Alma schaute umher, als sei die Vergangenheit anwesend.

„Ich habe lange nicht verstanden, warum Probleme so attraktiv für viele Menschen sind, was das Leiden so erstrebenswert sein lässt, dass sie es nicht loslassen können oder wollen. Ernst war oft ratlos. Wenn die Menschen schließlich bereit waren sich und ihre Umwelt genau wahrzunehmen, ihren Verstand und ihr Gefühl in Einklang zu bringen und das „Entweder Oder" durch „Sowohl als Auch" zu ersetzen und sich mit ihrem Körper lustvoll in Bewegung setzen konnten und wollten, dann hatten sie und wir eine Chance."

Nach zu vielen Jahren Arbeit hatte sich Alma, wie sie es beschrieb, aus dem Museum und seinen bewegten Bildern verabschiedet. Sie und Ernst waren dort ein zu enges Paar geworden.

Sie kaufte sich in der wunderbaren Welt der Berge und Seen ein Holzhaus in unserem kleinen Dorf, in dem Kühe und Kinder noch auf der Straße umherlaufen können. Sie verwandelte ein Stück ungenutzte Wiese in einen großen Garten, indem Blumen und Sträucher, Schnecken und Vögel, Katzen und Frösche sich behaglich fühlten, wo Schafe und Hühner der Nachbarn aus eben diesem Garten gelegentlich verjagt werden mussten.

Sie hatte sich ihre Welt neu geschaffen, in der auch die buddhistische Weisheit Platz fand. Sie fand neben dem Erzählen eine Form, ihre Erfahrungen und Gefühlsgedanken in Poesie zu verwandeln. Ihr öffneten sich Räume, in denen sie umherging, deren Weite und Tiefe sie auslotete und mit Sinn füllte.

„Meine heimliche Liebe war lange die Philosophie", erzählte sie. „Während des Studiums verpasste ich keine Diskussionsrunde. Mit sechzig Jahren wurde diese Liebe neu belebt und ich entdeckte Kant und verabschiedete mich nach vier Semestern wieder von ihm, las erneut griechische Philosophen, griechische Tragödien. Ernst zeigte sich auch als wichtiger Gesprächspartner bei der Interpretation und Formulierung philosophischer Texte. Die Vernunft hatte einen nicht geringen Platz in meinem Leben beansprucht, ich hatte sie willkommen geheißen und ihr ebenso oft Grenzen und Alternativen aufgezeigt.

Ernst wurde allmählich alt und gebrechlich, forderte laut gesehen und gehört zu werden, quälte mich mit alten Geschichten. „Verpasstes Leben", sagte er mit Blick in die Vergangenheit. Dann bewegte ich mich langsamer als gewöhnlich, legte die Stirn in Falten, redete so lange gegen ihn an, bis er sich zurückzog. Er besucht mich heute nur noch selten.

Ich genieße es Worte in Gedichten zu verbinden, sie in die gewählten Zusammenhänge zu zwingen, damit sie mir dienen, indem sie das widerspiegeln, was den Bildern und den Empfindungen in meinem Kopf entspricht."

Alma, lachend, schimpfend, gütig, wachsam, schärfte ihren Blick an dem, was aus der Vergangenheit auftauchte, sich in der Gegenwart realisierte und für die nicht mehr allzu üppige Zukunft Fakten schuf. Mit achtundachtzig warf sie ihren Führerschein in die Mülltonne. Ihr Fahrrad verschenkte sie nach einem Sturz. Jeden Tag konnte man sie auf dem Feldweg, der gleich hinter ihrem Haus beginnt, in Richtung Wald gehen sehen. Jedes Wetter war ihr recht. Ihre Kinder und Enkelkinder, einige von weit her, besuchten sie mehrmals im Jahr. Sie gingen wieder mit Geschenken aus dem Vorratskeller oder mit Gedichten und Geschichten.

Jugendliche des Dorfes, für die sie immer ein freundliches Wort hatte, kickten im Sommer auf der Wiese neben ihrem Haus, prosteten ihr zu, auch wenn die „Alte" ihnen zunächst in ihrer Buntheit unheimlich war. Sie setzte sich schon mal zu ihnen ins Gras, nahm die Flasche Bier, die sie ihr anboten, erzählte ihnen, wenn sie fragten, Geschichten von früher, wie die über eine Frau Frey:

„Frau Frey lebte in einem kleinen Dorf im Saargebiet, das nach dem Krieg von Franzosen für viele Jahre besetzt war. Frau Frey war eine sehr liebenswürdige, beleibte Frau mit einem weiten Herzen, die mit einem dünnen, großen Mann eine kleine Ewigkeit verheiratet war, die ihn und zwei ihrer sechs Kinder überlebte. Eine Frau, die ihren Kühlschrank und ihre Tiefkühltruhe für Besucher gern öffnete. Sie, die mit Schulwissen nicht gerade gesegnet war, musste ihren sechs Kindern Französisch, Pflichtfach in der Volksschule, beibringen. Einen französischen Offizier, der zur Kontrolle gelegentlich das Dorf inspizierte, fragte Frau Frey, ob sie denn ihre Kuh auch auf Französisch ansprechen müsse. Mit den Kindern zurechtzukommen sei doch schon schwer genug.

Frau Frey musste also ihren Kindern, die nicht viel an Intelligenz erben konnten, die französische Sprache nahebringen, in der sie kein gutes Wort finden konnte. Sie mochte diese Besatzersprache, wie sie sie nannte, nicht. Die ist unanständig, verkündete sie jedem im Dorf, der es hören oder nicht hören wollte. La schaaiise, schrie sie, mit dem Rohrstock in der einen und dem Französischbuch in der anderen Hand, jeden Abend ihre Kinder an, nachdem die Kuh im zu engen Stall gemolken und das magere Abendessen, die Armut saß jeden Tag mit am Tisch, von den Kindern hastig gegessen war. Und ihre sechs Plagen wisperten unter Verteilung von Ohrfeigen und einigen Stockschlägen hundertmal im Chor: la schaaiise, bis endlich der Stuhl unter der fülligen Frau Frey bedrohlich wackelte und sie ermattet den Stock fallen ließ und alle ins Bett schickte. Ihr Mann schnarchte bereits.

Eines Tages beschloss diese mutige Frau in ihrer Not, den Schulunterricht in Französisch, zugunsten ihrer Kinder, zu beeinflussen. Sie schrieb dem schon etwas betagten Lehrer, Schuler genannt, dem Schorschi, den alle im Dorf schon lange kannten, einen Brief:

Hoch verehrter Müsiö Schuler, lieber Schorschi, ich, die Frau Frey, die Marlis aus der Schnaddergass, bitte dich untertänigst diesen Brief zu lesen und meine Bitte anzuhören.

Obwohl wir beide, mein Mann und ich, die französische Mundart sehr schätzen, fasse ich meine Bitte an dich in den Wörtern, die ich schon etwas länger kenne. Ich bin der Überzeugung, mein Mann auch, du solltest mal dringend Urlaub machen wegen der Anstrengung mit den Kindern in der Schule und sowieso.

Ich bin bereit und gut präpariert, wie du dich noch überzeugen wirst können, die Kinder in der Schule in der Zwischenzeit deines wohlverdienten Urlaubs in den französischen Sprechgewohnheiten zu belehren. Wenn ich zuhause mit den Kindern lerne und mein Mann der schewalier in der Zwischenzeit die esscagoos im Stall und auf der Wiese einsammelt (du siehst ich verstehe was von der französischen Lebensart) haben wir viel Spaß. Abends wird alles mit pommesdeterres gebraten und es schmeckt superbe. Das sind doch auch deine Lieblinge, diese kleinen Schleimerchen in viel Butter und Knoblauch gebraten. Aber ich habe noch andere Qualitäten. Ich bin lustig und die Kinder lachen, wenn ich sie marschieren lasse wie im Krieg, die Franzosen können das ja auch, aber wir doch viel besser. Dazu singen wir allonsonfontdelapatriiie. Du siehst ich kenne mich aus. Außerdem bin ich eine Respektsperson. Ich kann laut schreien und dann sind alle ruhig und ich kann auch mal draufhauen, da scheue ich nichts. Das alles sehr verehrter Müsiö Schorschi sind Sachen, die man doch in der Schule gut gebrauchen kann und die bringe ich von Natur aus mit, wenn ich dich mal für eine Zeit ablösen könnte und ich verspreche dir, die Kinder freuen sich, wenn du wieder da bist. Gönne dir mal was, aber woanders.

Jetzt muss ich noch die Giggel jage, sie fresse die ganze esscagoos.

Bis bald und orevoar,
Deine ergebene Madam Frey, die Marlis"

Die jungen Leute lachten. Alma nahm einen großen Schluck Bier aus der Flasche. „Ich habe keine Ahnung, ob es funktionierte", sagte sie. „Als Frau Frey starb, zimmerten ihre Söhne ihr einen überbreiten Sarg aus eigenem Eichenholz und beweinten sie nicht."

Alma stand mühsam vom Boden auf, bedankte sich nochmal für die Flasche Bier und winkte nach hinten, bevor sie im Haus verschwand.

Ich traf Alma einige Tage danach auf der Terrasse, einen Eimer mit Äpfeln vor sich, die sie vierteilte und entkernte.

„Ich friere sie ein, damit ich im Winter mein eigenes Obst essen kann", sagte sie, ein Stück Apfel kauend. Mein Angebot, ihr zu helfen, lehnte sie ab.

„Wenn du mir zuhörst, hast du genug zu tun."

Alma nahm mich mit in ihren Fantasieraum, ich wusste lange nicht, ob sie Geschichten nur erfand, weil sie gerne erzählte, oder ob sie von anderen Menschen und aus deren Leben sprach, oder von ihrem eigenen. Ich fragte sie nicht.

Nach einiger Zeit bat ich sie, ein Aufnahmegerät mitbringen zu dürfen. Sie wusste, ich war angehende Journalistin. Nach kurzem

Zögern erlaubte sie es mir. Was mit den Geschichten dann geschehen würde, war ihr zu dieser Zeit nicht wichtig. Wir sprachen erst sehr viel später darüber.

Sie wollte erzählen von einem Mädchen, Dschani oder als Jugendliche Janet genannt, die sie sehr mochte, wie sie betonte, von Juana, der jungen Frau, die die Männerwelt kennen lernte, von Hannah, die sechsunddreißig Jahre zu den Mütterfrauen gehörte; von Greta, der Außer-Haus-Frau, die alles richtig und gut machen wollte. Mehr und mehr hatte ich den Verdacht, Alma erzähle von sich, aus ihrem Leben. Warum sie nicht „Ich" sagte, wusste ich nicht. Vielleicht wollte sie die Nähe zu allem Erlebten nicht noch einmal erfahren, brauchte Distanz. Ich weiß es nicht. Wusste sie es? Als ich sie doch einmal fragte, ob sie selbst dieses Kind, die Jugendliche und die Frauen, von denen sie mir erzählte gewesen sei, und wenn ja, warum sie dann nicht Ich sagte, antwortete sie geduldig:

„Ich bin alle und keine. Ich kann nicht Ich sagen, wenn ich dir von diesen Menschen und deren Leben erzähle. Ich, das ist die, die vor dir sitzt. Das Ich der Vergangenheit ist nicht das Ich von hier, auch nicht das Ich der Zukunft, verstehst du? Sie sind nicht Ich, aber sie gehören zu den Wurzeln, die auch meine sind, die sich aus den vielen Generationen gebildet haben bis zu dem Ich heute. Mir ist wichtig, dass du das verstehst."

Ich war nicht sicher, ob ich sie verstand.

Ihrem intensiven Blick mich zu entziehen, fiel mir schwer. Mich berührte diese Frau, die Alte hatte meine Neugier geweckt. Ihre fünf oder sechs Sinne schienen alles Schlimme, Notwendige und Schöne dieser Welt aufgenommen zu haben. Sie konnte ebenso das Mädchen mit den staunenden Augen sein, wie die erwachsene Frau, in deren Kopf sich noch immer viel zu ereignen schien und die lebenskluge Alte, die gerne schwieg.

Meine Eltern wohnen 400 km entfernt. Meine Großmutter, in deren Haus ich jetzt wohne, lebt seit 3 Jahren nicht mehr. Als mein Großvater starb, war ich noch ein Kind.

Alma war da und ich ging so oft zu ihr, wie es uns möglich war.

Tagebuch

Ich erzähle meiner jungen Nachbarin die Geschichte eines Kindes, das, seit es atmete, den zweiten Weltkrieg erlebte, das seine Ängste, Bedrohungen und die Sicherheit wegbrechenden Ereignisse - für ein ganzes Leben ausreichend - vergessen musste und das sich immer wieder, bewusst oder unbewusst, für das weitere Leben neue Sicherheiten erarbeitete.

Dschani und Janet

Dschani lebt in einer Welt voller Bedrohung.

„Dschani ist die, die mitläuft, besser, hinterherläuft, jahrelang, bis zu ihrem achtzehnten Geburtstag", begann Alma eines Tages. „Die Füße der Kleinen wissen nicht wohin, als sie endlich mit sechzehn Monaten am Boden angekommen sind. Sie ist die Dritte. Die Mutter mag das nicht, nicht auch noch eine Dritte am Rockzipfel, neben dem Vierjährigen und der Zweijährigen. Also läuft Dschani der zwei Jahre älteren Schwester hinterher.

Wenn es damals die Pille gegeben hätte, es gäbe euch alle nicht, ist einer der Sätze, die die Dritte niemals vergaß, obwohl dieser Satz im Sterben von der Mutter zurückgenommen wurde, der sollte mit ihr sterben. Sie sei, so einer der letzten Sätze, glücklich mit ihren Kindern.

Ihren Kindern erzählte sie von ihrem unerfüllt gebliebenen Wunsch, als Pianistin ihrem Leben Glanz zu geben. Rachmaninow übte sie noch mit neunzig:

Ich war für alle hörbar musikalisch hochbegabt, habe schon als Sechsjährige lieber Mozarts Klaviersonatinen gespielt, als mit anderen Kindern auf der Straße. Aber ich war ja nur ein Mädchen, das doch einmal heiraten würde. Also durften nur meine beiden Brüder studieren.

Meine Mutter, konservativer Landadel, füllte die Schränke für meine Aussteuer mit wertvollem Geschirr, Silber, Kristall und gestickten Leinendecken, kaufte Mahagonimöbel, Teppiche und Gemälde. Die wertvolle Aussteuer, bis auf wenige Einzelteile, fraß der Zweite Weltkrieg.

Mein Vater, Konrektor in einem trostlosen Grubendorf an der französischen Grenze, in das er wegen seines unsittlichen Lebenswandels strafversetzt wurde, kümmerte sich neben dem Beruf lieber um seine Liebschaften, die er auf großem Fuß in der nahen Stadt verwöhnte, dann blieb für mich wenig Interesse und kaum Geld übrig.

Die Trauer über dieses nicht gelebte Leben als Pianistin lief in den Erinnerungen von Dschanis Mutter immer mit. Am Ende ihres Lebens lachte sie über den Satz, den Dschani ihr zuflüsterte: Heute wärst du eine alte, vertrocknete Pianistin und alleine, hätte es die Pille gegeben. Dschani wachte die letzten Tage und Nächte bei der sterbenden Mutter.

Meine Hände auf meinem angeschwollenen Bauch sind zittrig. Sie wissen, der Tumor verschafft sich immer mehr Raum. Was mich traurig macht, ist das Ausgeliefertsein, die auf Distanz gehaltene Wut, die als Resignation dem Schicksal gegenübertritt. Die Zerstörung meines Körpers geschieht. Ich kann darauf keinen Einfluss nehmen. Eine Hoffnung aufzehrende Gewissheit.

Dass ich mich hier in diesem kalten Haus aus meinem Leben in den Tod verabschiede, ist erst vor zwei Wochen in mein Bewusstsein vorgedrungen. Das Sterbebett, bequemer, leichter zu handhaben für die Nachtschwester, ist mir vor wenigen Tagen untergeschoben worden. Noch kann ich aufstehen, zwar beschwerlich gehen, aber die einundneunzigjährigen Beine tragen mich nur bis zum Tisch und zu meinem bequemen Liegesessel. Wenn Besuch von den Kindern oder Enkeln kommt, kann ich so tun, als ob ich noch „auf den Beinen" bin. Ich fürchte und verabscheue das Im-Bett-liegen-bleiben. So schnell gebe ich noch nicht auf.

Meine Kinder sind mir im Laufe des Lebens immer näher gekommen, besonders jetzt, da ich mich verabschieden muss, aus einem Leben, das oft keinen Ausweg aufzeigte. Es gibt immer einen Ausweg, sagte meine Mutter, auch wenn ich ihn nicht selbst sah, wenn ich eher rückwärtsging, weil der Weg vor mir nicht mehr zu erkennen war. Meine Mutter, eine im Glauben verwurzelte Frau, stoppte meinen Rückwärtslauf mit ihrer lebenspraktischen, gelassenen Art, tröstete mich; sie rief auch mal den Arzt, der mir den Magen auspumpte von dem Gift, das das Leid und die Verzweiflung in mir töten sollte. Es war schon dumm von mir.

Jetzt nach all den Jahren zieht sich das Leben von mir zurück, verlässt mich, wendet sich von mir ab, zieht mich mit in einen unbekannten Zustand des Jenseitigen und – jetzt bedauere ich, gehen zu müssen.

Ich möchte mich verabschieden, aber wie macht man etwas, das man nicht will und doch tun muss? Wie verabschiedet man sich von etwas, das man festhalten will? Wie lässt man etwas los, an das man sich gebunden fühlt?

Dschani sitzt an meinem Bett. Sie ist so fürsorglich.

Ich gehe mit Fragen an der Grenze entlang, meine Antworten werden nicht mehr gebraucht, sind entbehrlich, werden zurückgelassen, aufgehoben in dem, was man mein Leben nennen wird, für mich unerreichbar geworden. Abschied von mehreren Leben, vielen, die sich in mir entfalten konnten, oder auch nicht, sich mir gelegentlich aufzwangen und mich zu ihrer Gestaltung drängten, sich entzogen, sich tarnten, um dann wieder aufzutauchen und sich jetzt endgültig, ja, mit einem Lächeln in meinem Gesicht, für immer zurückzuziehen.

Für immer? Ich weiß es nicht.

Ich gehe alle vergangenen Wege, Lebenswege, rückwärts diesmal, sie drängen sich mir auf. Ist das der Abschied, den ich brauche, Abschied von einer Geschichte, in die ich hineingeboren wurde, von einem Klan, dem ich durch Geburt zugeteilt wurde, mit allen erfahrenen und erfundenen Geschichten und Ereignissen. Ich gehörte gerne zu dieser Sippe und habe schmerzlich erlebt, wie Tragisches sich nicht vermeiden ließ, wie Leid durchlebt werden musste, habe mich amüsiert, wie Komisches, Absurdes meinen Weg begleitet hat, freue mich, wie Schönes, Wertvolles weitergegeben wird, an meine Kinder, Enkel, Urenkel und an nachfolgende Generationen.

Bin ich jetzt bereit zu gehen?

Einen Tag vor ihrem Tod sagte sie zu Dschani: Ich träumte heute, dass ich ein Baby bekomme. Jetzt wusste Dschani, ihre Mutter ist bereit zu gehen.

Das Abschiedsgeschenk der Mutter: eine Umarmung und Tränen nur für die Dritte, für Dschani."

Alma saß am folgenden Samstag auf der Terrasse, winkte mich herüber, schälte und entkernte die letzten Äpfel, reichte mir ein Viertel, ein anderes Viertel landete in ihrem Mund, wurde bedächtig gekaut. Sie schien auf mich gewartet zu haben.

„Ich möchte Dir von Dschani weiter erzählen, hast du Zeit?"

Ich holte mein Aufnahmegerät und brachte Zeit mit.

„Dschani, was für ein Name, niemand in der Nachbarschaft oder Schule hieß so. Dieses Kind staunte, als es verstand, wer damit gemeint war, wusste nicht, ob sie sich freuen durfte. Aber „Dschani" wurde vom Vater liebevoll ausgesprochen. Die Mutter ließ es gelten, die Geschwister lachten darüber. Sie trug diesen Namen mit sich herum wie ein seltenes Amulett, das man ihr umgehängt hatte. Warte einen Moment, ich will von vorne anfangen".

Alma stand auf, Kaffee wurde frisch aufgebrüht. Sie schien in eine andere Welt zu entschwinden, als sie weitersprach.

„Dschani wurde im Kriegsgeschrei, Deutschland gegen den Rest der Welt, gezeugt. Anders als dieser sorgfältig geplante Krieg, war Dschani ein sogenannter Unfall. Sie wird später sagen: *Außer mir legte niemand besonderen Wert auf mein Erscheinen*. In solchen Zeiten war ein Kind ein kaum willkommener Vorfall, den die Mutter sich gerne erspart hätte. Es sei ihr neun Monate übel gewesen, erzählte sie später, nicht ohne Dramatik in der Stimme. Dann der Tag, als Dschani „ins Licht kam", wie die Italiener sagen: Ein schwüler Augusttag zog herauf, so als ob der Sommer mit letzter Kraft Wärme einer aus den Fugen geratenen Welt spenden wollte. Alphatiere, denen ein Heer Unfreiwilliger und viele Freiwillige in den sinnlosen Tod folgten, regierten.

Auf der Geburtsstation der Klinik, in einer Grenzstadt zu Frankreich, gehen Schwestern in ihrer weißen Kleidung geschäftig hin und her, die Mienen unruhig. Die Schwangere mit den dunklen Augen und den im Nacken zusammengebundenen braunen Haaren liegt ruhig in den weißen Laken, im weiß getünchten langen Krankenhausflur und wartet auf einen Platz im Entbindungszimmer, aus dem in kurzen Abständen Stöhnen und Schreie zu hören sind. Die junge Frau freut sich, den mächtigen Leibesumfang bald los zu sein. Das Baby im Bauch ist ungeduldig, drängt, drückt, hofft, dem zu eng gewordenen Ort zu entkommen.

Plötzlich Fliegeralarm! Alle Frauen werden von hin und her hastenden Schwestern eilig durch die Gänge geschoben. Von Sirenengeheul getrieben, hetzen andere schwerfällig, den Bauch stützend, mit Panik im Gesicht, die Treppen hinunter in den Keller, einige werden mit dem Bett hastig in den Aufzug geschoben und in dem notdürftig eingerichteten Gebärraum im Keller abgestellt. Die Dunkelhaarige mit den warmen Augen geht langsam die Treppen hinunter, nachdem sie das Bett verlassen hat und, ja, ja, es geht schon, der Schwester zuruft, die ihr im Laufschritt entgegenkommt. In dem fensterlosen, kühlen Kellersaal stehen zwanzig Betten und wenige Paravents, die kaum Privatsphäre schaffen. Die nahen Einschläge der Bomben zerstören endgültig die Ruhe in den Mienen einiger Schwangeren. Andere beten laut, um ihre Panik zu bekämpfen.

Die junge Frau liegt auf einer einfachen Pritsche auf dem Rücken, stöhnt jetzt ohne Scham und ohne Angst, auch wenn weitere nahe Detonationen zu hören sind und die Wände vibrieren.

Nach vielen Stunden drängt sich ein neun Pfund schweres Mädchen, neben dem erneuten Geheul von, in die Welt. Es wird nicht der letzte Fliegerangriff sein, den es schreiend überlebt.

Die Detonationen und das gedämpfte Brummen der Flugzeuge, das Stöhnen der anderen Frauen, nichts davon dringt mehr an das Ohr der Wöchnerin in ihrer Erschöpfung. Als sie nach zwei Stunden erwacht, legt die Schwester der Mutter ein in weiße Tücher gewickeltes dickes, schwarzhaariges Baby in den Arm. Ich kann es nicht halten, flüstert sie und gibt das Baby in die Arme der Schwester zurück.

Die Mutter will es nicht stillen, es saugt zu kräftig und die Brust ist bald entzündet. Der Körper der Mutter, ihre Wärme und ihr Geruch, sind für das Baby und sein Bedürfnis nach Sicherheit nicht erreichbar. Es schläft erschöpft ein, wacht auf, schreit, schluckt gegen Hunger und Sehnsucht den doppelten Flascheninhalt. Die Großmutter hatte es empfohlen. Das bald verspeckte Kind kann kaum aus den Augen schauen. Aber es lacht sich in die Welt und wird geliebt, von der zwei Jahre älteren Schwester und den Nachbarmädchen, vom Großvater und der Patentante. Sie nennen sie Dschani, Dschanili, Dschanini. Der Bruder achtet darauf, dass seine Sonderstellung als Erstgeborener nicht geschmälert wird durch diese hübsche, dicke Dritte, die so gescheit schaut und mit ihrem Lachen alle Aufmerksamkeit hat.

Unzufrieden und nervös bewältigte Dschanis Mutter ihren aufgezwungenen Alltag. Was sollte sie mit Kindern, die ihr den Verzicht auf eine Karriere als Pianistin jeden Tag bestätigten und sie an eine Verpflichtung erinnerten, die sie hasste.

Dschanis Vater verschwand in seinem ungeliebten Beruf und im Alkohol. Sein Interesse an Kindern ist ihm abhanden gekommen. Er war in seiner Familie der Jüngste von sechszehn Kindern."

Alma machte eine kurze Pause, schaute mich an.

„Du musst wissen, der Jüngste von sechzehn Kindern zu sein und seiner Lust und Leidenschaft für einen künstlerischen Beruf nicht nachgehen zu dürfen, weil die Eltern es verbieten, er wollte Sänger und Schauspieler werden, ist nochmal eine besondere Geschichte, die ich ein anderes Mal erzähle.

Die Eltern von Dschani lebten beide ein Leben, das ihnen aufgezwungen worden war. Ich weiß nicht, ob sie wirklich eine Chance hatten. Die gesellschaftlichen Normen, die eher konservative Haltung ihres Umfeldes in den dreißiger Jahren des zwanzigsten Jahrhunderts engten sie ein, die Zwänge untersagten ihnen, auszubrechen. Der Zweite Weltkrieg und die Zeit danach reduzierten ihr Leben auf Überleben.

Dschani entwickelte sich zu einem neugierigen, sensiblen Kind, das von den älteren Geschwistern wegen ihrer Speckrollen oft gehänselt wurde. Aber sie war gescheit und lernte schnell, dass Lachen die Menschen freundlich stimmt. Ihr Lachen sollte allerdings, auch als die Speckrollen in den kommenden Jahren verschwanden, noch häufig unterbrochen werden.

Krieg, Bomben, Bunker, Feuer, Zerstörung, drückten ihr den Schrecken ins Gesicht, veränderten ihre kindlichen Träume, boykottierten die Entwicklung von Vertrauen in die Welt. Als Dschani drei Jahre alt war, wurde die Familie mit Großmutter in eine siebzig Kilometer entfernte Stadt evakuiert. Der pensionierte Großvater wurde zum Schulunterricht nach Norddeutschland geschickt. Der Krieg hatte sich bis zu Dschanis Dorf an der französischen Grenze gewalzt. Bevor sie fliehen mussten, mauerte der Vater alles Wertvolle, das sie nicht mitnehmen konnten, unter der Kellertreppe ein. Die Haustüren durften nicht verschlossen werden, damit Soldaten sich, falls nötig, dort einquartieren konnten.

Und alles Wertvolle gehörte dem Krieg, wurde gestohlen, oder kaputt geschlagen.

Der Vater, Sozialdemokrat und Gewerkschaftler, lief Hitler nicht hinterher und war zu unbedeutend, um dazu gezwungen zu werden. Er wurde vom Wehrdienst befreit, weil er zur Kontrolle der Stromversorgung der ganzen Grenzregion verpflichtet wurde.

Die Familie bekam in der fremden Stadt ein voll eingerichtetes Haus zugewiesen. Sie vermuteten, es gehörte einer jüdischen oder oppositionellen Familie, die verschleppt worden war. Es konnte nicht lange her sein. Im Vorratsschrank stapelten sich Gläser mit Marmelade und Eingemachtem. Ein Schaukelpferd stand verwaist in der Ecke. Die Großmutter weinte, als sie das sah. Aber sie hatten einen Ort, an dem sie sich mit drei kleinen Kindern einrichten durften. Die Nacht davor kamen sie in einem Rettungsraum des „Roten Kreuz" unter. Die Kinder schliefen dort auf Matratzen auf dem Boden, der Vater im Sessel und Mutter und Großmutter gemeinsam in einem zu schmalen Bett.

Weihnachten 1944.

Fliegerangriff ohne vorherige Warnung der Sirenen. Die ersten Detonationen wecken Dschani aus dem Mittagsschlaf auf, sie steigt schnell aus dem Kinderbett und läuft ins Wohnzimmer. Sie ist dort noch nicht angekommen, als durch den Luftdruck Steine aus der Wand auf ihr Bett fallen. Sie bleibt unverletzt. Dschanis Schutzengel, sagt die Großmutter.

Sie kommen nicht mehr rechtzeitig in den Keller oder in einen Bunker, als die Flugzeuge schon Bomben abwerfen.

Panik breitet sich aus. Die Kinder in Angst, Orientierungslosigkeit, die drei Jahre alte Dschani versteht nur Bedrohung. Die Mutter drückt sich schnell mit einem der Kinder in eine Zimmerecke, hält schützend die Arme darüber, der Vater mit dem zweiten Kind in einer anderen Ecke, die Großmutter flüchtet mit Dschani im Arm unter den schweren Eichentisch. Es verdunkelt sich der zu helle Tag, Fenster und Türen fliegen durch die Wohnung, Glas splittert, ein Stück Mauer bricht ein, alle sind über und über mit Staub und Ruß bedeckt, Lärm, Sirenen, Schreie, Feuer ringsum. Wer kann helfen, trösten, beruhigen?

Die Kinder und die Großmutter beten, weinen, beten.

Verletzt ist niemand, als es am Himmel wieder ruhig wird. Das Nachbarhaus brennt. Schreie dringen aus dem zugeschütteten Nachbarkeller, in den sich viele geflüchtet haben. Die Mutter und der Vater ziehen die Verschütteten aus den Trümmern. Die Mutter hilft einer am Bein schwer verletzten jungen Frau mit vorläufigem Verband, der Vater deckt Tote zu, hilft einer alten Frau, die auf der mit Trümmern übersäten Straße völlig erstarrt sitzt. Ein Baby im Kinderbett, das von der ersten Etage durch die zerstörte Decke ins Erdgeschoss gefallen war, ist unverletzt. Ein Schutzengel-Wunder, sagte die Großmutter.

Wo sind die Eltern des Babys?"

Alma atmete tief ein und wieder tief aus.

„Die Toten wurden bald von der NSV weggebracht, von der National-Sozialistische-Volkswohlfahrt, einer Organisation der NSDAP, die ja bekanntlich die Arbeiterwohlfahrt verbot.

Im NSV Kindergarten lernten alle den Spruch:

Händchen falten, Köpfchen senken und an Adolf Hitler denken.

Er gibt Euch euer täglich Brot und rettet Euch aus aller Not.

„Was für ein Scheiß", zischte Alma.

Ihre Stimme war leise geworden und ihre alten Augen schauten über den unschuldigen Garten weit hinaus.

„Magst du noch hören, wie es mit Dschani und ihrer Familie weiterging", fragte sie in die Stille hinein. Ich nickte.

„Dann komm mit rein, ich brauche einen Cognac."

Danach zog sie mich wieder in die vergangenen Schrecken.

„Die Panik in den Augen der Mutter und der Großmutter war Dschanis Orientierung, sie schrie schutzlos. Die Großmutter betete, die Kinder, die sich immer wieder unter den Tisch verkrochen und nicht rauskommen wollten, weinten laut und leise. Die Eltern räumten den Schutt beiseite, die Wohnung wurde notdürftig wieder hergerichtet.

Die Erwachsenen trugen die Angst noch lange in ihren Augen. In den Augen der Großmutter verschwand sie für kurze Zeit, während sie mit den Kindern betete. Dann schimpfte sie auf die Amerikaner und Engländer, die sie bombardierten. Der Vater nannte die Amerikaner Befreier, aber das war den Kindern egal.

Einige Tage später. Die Eltern waren unterwegs, um Kohlen zu ‚organisieren‘, so nannte man den Kauf und Verkauf auf dem Schwarzmarkt. Der Himmel war klar, für Flugzeuge gute Sicht. Die Großmutter wollte heute bei Sirenengeheul nicht in den Keller des Hauses, sie habe so ein komisches Gefühl, wie sie sagte und lief mit den Kindern schnell zum nächsten Bunker. Sie mussten in ein dunkles, stinkendes, völlig überfülltes Bunker-Loch. Dschani schrie, schrie so laut sie konnte. Sie wollte auf keinen Fall in dieses Bunkerloch. Dass man die Ohren nicht zuklappen kann, half ihr. Die Großmutter blieb mit Dschani und ihrem Gottvertrauen draußen vor der inzwischen verschlossenen Bunkertür stehen.

Ein Leichtsinn ohnegleichen, schimpfte der Vater später!

Als der Dauerton der Entwarnung heulte und sie mit den Kindern zum Haus zurückkam, war alles im und am Haus verwüstet. Die Panik nistete tief in den kindlichen Körpern und Seelen, verfolgte sie bis in die Träume, noch als Erwachsene.

Wir wären alle umgekommen, schrieb die Großmutter an ihre Söhne. *Die Gottesmutter hat mir wieder geholfen, indem sie mich warnte, dieses Mal nicht mit den Kindern im Haus zu bleiben. Aber hier weiter wohnen, ist unmöglich.*

Mit dem Wenigen, was ihnen geblieben war, zogen die Eltern mit den Kindern und der Großmutter in ein mit Flüchtlingen überfülltes, kleines Dorf. Ihnen wurde ein einziges Zimmer zugewiesen.

Sie lebten und schliefen, wenn der Vater wieder mal kommen konnte, zu sechst in diesem Zimmer. Ich weiß nicht, wie sie das aushielten. Die Mutter nähte bei fremden Leuten und bekam Essen für sich und eines der Kinder, das sie mitbringen durfte.

In dem Einzimmerzuhause trieb inzwischen die Großmutter die lärmenden Kinder mit dem Besenstiel unter dem, als Versteck umgebauten Bett, hervor. Sie wollte mit ihnen beten. Die Kinder wollten spielen, sich verstecken, auf dem Bett hüpfen. Sie bewarfen sich mit Kissen, bis die Federn im ganzen Zimmer sanft zu Boden schwebten. Die Großmutter ließ sie schließlich gewähren, weil sie so erschöpft war. Die Kinder wussten schon lange, sie finden ihren Spaß nur in ihren unerschöpflichen Fantasiespielen.

Der Hunger war erträglich. Es wurden Lebensmittelmarken ausgegeben.

Der Winter 1944/45 brachte die schlimmsten Minustemperaturen seit Jahren. Viele Menschen erfroren, und alles Elend zeigte sich in den im Tod erstarrten Gesichtern. Zu viele hungerten, zogen umher auf Holz-Kohle- und Nahrungssuche. Die Mutter organisierte Militärdecken und nähte daraus Mäntel für die Kinder. So beherbergten sie bald unzählige Mitbewohner: nationalsozialistische Kleiderläuse.

Alles musste verbrannt werden.

Dann endlich Mai 1945. Kriegsende. Jetzt konnten sie mit dem Wenigen, was ihnen geblieben war, nach Hause zurück. Sofort organisierte der Vater einen Lastwagen von seiner Firma mit dem notwendigen Benzin, was ja wiederum, so die Großmutter, an ein Wunder grenzte. Sie fuhren zurück zu dem kleinen Grenzdorf im Saarland.

Sie lebten, waren nicht von den Nationalsozialisten interniert, gefoltert, ermordet worden. Sie waren, zufällig, weder Juden, Kommunisten, Sinti oder Roma, politisch nicht aktiv oder auffällig genug, um verfolgt zu werden. Sie hatten sich, wie die meisten Deutschen oder die Meisten in den von Nazis besetzten Ländern, in ihrer Angst weggeduckt.

Das Saargebiet gehörte nach dem Krieg bis 1957 zur französischen Besatzungszone", klärte Alma mich auf. „Die Kinder lernten, wie ich schon von Frau Frey erzählte, in der Volksschule bereits in der ersten Klasse Französisch, was vielen Familien, die sich immer noch „national" gebärdeten, gar nicht gefiel. Franzosen, Feinde seit mehr als hundert Jahren, herrschten im Saargebiet. Sie waren die verhasste

Besatzungsmacht. Die Deutschen wollten lange nicht daran erinnert werden, dass sie der Welt den Krieg aufgezwungen hatten, auch nicht an die vielen Millionen Toten, die sie zu verantworten hatten.

Dschani kam also im Mai 1945 mit Geschwistern, Eltern und Großmutter nach Hause zurück. Aber das Entsetzen, das sie während des Krieges kennengelernt hatten, war nicht zu Ende. Ihr Haus im Grenzdorf stand noch, aber die Möbel waren klein gehackt oder aus dem Fenster geworfen, die Fensterscheiben herausgeschlagen, die Treppen mit Kot verdreckt. Der großen Porzellanpuppe, die in der Kredenz auf die Kinder warten sollte, fehlte der Kopf. Die Mädchen weinten und die Großmutter versprach einen neuen.

In der vom Vater zugemauerten Wand, unter der Kellertreppe, klaffte ein großes Loch, alles Wertvolle suchten sie vergebens. Oft stahlen sogar die Nachbarn, die zuerst aus der Evakuierung zurückkamen. Die Mutter weinte. Jetzt konnte sie ihren Eltern den Vorwurf nicht mehr ersparen: *Hättet ihr mich studieren lassen, das hätte mir niemand gestohlen.*

Gemeine Diebe gab es, auch aus der Nachbarschaft", sagte Alma mit verächtlicher Stimme.

„Aber die Mutter half trotzdem, wenn es notwendig war. Als die Nachbarn in dieser Besatzungszeit immer wieder von randalierenden jungen Franzosen aus dem nahen lothringischen L`Hopital belästigt, ihnen Hühner, Gänse und Kaninchen unter Gewaltandrohung weggenommen wurden, verjagte sie die Diebe in ihrem besten Französisch. Dschanis Mutter lebte als Achtzehnjährige etwas mehr als zwei Jahre in Paris bei Verwandten und 1933 orderte ihr Vater sie zurück, weil sie sich in „Feindesland" aufhielt und er in der Schule als Konrektor deshalb Schwierigkeiten befürchtete. Mit ihrem akzentfreien Französisch also, und mit der Lüge, ihr Mann sei französischer Offizier und sie wüssten ja, auf Plünderung stehe die Todesstrafe, sie könne diesen Vorfall ihrem Mann nicht verschweigen, schlug sie die Horde in die Flucht. Sie kamen nie wieder. Zum Dank brachten die Nachbarn Eier, Kaninchenfleisch und Gänsebraten.

Aber die Verbitterung der Mutter über den zweifachen Verlust, klebte ein Leben lang an ihr."

Alma schwieg einen Moment.

„Für heute ist es genug", sagte sie, „nur dies noch: Dschanis eigene Kinder hatten Feuer-Angst-Träume, denen sie viele Jahre ausgesetzt waren. Eines Tages fragte die erwachsene Dschani eine befreundete Psychologin, warum ihre beiden Kinder, die nie schlechte Erfahrung mit Feuer gemacht hatten, fast identische bedrohliche Feuerträume hätten? Sie selbst habe keine Angst vor Feuer und nie Schlimmes mit Feuer erlebt. Sie solle ihre Mutter nach Erfahrungen mit Feuer im Krieg fragen, meinte die Psychologin. Dann erzählte Dschanis Mutter von dem Feuer nach dem Bombenangriff 1944, das um ihr Haus und in der Nachbarschaft alles verwüstete. Dschani konnte sich nicht daran erinnern. Vielleicht ein Schutz, den sie brauchte.

Als sie ihren Kindern von dieser, aus ihrem Bewusstsein verdrängten Erfahrung erzählte, erschienen deren Schreckensträume seltener und verschwanden schließlich ganz."

Alma schaute mich fragend an.

„Ich glaube ja nicht an göttliche Hilfe oder an Zauberei, aber seltsam war es schon."

Sie stand auf, es war dämmrig geworden. Sie räumte Tassen und Gläser auf. Für mich war es das Signal zu gehen. Ich verabschiedete mich mit einer kurzen Umarmung, fragte, ob ich ihr am Montag etwas aus der Stadt besorgen solle.

Sie wehrte ab. „Geh, geh, gute Nacht."

Es störte Alma, wenn sich Tränen in die Faltenspuren ihres Gesichtes verirrten, während sie von Dschanis traumatischen Kriegserfahrungen erzählte. Die Trauer, die sich ihren Worten oft beimischte, die sie nicht verheimlichen konnte und die sie hilflos machte, wollte sie mit niemandem teilen, auch nicht mit mir.

Als ich nach einigen Tagen am Abend bei ihr vorbeischaute, hatte sie zwei Gläser und eine Flasche Rotwein bereitgestellt, als habe sie mich erwartet.

„Setz dich", sagte sie schnell und erzählte, ohne dass ich sie darum bat, mit ihrer eindringlichen Stimme wieder von Dschani. Ich hatte mein Aufnahmegerät nicht vergessen.

„Auf wie unterschiedliche Art und Weise Bedrohung erlebt werden kann, erfuhr Dschani nach dem Krieg, wenn sie nachts aufwachte, weil der Vater betrunken nach Hause kam und die Mutter mit ihm schimpfte und schrie. Dann spürte das Kind Gewalt und Angst, wie sie hochkroch und sich im Hals festsetzte und ihr Tränen in die Augen drückte. Wieder und wieder erfuhr Dschani, wie hilflos und unfähig ein Kind ist. Es war eine neue Art von Bedrohung, die sich in ihren Körper hineinfraß.

Die Kleine saß in der Nacht, aufgewacht durch die laute Stimme der Mutter, auf einer der oberen Treppenstufen im dunklen Hausflur, alle Poren auf Warten und Hoffen ausgerichtet. Sie hörte durch den Türspalt zur Küche die schrille Stimme der Mutter, den unheimlich brummenden Ton des Vaters. Vielleicht schlagen sich die Eltern, vielleicht tötet einer den anderen, vielleicht explodiert alles und ist auf ewig zerstört, jagten sich ihre Gedanken. Sie saß erstarrt, wie eine kleine Katze, die im zu engen Käfig eingesperrt ist und die den Ausgang nicht kennt, von dem sie nicht einmal weiß, dass es ihn gibt. Erst wenn der Vater aus der Küche torkelte und die Mutter still war, schlich Dschani zurück ins Bett. Die Schwester schlief ohne Not. Sie beschäftigte sich in Träumen mit ihren Freundinnen, der große Bruder mit seinen schulischen Abenteuern. Dschani blieb mit ihren Ängsten allein. Dieses Drama wiederholte sich mindestens einmal im Monat, viele Jahre. Nur die Wochenenden und die Festtage, wie Weihnachten oder Ostern, waren unbeschwert für die ganze Familie. Dschani sammelte in dieser Zeit viele gute Vorsätze: Wenn ich möglichst brav bin, der Mutter gehorche, dem Vater keine Wünsche mehr abbettele, ruhig und fleißig bin, dann . . . . . .

Selten glückten ihr diese, nicht zu Ende gedachten, Vorsätze.

Die Kinder und die Mutter wussten, der Vater musste einen Chef ertragen, der ihn anschrie, ihn herumkommandierte. Die Kinder spürten ihre Wut auf diesen Chef und hatten Mitleid mit dem Vater, der die Familie mit seiner Verdrossenheit sicher nicht drangsalieren wollte. Er zog sich innerlich zurück, beruhigte sich mit Alkohol. Glaubte er denn, sein Alkoholkonsum drangsaliere die Familie nicht? Im Hausflur stand das Diensttelefon und die Mädchen wählten eines Tages, als die Mutter, wie so oft, in der Stadt unterwegs war, die zweistellige Nummer des Chefs und riefen in den Hörer, als er sich meldete: „Arschloch". Sie freuten sich, ihn beschimpft und dem Vater geholfen zu haben. Natürlich wusste der Chef sofort, woher die Kinderstimmen kamen, es gab nur wenige Diensttelefone. Als der Vater abends nach Hause kam, leugneten die Kinder die Aktion zunächst. Der Vater lachte, bat sie aber, es nicht wieder zu tun, da er sonst noch mehr Schwierigkeiten mit seinem Chef bekäme.

Dschani hatte zu ihrem Vater eine Beziehung, die sich zwischen Liebe, Unverständnis und Entsetzen bewegte. Sie verstand ihn nicht, wie auch. Erst als Erwachsene wusste sie, er war eine verlorene Existenz, in einer falschen Zeit geboren, mit der falschen Frau verheiratet. Und in seinem Lebensentwurf fühlte er sich vom Schicksal, an das er vielleicht große Hoffnungen geknüpft hatte, betrogen.

Leo hieß er, war das Jüngste von neunzehn Kindern, von denen sechszehn überlebten. Die Großfamilie hatte eine Gaststätte, eine Drogerie, ein Eisenwarengeschäft und eine Geld-Wechselstube. Ihr Dorf war nur durch einen kleinen Fluss von Frankreich getrennt. Leos Vater verlangte von den Söhnen, sich in einem soliden Handwerk ausbilden zu lassen. Leo, schon als Kind auf der Bühne, später als erfolgreicher Sänger und Schauspieler. Er hatte keinen sehnlicheren Wunsch als diese Begabung zu seinem Beruf zu machen. Du musst wissen, Künstler galten Anfang der zwanziger Jahre in der Provinz des Saarlandes als unseriös, verrucht, suspekt.

Eine Ausbildung in diesem „Hungerleiderberuf", schimpfte der Vater, kommt nicht in Frage. Mit dem Unsinn auf der Bühne kannst du keine Familie ernähren. Lerne ein Handwerk, das ist etwas Solides, beharrte er.

Leo machte eine Elektrikerlehre und arbeitete vierzig Jahre in einem Beruf, den er nie ausüben wollte, mit einem Vorgesetzten, der ihn mit seiner Unkultiviertheit beschämte. Sein Vater hatte gesiegt und starb.

Leo stand neben seinem Beruf weiter als Schauspieler und Sänger in seiner freien Zeit auf der Bühne. Er war attraktiv, war beliebt und über die enge Provinz hinaus bekannt. Es gelang ihm, die reizvolle Lehrerstochter, Dschanis Mutter, die gerade von einem zweijährigen Aufenthalt aus Paris zurückgekommen war, für sich zu interessieren.

Nachdem Leos Mutter gestorben war, wollte er diese gutaussehende Frau so schnell wie möglich heiraten, auch um seiner Einsamkeit zu entkommen. Nach längerem Zögern ihrerseits und Tränen seinerseits war die junge Frau mit der Heirat einverstanden. Kurz vor dem zweiten Weltkrieg begann die eher katastrophale Verbindung der beiden, in der er mehr liebte als sie, er sich nach Zärtlichkeit und Sexualität sehnte, sie weniger und doch musste. Der Krieg und die Verantwortung für die inzwischen drei Kinder trugen dazu bei, seine immer wieder aufflackernden Träume - die erhoffte Liebe von der Frau und eine Karriere auf der Theaterbühne - endgültig zu begraben.

Jetzt war der Weg für ein Scheitern in seinem Leben, wie er es sah, gebahnt.

Dschanis Eltern quälten sich, mehr als sie es genossen, durch ihr Leben, durch den Krieg und durch alle Schicksalseinfälle, bis hin zu Leos frühem Tod. Die Ausweglosigkeit nistete sich in Leos Denken und Fühlen, zermürbten ihn mehr und mehr. Ein Motorradunfall, den er durch Alkohol selbst verschuldet hatte, hinderte ihn an einer weiteren Berufsausübung. Resignation legte sich wie ein feinmaschiges Netz über seinen Körper, seine Gefühle und seine Gedanken. Jede Hoffnung auf Veränderung verfing sich in trüben Alltagsnotwendigkeiten.

Mit dreiundsechzig hatte er aufgehört, auf irgend etwas zu hoffen und starb. Dschani konnte nicht rechtzeitig vor seinem Tod nach Hause kommen, um sich von ihm zu verabschieden. Drei Tage weinte sie und sprach mit ihm am Sarg. Er war für sie erst nach der Beerdigung gestorben. Sie trauerte viele Jahre."

Alma schwieg einen Moment und schaltete die Stehlampe mit dem warmen Licht ein. Es war dämmrig geworden und die Vögel begannen ihr Abendkonzert, als wollten sie die Leogeschichte musikalisch begleiten.

Die Flasche Rotwein war noch nicht leer und Alma erzählte weiter.

„Zurück zur kleinen Dschani. Noch bevor Dschani zur Schule kam fuhren sie und die Schwester öfter mit der Straßenbahn in ein zehn Kilometer entferntes Dorf zu den Großeltern. Die Mutter war auf diese

Weise wieder entlastet. Dschani konnte dort ohne Angst, dass ein Streit der Eltern in der Nacht sie wecken würde, einschlafen, am Tag herumtoben, Wünsche äußern und mit dem geliebten Großvater spazieren gehen. Er hörte sie eines Nachmittags schreien, als sie in dem Holzhäuschen, das hinter dem Haus der Großeltern als Abort diente, die Tür von innen nicht mehr aufmachen konnte. Die Panik, die sie im Bunker erlebt hatte, breitete sich schnell aus, und Dschani schrie so lange, bis der Großvater sie befreite. Noch als Erwachsene hielt sie, bevor sie moderne Toilettentüren von innen verriegelte, nach einem möglichen Fluchtweg Ausschau. Nach dem Schrecken und dem Eis, das der Großvater ihr zum Trost kaufte, lachte sie wieder. Am Abend spielte der merkwürdige Onkel Kuni, von dem ich später noch erzählen werde, Zither. Dschani kletterte dann auf den Schoß des Großvaters und mit der Schwester und der Großmutter sangen sie zu den Zitherklängen Kinderlieder und ein altes Volkslied, das Dschani nie wieder vergaß: *Ännchen von Tharau ist die mir gefällt, sie ist mein Leben mein Gut und mein Geld...*" Alma sang mir das Lied, ein romantisches Heimatlied, das ich nicht kannte, vor und es gefiel mir.

„Nach den Abendgebeten und, wie immer, einigen Marienliedern mit der Großmutter, die eine große Verehrerin der „Mutter Gottes" war, lag Dschani zufrieden im Bett. Die quietschenden Geräusche der vorbeifahrenden Straßenbahn waren ihr vertraut, und das Spiel der Lichter, die an der dunklen Decke vorüber huschten, regte ihre Phantasie bis in ihre Träume hinein an. Auch die dumpfen Glockenschläge der nahen Kirche begleiteten sie in den Schlaf. Dann wünschte sie sich, dass alles immer so bliebe und schlief beruhigt ein.

Eines Tages fuhren die Kinder, dieses Mal mit den Eltern, wieder zu den Großeltern. Die Mutter weinte, war ganz in Schwarz gehüllt. Ein kleiner Hut mit Schleier bedeckte Kopf und Gesicht.

Der Großvater ist tot, sagte die Schwester.

Dschani stand neben der Mutter im Zimmer, sah den geliebten Großvater still in seinem großen Bett liegen. Er hatte die Hände hoch über der Brust gefaltet. Ein brauner Rosenkranz hing darüber. Dschani konnte, wenn sie sich auf die Zehenspitzen stellte, das ihr so vertraute Gesicht genau anschauen. Etwas beunruhigend Fremdes lag darin. Sie war nicht sicher, ob sie verstand, was hier geschehen war, aber sie ahnte, der Großvater würde nie mehr reden oder lachen. Im Zimmer roch es nach fremden Blumen, denen jetzt bestimmt so kalt war wie ihr. Das Gemurmel der Erwachsenen machte Dschani traurig. An der Herz-Jesu Statue auf der Kommode stand ein Schälchen mit Wasser und einem kleinen grünen Zweig und alle spritzen einige Tropfen auf das weiße Tuch, das über dem Großvater bis zur Brust ausgebreitet lag. Der große Spiegel des Kleiderschrankes war mit einem weißen Laken zugehangen. Das Fenster stand offen. Das muss so sein, erklärte die Mutter, damit die Seele in den Himmel fliegen kann, und nicht wie ein Vogel im geschlossenen Raum flatternd den Ausgang sucht. Das verstand Dschani gut und sie schaute immer wieder zum Fenster, vielleicht würde sie ja etwas von dem Seelenvogel sehen können. Und wenn man in den Spiegel schaut, lacht man und dreht sich im Kreis und freut sich. Deshalb heute das Tuch davor, das verstand Dschani auch.

An diesem Abend kam die Patentante und nahm Dschani mit. Sie durfte im Bett mit der ein Jahr älteren Cousine schlafen und sie erzählten sich im Dunkeln unter der Bettdecke unheimliche und lustige Geschichten.

Oft dachte sie noch an den Großvater und seine gefalteten, weißen Hände über dem weißen Tuch und fand es sehr schade, dass er, der ihr schon lange die Zahlen gezeigt hatte und mit ihr gerechnet hatte, nichts mehr dazu sagen würde, wenn sie bald zur Schule gehen durfte. Auch würde er ihr nie mehr heimlich zwei Mal Eis am gleichen Tag kaufen. Dschani wurde bei dieser Vorstellung sehr traurig."

Alma hatte aufgehört zu reden und die Augen geschlossen. Sie sah müde aus.

„Von Dschanis Schul- und Internatszeit erzähle ich dir ein anderes Mal, wenn du möchtest. Ich habe den Verdacht, dabei in ein vergangenes Jahrhundert zu schauen. Du wirst wenig Vergleichbares aus deiner Schulzeit kennen."

Sie entließ mich an diesem Abend mit einer Umarmung und einem Glas Kürbisgelee.

Als ich Alma nach einer Woche, wie verabredet, wieder besuchte, breitete sie Bilder auf dem Tisch aus, ein Klassenfoto mit ungefähr vierzig Kindern und einem jungen Lehrer. Sie deutete auf ein großes Mädchen in der zweiten Reihe, das etwas missmutig schaute.

„Dschani, als sie das erste Mal zur Schule ging, damals Volksschule genannt, trug stolz eine bunt bestickte Stofftasche mit einer Schiefertafel darin, auf der einen Seite mit Linien und auf der anderen mit Kästchen. An einem kurzen Band, durch ein Loch im Holzrahmen der Tafel befestigt, hingen ein feuchtes und ein trockenes Läppchen. Dazu gab es zwei Griffel aus Schiefer in einem bemalten Holzkästchen, dessen Deckel man auf und zu schieben konnte. Dschani liebte Tafel und Griffel sehr. Bis in die siebziger Jahre wurden in Deutschland zum Schreiben- und Rechnen-Lernen Schiefertafeln und Griffel benutzt. Als Geschenk zur Einschulung bekam Dschani von dem besonderen Onkel Kuni ein mit Schneewittchen und den sieben Zwerge bunt bemaltes Kinder-Kaffeeservice aus Blech, auf einem kleinen Tablett. Sie brachte es stolz und zur Freude anderer Kinder mit zur Schule. Der Klassenraum, in dem vierzig Kinder an Holztischen saßen, war schmucklos, düster, mit Kohleofen und einer großen Wandtafel, davor ein durch ein Podest erhöhter Tisch, an dem Lehrer Wagner saß. Kinder mit großen ängstlichen Augen duckten sich hinter den vor ihnen Sitzenden. Andere schwatzten munter, wie die vorlaute Dschani, wie die Mutter sie manchmal nannte. Sie wusste auf alles eine Antwort, was Lehrer Wagner fragte. Nach der Schule folgte sie ihm in respektvollem Abstand, wenn er mit dem einen Arm, der ihm vom Soldat-Sein geblieben war, die braune Aktentasche schlenkerte. Sie gingen den gleichen Heimweg. Er bewohnte seit Schulbeginn ein möbliertes Zimmer in Dschanis inzwischen wieder behaglichem Elternhaus.

Dieser so verehrte Lehrer Wagner saß zu den Mahlzeiten am gleichen Tisch wie Dschani, und sie zeigte sich zu Hause als das ruhige, folgsame Kind, das die Mutter sich vielleicht immer gewünscht hatte. Dschani wagte während des Essens kaum, ihn anzuschauen. Seine Anwesenheit schürte ihren Fleiß und Ehrgeiz, was dazu führte, dass sie vier Jahre bis zum Schulwechsel Klassenbeste war. Ihre Wissbegier konnte sie kaum zügeln. Endlich durfte sie alles lernen, was die älteren

„Besserwissergeschwister" schon wussten. Dschani lernte mühelos Französisch, weil die Mutter öfter mit den Kindern palaverte. In der dritten Klasse gewann sie einen Buch-Preis: „Les petits chats timides". Julius, ihr heimlicher Schwarm in der Klasse, hob bei der Abstimmung, wer denn die Beste in Französisch sei, für sie die Hand. Dieses Buch gehörte lange zum Liebsten, was Dschani besaß", sagte Alma mit leiser Wehmut in der Stimme und trank ihr Glas leer.

Wir trafen uns einige Tage später wieder.

„Hast du Zeit?" Alma kam von einem Waldspaziergang und war in so guter Stimmung, dass sie mich, die ich gerade aus der Redaktion kam, lachend am Arm packte und mit sich ins Haus zog.

„Im Wald fielen mir noch einige Geschichten von Dschani ein, die ich dir gerne erzählen möchte, magst du? Brauchst du dein Aufnahmegerät?"

„Ja, ich bin gleich wieder hier."

„Ich mixe uns inzwischen einen Holundersaft mit Sekt und bereite eine Kleinigkeit zum Essen vor. Du hast sicher Hunger."

Während sie uns mit leicht zittriger Hand das köstliche Getränk einschenkte redete sie schon. Ich aß wunderbare Käsebrote mit Gurken und Tomaten.

„Dschani war rebellisch, voller Neugier, dabei einfallsreich und mutig, was ihr nicht immer zum Vorteil gereichte, wie sich zeigen würde, wenn sie gegen Ungerechtigkeiten kämpfte und sich Freiheiten ertrotzte. Aber sie erfuhr, neben allen unnötigen Schrecken, auch viel Freude in ihrer Kindheit. Eines Tages dichteten Dschani und ihre Schwester ein Spottlied in ihrer Geheimsprache auf „Schissermichel", wie ihn alle im Dorf nannten, den einfältigsten Mann, den sie kannten, der nicht weit von ihnen wohnte, der nicht lesen und schreiben konnte, und dessen Wortgestammel sie zum Kichern verführte. Er war der sogenannte Dorftrottel. Nach dem Krieg ernannten ihn die ahnungslosen Franzosen zum Dorfpolizisten. Eines Tages musste er einen Verkehrsunfall aufnehmen, bei dem zwei Radfahrer zusammengestoßen waren und heftig darüber stritten, wer denn schuld sei. Schissermichel, des Schreibens unkundig, schrie die beiden Radler an: „Faah du do naus un du doo naus, " indem er mit dem Finger einmal nach rechts und einmal nach links zeigte, „dann is da Sdreid dedählt.", was so viel heißt wie: Fahr du hier hin und du dort hin, dann ist der Streit geteilt. Schreiben war nicht mehr notwendig. Dschani und die Schwester lachten und dichteten heimlich: Ad Dnom dniesch, ad Dnom dnisch, ad Leschim diel mi Teb, ad kers ed Schaa se Redschnef saur od dnäm am se räw e Käw. Dieses Lied wurde in Moll geträllert. Sie sangen es, kichernd wie Teenager, noch als Erwachsene bei späteren Familientreffen, ohne den Text zu übersetzen, der doch ein wenig ordinär war. Die Familie hätte das nicht geduldet.

Samstage und Sonntage erlebte Dschani als Sonnenscheintage und Friedenszeit in der Familie, da der Vater an den Wochenenden nie betrunken war. Die beiden Mädchen mussten allerdings jeden Freitag und Samstag, bis zum Nachmittag, der Mutter helfen, das Haus schrubben, vom Keller bis zum Speicher, was beide hassten. Warum muss ich diesen Schank abstauben, fragte sich Dschani jedesmal, sie konnte es nicht verstehen. Am Samstagnachmittag brachten sie Blumen aus Nachbars Garten zum Grab der inzwischen verstorbenen Großmutter, und einmal im Monat gingen sie brav in die Kirche, um im Beichtstuhl dem Pastor nicht begangene Sünden ins Ohr zu flüstern und die von der Kirche festgelegten Sünden zu unterschlagen. Samstagabend ließ die Mutter für alle drei Kinder das Badewasser ein, und wenn sie sauber im Schlafanzug um den Tisch saßen, naschten sie an dem frisch gebackenen Puddingkuchen, dessen Duft das ganze Haus besetzte. Dann sang die Familie mehrstimmig viele Lieder, Kanons, auch ein gemeinsam gedichtetes Spottlied über die bunte Oma aus der Nachbarschaft, die die Kinder oft im Spiel störte. Sie wurde als Zirkuspferd erkannt, das dazu passende Lied war schnell gedichtet, die Melodie geliehen und alle schmetterten lauthals, und Dschani stellte sich vor, ein buntes Zirkuspferd hüpft wild, wenn es durch das offene Fenster die unverschämten Klänge hört."

Alma sang leise, die Worte murmelnd: „*Ein Zirkuspferd ist hier zu Land in purpurrohotem Pruhunkgewand, holladihi, holladiho . . . .*

Dschanis geliebter Vater Leo erzählte abends manchmal Geschichten aus aus seiner großen Familie, von seinen Eltern und den fünfzehn Geschwistern. Er war, wie ich schon erwähnte, der Jüngste, geboren 1905. Sie kauften mit dem Wäschekorb Brötchen für alle zum Frühstück. Es saßen, mit den Angestellten, manchmal mehr als zwanzig Personen an dem langen Esstisch. Sie fuhren das erste Auto im Dorf, kauften das erste Radio für die Gaststätte, 1924. Die älteren Leute im Dorf, die sich neugierig in der Gaststube versammelten, glaubten an Hexerei, wenn sie die Stimmen aus dem Gerät hörten. Leos Mutter kochte jeden Tag das Essen für die Männer aus dem sogenannten Schlafhaus. Schlafhäuser wurden von den preußischen Staatsgruben bereits im 19. Jahrhundert, vor allem im Saargebiet, für Bergleute gebaut, die aus weiter entfernt liegenden Orten hier in den Gruben arbeiteten. Die Gaststätte, die einzige im Dorf, in der man essen konnte, war immer voll. Leos Vater machte die Schuhe für die Kinder und war bekannt für seine, von Kennern begehrten, selbst gedrehten Zigarren.

Sehnsucht, nach der unbeschwerten Kindheit und schönen Jugendzeit, überzogen Leos Geschichten mit einer leicht romantischen Patina. Sein Vater schickte ihn, den Siebzehnjährigen, eines Tages in das französische Nachbardorf. Dort konnte man ohne große Schwierigkeiten einen Revolver kaufen. Das viele Geld, das die Familie mit ihrem Gasthaus, ihrer Drogerie, ihrem Eisenwarenhandel und mit der Wechselstube einnahm, stapelte sich in einer Kiste, die abends mit ins Schlafzimmer der Eltern geschoben wurde. Leo sollte einen Revolver besorgen, den sich der Vater nachts unter sein Kopfkissen legen würde. Nach erfolgreichem Erwerb der Waffe ging der Siebzehnjährige mit einem Freund, den er zufällig getroffen hatte, ins Kino des französischen Dorfes. Leo konnte der Versuchung nicht widerstehen, seinem Freund von dem Kauf zu erzählen, und beide schauten sich, in der vermeintlichen Sicherheit des dunklen Kinosaales, genau an, wie die Waffe zu bedienen sei. Sie wurden bald jäh unterbrochen von einem Polizisten, der eine Reihe hinter ihnen saß, und sie beobachtet hatte. Der nahm den Siebzehnjährigen mit zur Wache und steckte ihn in eine Zelle der französischen Gendarmerie.

Dschani machte große Augen. Der Vater im Gefängnis. Ihre Fantasie schlug Purzelbäume, sie sah, wie ihr Vater, der Revolverheld, sich mutig befreit, ausbricht und der Verfolgung nur knapp entkommt.

Sie wollte jetzt alles genau wissen und Dschanis Vater steigerte sich in die eigene Fantasiewelt, wobei ihn sein schauspielerisches Talent unterstützte:

Die Nacht in der Zelle, es gab nichts darin, kein Licht, nur den nackten kalten Boden und Ratten, die hin und herliefen, wie soll man da schlafen, erzählte er mit dramatischer Stimme. Ich konnte mir nicht vorstellen, wie ich da jemals wieder rauskommen sollte. Ich war verzweifelt, bin die ganze Nacht in der Zelle mit den Ratten hin und hergelaufen, wie ein Tiger im Käfig. Am nächsten Morgen schob jemand, das sollte das Frühstück sein, einen Blechnapf mit grauer Brühe und einigen Brotstückchen darin durch die Klappe am Fußboden der Eisentür, und noch bevor die Klappe wieder zu schlug, schob ich schon, zack, den Blechnapf zurück nach draußen.

Wie lange sperrten sie dich ein, ohne Essen und Trinken und in Dunkelheit und Kälte, fragte Dschani erregt. Eine Nacht und einen ganzen Tag, bis ich plötzlich meinen Vater, deinen Großvater hörte, der lautstark mit dem Chef de Police stritt. Zum Glück rauchte der Chef de Police gerne gute Zigarren und der Vater brachte ihm eine Kiste selbst gedrehter Zigarren, eine Spezialität von ihm, mit. In dieser Kiste lagen außerdem viele schmutzige Geldscheine und alles zusammen wechselte schnell den Besitzer. Ein Handschlag, und meine Zelle wurde geöffnet.

Dschanis Vater schmunzelte und Dschani zeigte sich ein wenig enttäuscht, aber auch erleichtert, dass der Vater nicht auf der Flucht erschossen wurde. Es waren gute Abende, wenn Dschani nach solchen Geschichten die Augen zufielen und der Vater sie ins Bett trug und die Mutter mit den Kindern Gebete sprach, die Dschani in den Schlaf begleiteten."

Alma erzählte nach kurzer Pause und einigen Schlucken Holundersekt munter weiter.

„Zu den guten Tagen zählten, wie ich schon sagte, die Samstage und Sonntage, auch die Feiertage:

Weil die Eltern sich zum Mittagsschlaf zurückgezogen hatten, und alles war still im Haus.

Weil Dschani auf der Wiese im hohen Gras lag und in den Wolken seltsame Tiere beobachtete.

Weil sie mit der Schwester auf dem Dachboden Schule spielte.

Weil an diesen Tagen der Vater nicht betrunken nach Hause kam.

Weil die Eltern nicht stritten.

Weil der große Bruder sie nicht auslachte.

An solchen Tagen wünschte sich Dschani, die Zeit anhalten zu können.

Dschanis Mutter, unzufrieden mit ihrem Leben, das ihr Träume nicht erlaubte, inzwischen waren es vier Kinder, musste diese öfter bestrafen. Zu Recht? Wer weiß das schon. Eines Tages sperrte die Mutter Dschani in den Keller. Die wusste als Einzige nicht warum. Als die Mutter die Kellertüre ins Schloss fallen ließ und hinter sich zuschloss, stand Dschani mit laut pochendem Herzen und gesammeltem Trotz im Dunkeln. Sie verfolgte mit angehaltenem Atem die rasch sich entfernenden Schritte und begann in der beängstigenden Stille leise zu weinen. Fahles Dämmerlicht des kleinen Kellerfensters malte ein Gittermuster an die Wand. Sie werden mich vergessen, niemand kann mich hier unten hören, niemand, niemand, schluchzte sie. Oder? Plötzlich erinnerte sie sich: mit der Schwester schlich sie sich oft in den Keller, nur um in die große Zinkwanne, die so auffordernd an der Wand hing, zu rufen, zu singen, ihr hallende Klänge zu entlocken und um an die Außenwand und an den Boden der Wanne zu trommeln. Mit jedem Holz oder Kartoffeln hochholen, oder Sauerkraut aus dem Steinfass schöpfen, brachten sie die Wanne im Vorbeigehen zum Scheppern und Tönen, und der ganze Kellerraum füllte sich mit Klängen. Dschani stieg jetzt vorsichtig im Dunkeln die steilen Stufen hinunter, tastete rechts an der Wand die Wanne und begann zuerst zaghaft zu klopfen, dann hämmerten beide Fäuste mit zunehmender Wut auf den Wannenboden und die Seitenwände. Die unterschiedlichen Töne klangen wie Botschaften, die nirgendwo Widerstand fanden, die sich übereinander legten, verschmolzen und echohaft im ganzen Keller ausbreiteten. Jetzt zwängte sich Dschanis zornige Stimme in den Spalt zwischen Wanne und Wand: Gemeinheit, Gemeinheit, buh, bäh, ich will hier nicht verhungern, tönte es blechern aus dem Innenraum der Wanne in den dunklen Keller. Als nach unendlich langer Zeit ihre Hände und ihr Mund sich beruhigt hatten, schien sich der Klangrausch allmählich in den Nischen der Kellerräume aufzulösen, von der Dunkelheit verschlungen zu werden, wie Dschani, die dem letzten Echo verzweifelt hinterher lauschte. Dann war es still. Das ferne Gegacker aus dem Hühnerstall drang durch das Kellerfenster. Die kurzen schrillen Töne zwei sich streitender Spatzen in der Nähe. Dann wieder diese unheimliche Stille.

Dschani hörte nur ihren kleinen Atem, ein – aus – ein – aus.

Sie setzte sich auf die untere Treppenstufe, den Kopf in die Hände gestützt, ängstlich, traurig und trotzig. Plötzlich hörte sie in der Nähe des Kellerfensters einen gellender Schrei, jetzt wieder und noch einer. Dschani wusste sofort, der kleine Bruder schrie, der hatte sich vielleicht verletzt, war gestürzt, konnte vielleicht nicht mehr aufstehen. Dschani versuchte, durch das Kellerfenster etwas zu sehen, aber vergeblich. Hatte sie nicht vorhin gehört, wie die Mutter zur Nachbarin ging? Und sie wusste, der Vater in der Werkstatt konnte das Kind nicht hören. Sie stieg hastig einige Stufen hinauf, um mit ihrem Mund nah an das Kellerfenster zu reichen und schrie Peterle, Peterle, in die Pausen der weiter schrillen Schreie. Peterle, hallooo, Peterle. Das Geschrei von Peterle verstummte. Komm hierher zum Kellerfenster oder krabbel, wenn du nicht laufen kannst, hierher, hier zum Kellerfenster. Stille. Dann wieder Schluchzen, begleitet von kurzen Trippelschritten. Hierher Peterle, schau am Kellerfenster, ich bin hier. Peterle bückte sich, schaute und erkannte Dschanis Stimme. Er begann wieder zu schreien. Dschani schrie lauter. Geh, geh ins Haus, schließ die Kellertür auf, mein kleiner Schatz. Sie versprach ihm Bonbons und „Heile Heile Gänschen" zu singen. Peterle lief ins Haus und an die Kellertür. Der Schlüssel knirschte und quietschte im Schlüsselloch. Mit geduldigen Anweisungen von Dschani gelang es Peterle, den Schlüssel zu drehen und die Tür sprang auf. Dschani nahm ihn schnell in den Arm. Danke, danke mein Brüderlein, und sie ging mit ihm in die Küche. Die Bonbons aus der, von der Mutter nicht sorgfältig genug versteckten Dose, verschwanden in Peterles Mund, während er auf Dschanis Schoß saß, auf seine Schrammen am Bein immer wieder zeigte und dem heilenden Lied, mit letzten Schluchzern lauschte."

Alma schwieg und in meinem Kopf hallten die hohlen Klänge aus dem Keller: „Gemeinheit, Gemeinheit" und die hellen Schreie von Peterle. Dann drückte ich die Aus-Taste des Recorders.

Viele Sonntage im Sommer, pünktlich um halb vier am Nachmittag saßen wir, Frauen, Kinder, auch einige Männer der Nachbarschaft, mit Almas selbstgebackenem Apfel- oder Pflaumenkuchen und frisch aufgebrühten Costa Rica Café, den sie immer lobend erwähnte, an ihrem Tisch, auf dem nie eine bunt bestickte, alte Tischdecke fehlte, im Garten. Sie liebte die Sonntagsnachmittagskuchenrunde, die sich bis in den Abend hinein dehnten. „Es kann kommen wer will", verkündete sie jedes Mal. Sie erkundigte sich nach Diesem und Jenem im Dorf, ließ sich den neuesten Klatsch erzählen, kommentierte alles lautstark.

Dann erzählte sie.

„Heute erzähle ich euch Geschichten von Dschani, dem Kind aus meiner Kindheit, und wie sie sich anstrengte, ein gutes Kind zu sein, wie alle es damals von Kindern erwarteten. Tragisch, diese Vorsätze. Ihr wisst, der Weg zur Hölle ist mit guten Vorsätzen gepflastert.

Eines Tages fanden Dschani und ihre Schwester fünf saarländische Franken unter dem Küchenschrank. Dafür konnte man damals ein Brot kaufen und die beiden kauften sich heimlich für das ganze Geld, im kleinen Krämerladen bei Josef, Bonbons. Der Laden lag am Ende der Schnadddergasse. Wahrscheinlich hieß sie so, weil viel Geschnatter diese Gasse belebte, ob von Gänsen oder Menschen, wer weiß das noch, also sie kauften sich Bonbons, zwei Schürzen voll. Um nicht von der Mutter erwischt zu werden, mussten sie, auf dem über Wiesen und Felder verlängerten nach Hause Weg möglichst alle aufessen, bis ihnen schlecht wurde und sie letzte Bonbons der Wiese unfreiwillig und schweren Herzens überließen. Am folgenden Samstag wurde der fünf-Franken-Frevel in den Beichtstuhl getragen. Gott zeigte sich gnädig und die leicht verdunkelte Sonne der Tage davor lachte wieder. Denn immer, wenn die beiden Mädchen nach Ansicht des Allmächtigen sündigten, dazu gehörte zum Beispiel das gegenseitige Erkunden, was sich zwischen ihren Beinen denn genau versteckte, wartete die Hölle auf sie. So inhalierten sie den Unsinn der Kirche. An den darauffolgenden Tagen voller Gewissensbisse, verdunkelte sich der Himmel auf beängstigende Weise. Sie mussten warten, bis es wieder Samstag war, um die peinliche Offenbarung: Ich habe Unkeuschheit betrieben, ins Ohr des Priesters zu stammeln. Nach der schnell abgebeteten und der großzügig von ihnen verkürzten Buße, stürmten sie mit glücklichem Gesicht aus der Kirche, wo sie der versöhnte Himmel mit einer strahlenden Sonne empfing. Die Mutter erfuhr es nie", murmelte Alma und steckte sich ein großes Stück Kuchen in den Mund. „Übrigens", fuhr sie kauend fort, „dieser Josef aus dem Krämerladen, dessen Verstand bescheiden blieb und der mit seinen fünfzehn Jahren wirklich noch ein Kind war, dem die Mutter immer noch die Hosen zuknöpfte, der sollte im letzten Kriegsjahr zum Volkssturm eingezogen werden. Bei der Musterung gab er dem Offizier zu bedenken: .un wer macht mir do die Hos zu? Er hätte sich lieber in die Hosen gemacht, als Soldat zu sein. Aber der Offizier reagierte streng und unerbittlich.

Josef kam aus dem Krieg zurück, erwachsen, wortkarg und seine Haare schienen weiter vom Kopf abzustehen als zuvor", ergänzte Alma, schenkte Kaffee nach und verteilte Kuchen. „Die Kinder sahen ihn nicht mehr lachen und fingen an, sich vor ihm zu fürchten. Später wurde er in die Psychiatrie eingewiesen, weil er eines Tages im Geschäft alles demolierte und dabei schrie: Haut doch alle ab, ich schieß euch über den Haufen.

Er wurde im Dorf nie wieder gesehen."

Alma schwieg und schaute sich um, ob jemand etwas sagen wollte, aber alle blieben still.

„Dschani ging erst kurz zur Schule", begann sie wieder, „als ein achtjähriger Junge im Dorf an Kinderlähmung starb. Das Schreckgespenst ging, ein Jahr nach Kriegsende, im Dorf um, und es gab keinen Impfstoff. Beten und Sauberkeit zählten zu den unzureichenden Möglichkeiten, die die Menschen damals nutzen konnten. Keine Ausrede half den Kindern, die das gründliche Händewaschen vor jedem Essen, nach der Schule und nach dem Spielen vermeiden wollten. Der tote Junge lag, damals üblich, drei Tage zu Hause aufgebahrt. So lange braucht die Seele, bis sie sich vom Körper trennt, wusste Dschanis Großmutter. Alle Erwachsenen und die

Kinder seiner Klasse konnten sich in dieser Zeit von ihm am Sarg verabschieden.

Dschani durfte ihre Schwester, die die gleiche Klasse besucht hatte wie der Junge, nach langem Bitten und Betteln zum Gebet und Abschied am Sarg begleiten. Neugier und Schrecken wechselten sich in Dschani ab, als sie vor dem Sarg, umgeben von vielen Blumen und brennenden Kerzen, stand. Dann wurde sie, von der Schwester angestoßen, aus ihren Gedanken gerissen. Vor dem Sarg auf dem Boden stand ein kleines Metallgefäß, in dem ein Buchsbaumzweig im Wasser steckte. Mit diesem Zweiglein spritzte die Schwester ein Kreuzzeichen über den Jungen und reichte es weiter an Dschani. Die tat alles, was die Schwester ihr vormachte und kam sich dabei sehr erwachsen vor. Dann faltete sie die Hände und Dschani wusste, jetzt sollte sie beten. Das Gesicht des Jungen sah aus, als ob er schliefe, aber Dschani dachte, dafür liegt er zu still da. Nichts bewegt sich an ihm und in ihm. Der ist tot, sagte sie zu sich, und sie erinnerte sich an ihren Großvater, wie er bleich und bewegungslos auf seinem Bett lag und zwei Tage später verschwunden war. Bei Gott im Himmel, sagte ihre Schwester. Wenn Dschani beim Versteckspiel nicht gefunden werden wollte, schloss sie auch die Augen und versuchte so unbeweglich wie dieser Junge hier zu sein. Bin ich dann tot? Ich möchte aber nicht verschwinden, auch nicht meine Seele fliegen lassen zu Gott in den Himmel, dachte sie trotzig und schaute sich den Jungen nochmal genau an: Er hielt die Hände gefaltet, über denen, wie beim Großvater, ein Rosenkranz lag. Eine Blume steckte zwischen den Fingern. Wahrscheinlich betet er so lange, bis er bei Gott angekommen ist und schenkt ihm dann die Blume. Aber wieso schenkt er Gott etwas, der ihm doch diese Krankheit geschickt hat, fragte sie sich und war ratlos. Sie spürte, wie Zorn in ihr aufstieg auf diesen Gott, der auch Großvater haben wollte. Sie dachte an Gott und bat ihn, ihren Zorn unterdrückend, inständig, ihr diese Krankheit nicht zu schicken und ihrer Schwester und dem Bruder auch nicht. Aha, kam ihr blitzschnell der Gedanke: Gott will diesen Bub wieder zurück im Himmel haben, wo er ja herkommt. Gott gehört doch alles und deshalb schickt er ihm die Krankheit, damit er schnell wieder bei ihm ist. Gott will alles von diesem Jungen wieder zurück haben, den Kopf, die Hände, den Bauch, die Beine und Füße, alles, alles. Von mir dann auch?

Dschani möchte am liebsten weinen und bittet diesen Gott, den sie ja nicht so gut kennt, alles, was ihm an ihr gehört, ihr noch eine Weile zu borgen. Dann wagte sie einen Blick auf die dunkel gekleideten Frauen, die an der Seite des Raumes auf Stühlen saßen, einige mit verweinten Augen und wie sie murmelnd einen Rosenkranz durch die Finger gleiten ließen, alle tief in sich hineingekrochen. Intensive Blumendüfte und Buchsbaumgeruch füllten bald so aufdringlich Dschanis Nase, dass sie plötzlich zwei Mal nieste. Für einen Moment unterbrachen die Frauen das Gemurmel und die Schwester unterdrückte krampfhaft ein Lachen. Die beiden Mädchen verließen schnell die Stube. Draußen konnten sie ihr Lachen nicht mehr stoppen und rannten die Straße hoch.

Für Dschani rochen Tod und Trauer seit dieser Zeit nach Buchsbaum und Rosenkranzgemurmel.

Drei Tage später trugen vier Männer den weißen, geschlossenen Sarg aus dem Haus, vor dem sich eine große Menschenmenge versammelt hatte. Die Reihenfolge war streng geregelt. Angeführt wurde die Prozession zum Friedhof vom Pastor und den Messdienern in einem schwarzen Trauergewand. Der Pastor schwenkte einen goldfarbenen Weihrauchkessel, aus dem eine kleine Rauchfahne hochstieg, die Messdiener klingelten mit silbernen Schellen. Dann folgte der kleine weiße Sarg, von vier Männern getragen, direkt dahinter die Familie des Toten, dann die Verwandten und Nachbarn, dann die Kinder der Schule mit den Lehrern, Dschani neben ihrer Schwester, zum Schluss die Leute aus dem Dorf. Alle sprachen dem Pastor nach, der den Rosenkranz laut vorbetete, bis die Prozession vor dem Grab angekommen war. Die Kinder drängten sich um das Grab und der Lehrer stimmte ein Lied an: *„Harre meine Seele"*. Dschani musste ein wenig weinen, weil sie sich so traurig fühlte. Sie würde dieses Lied nie wieder vergessen.

Als die Kinder nochmal mit Weihwasser und einem Buchsbaumzweig das Kreuzzeichen über dem Sarg machten, Dschani wieder alles der Schwester gleichtat und der kleine Sarg in das Loch herabgelassen wurde, schaute sie kurz hoch in das verweinte, notdürftig geordnete Gesicht der Eltern des Jungen und sagte laut zu ihnen:

Vielleicht kommt er ja bald wieder. Die Mutter schaute erschrocken auf und lächelte Dschani mit traurigen Augen an. Dschani hätte gerne noch mehr zu den Eltern gesagt, um sie zu trösten, so etwas wie: *Euer Junge ist sehr mutig in diesem Loch im Sarg, auf den ja noch Erde geschüttet ist, wer weiß, wie lange er da bleibt, aber die Schwester zog sie schnell am Arm weiter"*.

Einige an Almas Kaffeetisch konnten sich an eine erste Begegnung mit dem Tod erinnern und dem Schrecken, den er hervorrief, auch an das Unheimliche, das mit dem Tod verbunden war und tauschten sich kurz darüber aus.

„Diese zweite Begegnung mit dem Tod", begann Alma wieder, „hinterließ bei Dschani tiefe Spuren und erstes Misstrauen gegen diesen Gott, zu dem doch alle beteten und ihn um Hilfe baten und der allen half, wie die Großmutter immer sagte. Dem Großvater und diesem Bub hat er nicht geholfen, murrte Dschani leise. Der Pastor, erinnerte sich Dschani auf dem Nachhauseweg, der doch an Gottes Stelle auf der Erde ist, zitierte letzten Sonntag ein Kind, das während der Messe mit einem anderen Kind tuschelte, nach vorne an die Kommunionbank. Er verpasste dem Kind dann in der Sakristei eine Ohrfeige. So erzählte es die Schwester zu Hause, und alle fanden es unerhört, und Dschani freute sich, von Gott und seinem Stellvertreter nicht beim Tuscheln ertappt worden zu sein. Sie konnte ihren Mund selten halten während der langen, oft langweiligen Zeremonie in der kalten Kirche, der unverständlichen Predigt und den Liedern, die sie nicht mitsingen konnte. Sie rutschte in der Bank hin und her oder tuschelte hinter vorgehaltener Hand mit einer Freundin.

Aber hätte der Pastor auch mich geohrfeigt? Und sie dachte daran, wie sie letztes Jahr an Weihnachten das babygroße Jesuskind durch die dunkle Kirche bis zum Stall am Altar trug, begleitet von feierlicher, leiser Orgelmusik, gespielt von ihrem eigenartigen Onkel Kuni. Der Pastor wählte Dschani aus, warum wusste sie nicht, und alle Kinder, einschließlich der Schwester, schauten neidisch zu.

Die hübsche Dschani mit ihren langen schwarzen Zöpfen, die manchmal als offene Locken herumflatterten, strahlte mit ihren großen, dunklen Augen jeden an, auch diejenigen, die die Welt als Jammertal sahen und machte sich mit ihrer kecken Art beliebt. Mit fünf Jahren schmetterte sie ohne jede Angst und ohne Fehler bei der Weihnachtsfeier das Lied „Kling Glöckchen" auf der Bühne. Niemand hatte sie dazu aufgefordert. So war sie nun einmal", spöttelte Alma.

Sie schwieg eine Weile, stand schließlich etwas mühsam vom Tisch auf, für uns das Zeichen, uns zu verabschieden.

„Wie Dschani in den kommenden Jahren mit diesem Gott, dem sie misstraute, trotzdem wieder sprach, erzähle ich ein anderes Mal", sagte sie beim Abschied.

Wir bedankten uns für die Geschichten und den leckeren Kuchen.

Alle wurden von ihr umarmt.

Es vergingen zwei Wochen. Alma war weg und niemand wusste wohin und wann sie zurück sein wollte. Die Fensterläden waren geschlossen, das Haus und der Garten verwaist. Ich schaute jeden Morgen die Straße hoch, in der Hoffnung, dass das Haus die Augen wieder aufschlagen würde und die Nachbarkatze nicht umsonst vor Almas Tür miaute. Ich vermisste sie und ihre Geschichten. Dann sah ich sie eines Nachmittags im Garten, alle Läden weit offen, als schützten sie die Fenster nur zu besonderen Zeiten vor dem grellen Tageslicht und der Nachtschwärze.

Ich besuchte sie am frühen Abend, sie lachte mich an, bat mich hinein. Ich wagte nicht zu fragen, wo sie war, aber sie machte kurze liebevolle Bemerkungen über ihre beiden Enkelkinder. Wir saßen eine Weile in der Küche, in der die getrockneten Kräuterbündel von der Decke hingen und in der der alte Küchenschrank mit dem bleigefassten bunten Glas ächzte, wenn man eine seiner Türen öffnete. Die Spitzengardinen aus dem letzten Jahrhundert hingen geduldig vor den Fenstern und der Messingkronleuchter verbreitete sein warmes Licht im ganzen Raum. Sie rückte uns bald in der Nische vor dem Fenster die alten Sessel zurecht und schenkte uns ihren speziellen Kräutertee ein, legte selbstgebackene kleine Kuchen auf den Tisch, wusste, worauf ich wartete und begann zu erzählen:

Janet kämpft mit den Bräuten Christi

„Die Dschani-Zeit endete, als dieses Kind zehn Jahre alt war, nach der vierten Klasse der Volksschule.

Sonntagnachmittag. Anfang September. Janet, wie sie jetzt genannt wurde, lehnte im Innenhof an der kühlen Wand des Mädchenlyzeums. Sie wusste seit einigen Wochen, sie hatte die Aufnahmeprüfung für das Lyzeum in dieser fremden Stadt bestanden. Ein wenig stolz fühlte sie sich schon. Von vierzig Kindern ihrer Klasse durften nur sie und noch ein Mädchen die Aufnahmeprüfung machen. Jetzt schaute sie misstrauisch und etwas traurig auf das oberste Geschoss des gegenüberliegenden Gebäudes, in dem sie, wer weiß wie lange, bleiben musste: Das Mädcheninternat des Ordens „Arme Schulschwestern“.

Janet, wie es auf dem Zeugnis offiziell stand, nannten sie alle in der neuen Welt, in der sie sich jetzt zurechtfinden musste. Im Internat verlor sich in den kommenden Jahren die vielfach unbeschwerte Kindheit. Aber zu Hause, mit Eltern und Geschwistern, zeigte sie sich noch lange als die kleine, vorlaute und gescheite Dschani. Der Abschied heute Morgen von ihrer geliebten Schwester und dem kleinen Peter fiel ihr schwer. Sie versprach der Schwester bald zu schreiben.

Wenn du die Mutter an der großen, eisernen Pforte nachher verabschiedet hast, kommst du nach oben, sagte ihr eine kleine Nonne mit dem komischen Namen Infanta. Janet zögerte hinaufzugehen. Ihr Heimweh lastete zu schwer auf ihr und vielleicht hänselten die anderen Kinder sie wegen ihrer Tränen, die sie nicht verstecken konnte. Sie gehörte zu den jüngsten der vierzehn Mädchen zwischen zehn und siebzehn Jahren. Aber sie ängstigte sich nicht wirklich, hatte sie doch schon früh den oft schwierigen Umgang mit ihren älteren Geschwistern gelernt. Und Nonnen sind heilige Frauen, nah bei Gott, das wusste sie. Janet trat ahnungslos selbstsicher in diese andere Welt ein, als sei sie bei den Bräuten Christi vom Paradies umgeben.

Einmal im Monat fuhren die Mädchen Samstag bis Sonntag nach Hause. Nach den ersten vier Wochen Anpassung und vielen neuen Eindrücken packte Janet am Samstag nach der Schule schnell die schmutzige Wäsche in ihr braunes Köfferchen und machte sich auf den

Weg zum Bahnhof. Die Mutter hatte ihr alles genau erklärt: Zuerst mit dem Zug von St. Ingbert bis Saarbrücken, dann umsteigen in den Zug nach Völklingen und von dort mit dem Bus bis nach Hause, eine Reise von fast drei Stunden. Janet prägte sich alles ein, obwohl sie sich anfangs noch ein wenig unsicher fühlte, aber die Freude, endlich nach Hause zu dürfen, gab ihr allen Mut. Das kleine Grenzdorf hinter dem großen Wald versprach für zwei Tage die lang ersehnte Freiheit".

„Warum musste Janet in ein Internat", unterbrach ich Alma.

„Die Großmutter war ein halbes Jahr zuvor gestorben, vier Jahre nach dem Großvater. Dschanis Mutter, traurig, nervös, zu dünn und bis zum Selbstmordversuch unzufrieden, glaubte, ohne die Eltern die Arbeit mit den inzwischen vier Kindern nicht mehr zu schaffen. Der älteste Sohn besuchte schon seit einem Jahr in der gleichen Stadt, wie jetzt Janet, ein Internat bei Ordensbrüdern. Die ältere Schwester, einer der Mutter nicht bewussten alten Tradition früherer Generationen folgend, musste zu Hause helfen und den kleinen Bruder mitversorgen. Die Mutter konnte mit den Besuchen bei ihren beiden Internatskindern dem engen und provinziellen Dorf immer wieder entkommen. Und Janet freute sich, wenn die Mutter im Internat auftauche.

In den folgenden Jahren versuchten die Bräute Christi mit Anpassungsregeln, Bestrafungen, sinnlosen Begrenzungen, öffentlicher Herabsetzung und moralischem Druck, Janet auf einen demütigen, bescheidenen Weg zu schicken. Die nahm die Verlogenheit einiger Nonnen mit Entsetzen wahr, kämpfte trotzdem für mehr Freiheit und Selbstbestimmung, wie sie es von zu Hause kannte und wurde dafür bestraft. Sie kämpfte, unterlag, kämpfte weiter, zog sich zurück, betete morgens vor Schulbeginn in der kleinen Kapelle des Klosters, bat Gott, die Lügen der Nonnen zu entlarven und ihr Gerechtigkeit zu gewähren. Sie sehnte sich nach einem liebevollen Miteinander und versperrte sich selbst diesen Weg, weil sie nichts auf sich beruhen ließ. Gott stellte sich gegen sie in Gestalt von Schwester Infanta.

Schwester Infanta, klein wie ein zehnjähriges Kind, ungerecht wie eine verbitterte, frustrierte Loszieherin, die nur Nieten kennt. Sie teilte Essen aus, kontrollierte die Kleidung und setzte, in den Augen von Janet, sinnlose Verbote durch:

- abends im Bett mit den anderen Mädchen reden ist verboten. (Die Fingersprache half über das Verbot hinweg.)

- zwei Stunden am Nachmittag im Studierzimmer still sitzen, auch wenn die Hausaufgaben fertig sind, ist Plicht. (Zeit zum Träumen von zu Hause.)

- Mädchen dürfen einen Rock nur dann anziehen, wenn sie eine lange Hose darunter tragen, Beine sind des Teufels.

(Keine Chance.)

- ein wohlerzogenes Mädchen leckt kein Eis auf der Straße, man sieht ja die Zunge.

Und Janet leckte mit ausgestreckter Zunge genießerisch ihr Eis, das sie sich heimlich auf dem Weg zur Abendandacht gekauft hatte. Um möglichst weit von der Nonne, die an der Spitze der Mädchenkolonne schritt, entfernt zu sein, stellte sie sich als letzte in der Zweierreihe auf und huschte in die Eisdiele. Sie wurde erwischt oder verraten und bestraft mit Verachtung und Zimmerarrest. Die Nonne ist vom Neidvirus befallen, hörte Janet den Vater sagen. Überhaupt schien Schwester Infanta Lebensfreude nicht zu kennen und in ihrer Kindheit nicht erfahren zu haben. Es sah so aus, als müsste sie die übermütige Janet bestrafen, um dadurch die eigene Sehnsucht nach Glück und Unbeschwertheit nicht zu spüren.

Diese Maßregelungen gefährdeten Janets Intimität mit dem eigenen Ich. Dann wartete sie sehnsüchtig auf Schwester Jeremia, die Gerechte, wie die Kinder sie nannten, die die geistige und künstlerische Erziehung der Mädchen übernahm, die aber nur einmal in der Woche und am Wochenende erschien, groß schlank, schön und sensibel. Sie redete mit Janet ermahnend, gütig, verständnisvoll.

Dreißig Jahre später besuchte Janet mit ihrer Tochter wieder den Ort vieler Demütigungen und traf Schwester Jeremia, die Gerechte, als alte Nonne im Rollstuhl. Sie erinnerte sich an Janet.

Ich galt bestimmt als schwieriges Kind, Schwester Jeremia, sagte Janet zögernd und diese antwortete in ihrer großen Barmherzigkeit: Nein, ich erinnere mich an dich als ein lebhaftes und kluges Kind.

Und Janet fühlte sich für den Rest ihres Lebens rehabilitiert."

Alma lachte kurz auf, bevor sie schnell weitersprach.

„Das Internat öffnete für Janet aber auch neue Erfahrungsräume. Sie durfte Blockflötenunterricht nehmen, lernte Notennamen, die, wie ich glaube, sonst niemand in der Musikwelt kennt: bi to gu su la fe ni bi. Die richtigen Notennamen lernte sie nie. Sie durfte bei besonderen Anlässen im Internat oder zu Hause und in der Kirche auf der Blockflöte vorspielen.

Janet spielte unter Anleitung von Schwester Jeremia auch Theater, immer die Hauptrollen, in denen sie ihr Talent, vom Vater geerbt, zeigen konnte. Die Aufführungen fanden vor versammelter Klostergemeinschaft, Nonnen und Internatskindern statt. Die Bräute Christi lachten ungestüm, klatschten begeistert und konnten nicht genug davon hören, wenn Janet, die Zunge im Mund gerollt, von „Eulalia" erzählte, „die hatte drei Männer verschlissen. . ."

Als Erwachsene kannte Janet noch den Text von der einsamen Frau am Meeresstrand, die ihren Liebsten verabschieden musste, und sie erinnerte sich, dass allen Nonnen Tränen über die bleichen Wangen liefen.

Sie spielte auch die Hauptrolle im Märchen vom Schweinehirten, der eine Prinzessin zur Frau bekam, und wiederum badeten die Bräute Christi in Tränen, und wahrscheinlich wären sie alle gerne, wenigstens für eine Nacht, die Prinzessin gewesen, die einen so gutherzigen und sauberen Schweinehirten, der ja in Wirklichkeit ein Prinz war, mit in ihr Bett nehmen durfte.

Viele Sonntagnachmittage saßen die Kinder mit der kleinen Infanta und der großen Jeremia zusammen und hörten aufregende, religiöse Geistergeschichten, in denen der blaue, stinkende Teufelsrauch unter der Tür des Sünders durchkroch, und alles vergiftete, was sich ihm in den Weg stellen wollte. Nur Jesus am Kreuz konnte die grausame Vernichtung des sündigen Menschen hinter der Tür stoppen. Janet verstand diese Geschichten als Märchen und wollte nicht daran glauben. Aber sicher konnte man auch nicht sein.

Abends im Viererzimmer vergaßen die Mädchen die teuflischen Drohungen wieder und unterhielten sich, Verbote hin oder her, mit Fingersprache über alles, was laut auszusprechen tiefste Sünde war. Vor allem, wie anders doch Jungens aussehen, was Männer Geheimnisvolles und Unanständiges mit Frauen machen und wie diese, nach einem Kuss, schwanger wurden. Janet erschauerte, wenn sie die immer größer und dunkler werdenden Geheimnisse hörte, die sie schon lange ahnte.

Die täglichen Gebete zu Gott, morgens, mittags und abends nahm sie ernst. Gott sollte ihre Bitten aber auch ernst nehmen, wenn sie sich über die Ungerechtigkeiten, die hier an der Tagesordnung waren und für die sie ein feines Gespür hatte, bei Gott beklagte.

Unerhört, sagte der Vater, wie kann man Kindern eine so scharfe Meerrettichsoße zum Rindfleisch servieren, als Janet zu Hause von dieser, im Mund wie Feuer brennenden Soße, die sie als Folter empfand, erzählte. Sie erzählte dem Vater, wie sie sich zuerst den Mund vollstopfte mit Fleisch, Kartoffeln und dieser Soße und dann schnell zum Klo lief und alles ausspuckte. Aber sie wurde erwischt oder verraten und hatte am Sonntag, wenn die anderen im Wald Pilze suchten, Stubenarrest mit heiligen Texten.

Dass diese Erfahrung mit der Meerrettichsoße ihr einmal zu einer längst fälligen Trennung und Befreiung von einer zu engen Bindung verhelfen würde, ahnte sie nicht. Davon später.

Das tägliche, trockene Pausenbrot für die Kinder im Internat in der Nachkriegszeit, bestrich die Nonne am Morgen dünn mit Margarine. Janet gönnte den Schweinen, die im Klostergartenpferch Freigang genossen, den Leckerbissen. Und sie warf jeden Tag in der Pause das Brot heimlich über den Zaun. Die Schweine kamen schon grunzend angelaufen, wenn sie Janet sahen. Irgend jemand erwischte sie oder verriet sie, sie ertrug eine Standpauke, gespickt mit Schuldzuweisungen. Sie hätte sich gerne die Ohren verstopft, aber sie erhielt eine Woche kein Pausenbrot, was die Schweine am meisten bedauerten.

Das Essenspaket, das die Eltern einmal im Monat schickten, oder das Janet von zu Hause mitbrachte, enthielt Butter, ihre Lieblingswurst Lyoner, Äpfel aus dem Garten und Schokolade. Eines Nachts, Schwester Infanta war seit einer Stunde durch die Klausurtür verschwunden, standen Janet und ihre drei Zimmergenossinnen leise wieder auf und plünderten den Inhalt des im Flurschrank deponierten Päckchens. Sie schlossen sich im Waschraum ein und fielen so ausgelassen über die Wurst her, dass am anderen Morgen ein Stück Wursthaut, für alle sichtbar, am Spiegel klebte."

Alma lachte ihr schönes, dunkles Lachen und sagte mehr zu sich als zu mir:

„Da machte man am Morgen beim Aufstehen so ein Gesicht, weil man sich an etwas Schönes erinnerte und dann fährt kreischend dieses „Gott sieht alles" der Nonne in einen hinein und das gute Gesicht ging einem verloren. Janet ließ die Nonne in dem Glauben, sie sei alleine in der Nacht unterwegs gewesen. Sie verriet die anderen Mädchen nicht. Zur Strafe putzte sie eine Woche lang die Spiegel, und alle Fußleisten der Internatsräume wurden abgestaubt und die Mutter wieder einbestellt.

Janets Heimweh wuchs von Monat zu Monat. Die Schatten in jedem Raum dieses christlich geführten Hauses waren bald zu dunkel, zu groß und scharf gezeichnet. Besuche der Mutter, die nur angereist kam, wenn das Mädchen „wieder was angestellt" hatte, gehörten zu den schönen Abwechslungen der häufigen Internats-Bedrücktheit.

Als Janet wieder mal nach der Schule von einer älteren Schülerin hörte, sie habe Besuch, stürmte sie die Internatstreppe hoch und da stand die Mutter hinter der Eingangstür, ganz in schwarz gekleidet. Ihr überschlanker Körper steckte in einem eleganten, eng anliegenden Kostüm, darunter eine Spitzenbluse. Den Kopf bedeckte ein kleiner schwarzer Hut mit Schleier vorm Gesicht, den Janet von der Beerdigung der Großmutter kannte. Sie war überglücklich, obwohl die Mutter als erstes den Janet bereits bekannten Satz sagte: Dschani, was hast du denn jetzt wieder angestellt. Aber Dschani wusste, die Mutter war nicht böse. Bald erschien mit energischem Schritt und dramatisch ernstem Gesicht Schwester Infanta und bat die Mutter mit Janet in einen kleinen, dunklen Empfangsraum, in dem die Sünden des Kindes bedrohlich wuchsen und eine vorletzte Warnung an die Mutter ertönte, falls das wieder vorkomme, was auch immer es war, müsse Janet das Internat verlassen. Die Mutter schaute bekümmert und streng auf ihr Kind. Die musste sich bei der wütenden, kleinen Nonne entschuldigen, ohne genau zu erkennen, wofür, was sie schnell und stammelnd tat, wusste sie doch, dass Gott es anders sah.

Die Mutter nahm ihr Kind an der Hand, sagte, ich werde in der Stadt einige Sachen für das Mädchen kaufen und beide verließen die Klosteranlage, heimlich vergnügt, für einen Nachmittag. Im nahen Café gab es Eis für Janet. Vor der Kirche in der Stadt stand hinter seinem Glutofen mit dem dampfenden Rohr ein Mann und verkaufte geröstete Kastanien, die wunderbar dufteten und hervorragend schmeckten.

Zum Abschied sagte die Mutter zu Janet den Satz vom Vater: Lass dich von den Nonnen nicht unterkriegen. Der hielt lange, gab ihr Kraft. Aber wenn Janet fiebrig im Internatsbett lag, wenn die Freundin aufgrund von Neid eines anderen Mädchens das verbürgte „Deine Freundin" aus dem Poesiealbum durchgestrichen hatte, weinte sie lange mit der kleinen Stimme aus der Kinderzeit. Dann zürnte sie Gott und der Welt und wollte am liebsten sterben.

Die Noten in der Schule sanken bald auf ein erbärmliches Niveau. Ihr Interesse, eine gute Schülerin zu sein und ihre Wissbegier mutierten, durch die ständige Auseinandersetzung mit den Internatsanforderungen, zur Nebensache. Janet wollte ihre Fantasie, wie sie die dummen Internatsregeln außer Kraft setzen konnte, nicht bremsen. Sie träumte sich oft raus in die Stadt oder nach Hause, damit die Trauer und die Langeweile sie nicht dominierten. Sie ließ nicht nach in ihrem Protest gegen unsinnige Regeln, um die Nonnen und Gott auf sich aufmerksam zu machen, in der Hoffnung, dass sich die Welt neu entfalte, was sie nicht tat.

Nach einigen Jahren durfte Janet das Internat verlassen. Alles Schöne, was sie erfahren hatte, nahm sie mit und die schmerzlichen Erlebnisse ließ sie bald hinter sich zurück.

Die Eltern lebten jetzt in großer Sorge mit dem inzwischen fünften Kind, das erst mit zwei Jahren die Diagnose „Down Syndrom" bekam. In ihrer Verzweiflung wollten die Eltern eine Heilung erzwingen. Die Mutter fuhr mit dem Baby in die Schweiz, zur sogenannten Frischzellentherapie, ebenso schmerzhaft, wie erfolglos. Niemand klärte die Eltern von der Unmöglichkeit der Heilung rechtzeitig auf. Ist das nicht unerhört", entrüstete sich Alma, „die Eltern so im Ungewissen zu lassen. Die Familie war empfindlich gestört. Erst später zeigte sich, wie viel Liebe und heilsame Momente dieses behinderte Kind in die Familie hineingab."

Alma kramte in ihrer Fotoschachtel und zeigte mir ein kleines quadratisches, buntes Bild einer erwachsenen Frau mit Mädchengesicht. Die Augen und der Ausdruck in diesem lachenden Gesicht sind die eines Menschen mit Down Syndrom. Drei Finger der rechten Hand vor dem Gesicht grüßen und winken, die Augen schauen mich freundlich an.

„Es gibt einige Notizen und ein Gedicht über einen Krankenhausaufenthalt des Kindes mit Down Syndrom, sie heißt Ute."

Alma gab mir die Aufzeichnungen und das Gedicht, um es zu Hause zu lesen und aufzuschreiben. Sie verabschiedete mich schnell.

Ute im Spital

Ruhe dringt durch das offene Fenster zum Mauervorsprung, zum kahlen Baum und den leichten Bewegungen der Astspitzen im Grau des Himmels. Nur das Blättern des Katalogs ist zu hören, diese stille Dauer, altes immer wieder neu geschaut, Seite um Seite. Ein flüchtiger Blick zu mir aus hellbraunen Augen ein rundes Mädchengesicht. Mit rosa Kopfhörern ist sie verbunden mit Musik aus aller Welt, in der sie selten willkommen ist. Sie ist auf der chirurgischen Station das „Down Syndrom" aus Zimmer Nummer fünf. Meine Anwesenheit in der Klinik gibt Ute Sicherheit. Seit einer Woche begleite ich sie zu Untersuchungen, erkläre ihr Anordnungen, die sie kaum versteht und von Angst überwältigt nur schreit. Ich tröste und halte sie, verspreche ihr, dass ich bei ihr bleibe, bis sie wieder nach Hause kommt. Sie vertraut meinen Worten und beruhigt sich. Am Abend bevor ich gehe massiere ich ihre kalten Füße und singe ihr zum Einschlafen Kinderlieder, die sie von früher kennt. Wenigstens drei Mal am Tag sage ich ihr, dass sie meine allerliebste Schwester ist und umarme sie, was sie außerordentlich genießt. Ich genieße ihre aufrichtige tiefe Zuneigung zu mir, die sie mir ohne Worte zeigt. Mit Hilfe von Musik, Ballspielen, Geschichten erzählen oder vorlesen, Erinnerungen, die ich mit Fotografien unserer Familie auffrische, wünsche ich mir, ihren geistigen Abbau aufhalten oder vielleicht verlangsamen zu können.

Utes Gefühlsgedanken:

Ich liege, schwebe, schließe meine Augen.

Erschrecke in den eigenen Traum.

Schweigen löst die Stille ab.

Bin ich gesund?

Routinekrank?

Systemvorschriftskrank?

***K**rank im **S**ystem der **K**linik **V**orschrift?*

K   S   K   V

Ich glaub es nicht und doch bin ich hineingezwungen.

Zittre schreie stemme mich dagegen.

Dann schlucke ich die Pillen.

Und spuck sie wieder aus.

*Der Tropf der **SKV** hängt hoch.*

Ich schlucke nicht, es schluckt mein Blut.

Im Widerspruch

Diaceporen Tavoren,

Maceronen und Profonen.

Die Lider werden bleiern,

Träume schäumen wild.

Ich bin gemixt, gefixt.

Und in der Zwischenwelt Zuhaus.

Bin ich vermisst?

Meine beiden Schwestern fallen aus der Rolle,

Verordnung und Routine spielen sie nicht mit.

***Ich** lasse Mozart an mein Ohr,*

mein Buch zwei Zentimeter breit und hoch,

Kataloge fest in der zittrigen Hand,

verschrei ich die stationäre Prozedur.

***Die Eine** rennt die Treppen rauf und runter,*

verweigert „ gehn sie doch mal raus",

entlarvt die mörderische Pillengabe,

erzwingt die bessre Unterkunft für mich.

Die Andere nutzt ihr klares Nein
mit amtlich klar verfügtem Recht.
Verweigert die Routine der Behandlung
und schiebt mich jeden Mittag ins Café.
„Ich will nach Hause"
ist mein täglich wiederholter Satz.
Ein großer Chef in weißem Kittel
gewährt uns Unterstützung.
Der Rollstuhl rollt.
Drei Schwestern lachen.
Und rollen durch die Kliniktür nach Haus.

Während ich diese Geschichte und das Gedicht über Ute meinem PC anvertraute, hatte ich ein undefinierbares, trauriges Gefühl, ohne genau zu wissen warum. Vielleicht bin ich nicht die Richtige für dieses Vertrauen, das Alma in mich setzt, ging es mir durch den Kopf. Warum tut sie das, ich bin Journalistin und kann nicht garantieren, dass mit ihren Geschichten in der Zukunft gut umgegangen wird. Sie hatte mir nur gestattet, diese Geschichten aufzuschreiben, aber wie ich sie verwende, darüber hatten wir nicht gesprochen.

Die Eifelkindheit und der besondere Onkel

„Die Erwachsene Janet schrieb dieses Gedicht bei einem Besuch auf dem „Hohenhof" nach vielen Jahren", sagte Alma und las mit ihrer leicht zittrigen Stimme vor:

Besuch in der Eifelkindheit

Als Geschichtensammlerin ist sie gekommen,
*   fängt ein, was flüchten will, sich ihr entzieht,*
*   sich tief versteckt, oft schon begraben ist,*
*   sammelt ein, was ihr schon wartend froh entgegen eilt.*

Der Kescher, viel gebraucht, hat manchmal Löcher,
durch die die alten Bilder purzeln,
von vielen Händen aufgefangen, ihr geschenkt,
verknüpft zu neuen Bildern und Geschichten.

Die Gegenwart rückt in die Zukunft,
Vergangenheit nimmt Raum im Jetzt.
Sie schreitet zögernd noch die Wege ab.
Der Eingang ist geschmückt
für dieses Kind, das fröhlich hüpft,
neugierig um sich blickt.

Was jetzt hier Einzug hält ist Glück,
ist Zugehörigkeit, ist Unbeschwertheit
einer Kindheit voller Lust, Vergnügen,
Freude und Begegnung.

Sie darf die Wege wieder gehen,
die Räume neu betreten,
mit der gleichen Erde Blicke tauschen,
die sie so zuverlässig in jener Zeit getragen.

Nur sind die Menschen, die sie damals
freundlich aufgenommen, sie liebevoll umsorgt,
das Kind beschützt und alles mit ihm teilten,
was verborgen in der Speisekammer stand,
nicht mehr im Haus.

Wenn sie die Augen schließt, begegnen ihr
die Tanten, Onkel und Cousinen, die Freundin
in der Nachbarschaft, der Freund, der erste Liebesworte singt.
Dann kann sie lachen, weinen, ihnen danken,

bevor der Zauber sich verwandelt, aus einer Zeit,
die lang vorbei, in eine Zeit, die übrig bleibt.

Alma schob mir langsam das Gedicht über den Tisch und erzählte:

„Dschani, beziehungsweise Janet, durfte viele Jahre mit den beiden älteren Geschwistern die Ferien in einem kleinen Eifeldorf bei Verwandten auf dem Bauernhof genießen. Die Reise in die Eifel dauerte sechs bis acht Stunden mit Zug und Bus und war für die Kinder so aufregend, dass sie mit jedem Meter, den der Bus sich dem Eifeldorf näherte, geschwätziger wurden. Diese Leichtigkeit und Unbeschwertheit während der Busfahrt durch die Eifeldörfer, das schöne von der Mutter bestickte neue Kleid, die Geschwister, alles erlebte sie als wunderbar.

Dann endlich Weilersheim. Es roch so gut und so anders als bei ihnen zuhause. Der Geruch nach Kuhstall, auch im Haus und der Kuhmist, der vor oder neben dem Bauernhof zu einem beachtlichen Misthaufen angewachsen war, nichts störte. Außerdem schien hier immer die Sonne.

Alle begleiteten zuerst die Schwester zum „Kunzhof", auf dem diese ihre Ferien verbringen durfte, und dann den Bruder zum „Schmudhof" oder auch zum „Meuthof", in das Haus, indem die Urgroßeltern schon zu Hause waren. Es gab in jedem Haus eine ausführliche Begrüßung. Dschani verstand kein Wort dieses Eifeldialektes. Nach dem für die Kinder viel zu langem Geplapper, Kopfschütteln und Lachen, nach Kaffee und Kuchen und Schinkenbroten, es kamen immer mehr Tanten und Onkel zur Umarmung der Verwandtschaft aus dem fremden Saargebiet, durften sie und die Cousinen vom Tisch aufstehen und schon einmal den Kuhstall und Schweinestall oder die Scheune mit dem Heu, auf das man so gut von oben runterspringen konnte, besuchen. Danach, endlich, begleitete die Mutter Dschani durch ein schmales Gässchen zum wenige Minuten entfernten „Hohenhof", der für Dschani vorgesehen war.

Der Spätnachmittag zeigte bereits sein müdes Gesicht, als sie die alte Eichentür des „Hohenhof" öffneten. Dschani tauchte ein in eine klare, einfache, ihr wohl gesonnene Umwelt mit lieben Menschen, Tieren, guten Gerüchen nach Heu und Stroh und Kuhstall, nach deftigem Essen und sonderbaren Gerüchen aus der Futterküche, in der die Eimer mit Schweinefutter standen. Der Geruch der Kühe aus dem Stall, der das ganze Haus durchdrang, belästigte Dschani keinen einzigen Moment während der Ferien.

Die Mutter rief: Hallo, as niemes hej (ist niemand da)? Und dann kam Tante Tris aus der Futterküche und strahlte ihnen entgegen: Oh Kanner, dat as ewer schin, dat dir rem hej sed (oh Kinder, das ist aber schön, daß ihr schon hier seid). Dschani horchte nach einem Dialekt, den sie nicht verstand, der ihr aber früher schon und viele folgende Jahre, immer wieder ein Gefühl von Geborgenheit und Wohlwollen vermittelte. Mutter und Tante, die beiden Cousinen, begrüßten sich lebhaft. Die Mutter, die ihrerseits als Mädchen und junge Frau oft und gerne im „Hohenhof" Ferien verbracht hatte, verstand und sprach deren Dialekt. Tante Tris nahm Dschani in den Arm und begrüßte sie auf Hochdeutsch, so gut sie es eben konnte. Dann kudde ran (kommt rein), sagte sie und führte beide in die große Stube mit dem eingebauten, dunklen Holzschrank, dem langen Eichentisch und der dahinter stehenden Bank, auf der sicher zehn Leute Platz fanden, die warme Gute Stube, in der es nach Holz und Pfeifentabak roch. Dieser Geruch erinnerte Dschani sofort wieder an ihren geliebten Großvater.

Tante Tris zeigte immer ein gütiges Lächeln und Dschani schloss sie bald in ihr Herz. Taant, wie alle sie liebevoll nannten, trug ein dunkles Kleid mit einer grau gestreiften Schürze darüber, sie hielt die braunen Haare zu einem Knoten im Nacken festgesteckt. Mit ihrem leicht gekrümmten Rücken sah sie für Dschani, trotz ihrer erst zweiundvierzig Jahre, alt aus. Sie war es, die für alle im Haus kochte, putzte, wusch und den neun Kindern, es waren die Kinder ihrer Schwester Kätt, die Rotznasen putzte, ihnen Manieren beibrachte und die Ohren lang zog, wenn sie logen. Von Tante Tris wurde erzählt, dass sie die Kinderwäsche immer extra und nicht mit der Wäsche der Erwachsenen wusch und getrennt davon aufhing. Sie erwies sich als die Bezugsperson für die neun Kinder im Haus, mehr als Kätt. Taant freute sich über jedes Neugeborene. Sie verkörperte die gute Seele im Haus, da waren sich Mensch und Tier einig. Die Schweine grunzten zufrieden, wenn Taant den Stall betrat und sie ihnen mit liebevollen Worten ihr Fressen servierte.

Ob die Schweine den Dialekt verstehen, grübelte Dschani.

Sie bewunderte Tante Tris am Sonntag, wenn sie beide zur hl. Messe gingen und die Tante mit Hut und in einem festlichen, schwarzen Kleid bis zu den Waden, ein Gebetbuch unterm Arm, neben Dschani schritt. Taant hatte ihre Seele Gott geweiht und blieb unverheiratet.

Dschanis Mutter erzählte gerne von ihren eigenen Aufenthalten im „Hohenhof" als junge Frau, wenn wieder ein Kind die Welt begrüßte und sie deshalb die Taufe mit dem sogenannten „Kindskaffee" feierten, zu dem alle Frauen aus der Verwandtschaft und Nachbarschaft kamen. Die beiden Cousinen hatten den Kaffeetisch noch nicht fertig gedeckt, als sie zufällig zum Fenster hinausschauten und erschraken: Oh, hai kunn welrem de Mihne (da kommen ja schon die Möhnen, ein alter Ausdruck für Tanten mütterlicherseits). Dschanis Mutter ahmte nach, wie die dicken Möhnen mit ihren weiten, schweren, dunklen Röcken, die bis zum Boden reichten, angewatschelt kamen und sagte lachend: Die Röcke säumten haarähnliche Borsten, mit denen die Möhnen den Boden fegen konnten. Ich möchte nicht wissen, wie es darunter aussah, ergänzte sie und verzog das Gesicht.

Taant beschäftigte sich den ganzen Tag mit irgendeiner Arbeit. In der Futterküche füllte sie für die Schweine zweimal am Tag die Eimer mit Fressen, wobei Dschani nicht nur zuschaute, sondern mit dem großen Stock darin rühren durfte. Im Haus kehrte Taant jeden Tag die Zimmer und die Gute Stube, wusch für alle, bügelte, bereitete das Essen für die fünfzehnköpfige Familie zu und vieles mehr. Wenn Dschani morgens die alten, nach Wachs duftenden Stiegen hinunterkam, ging sie als erstes in die, vom offenen Kaminfeuer rußgeschwärzte, Küche. Taant lachte ihr entgegen und schnitt ihr eine Scheibe vom großen Laib Brot ab, nicht ohne vorher das Kreuzzeichen darunter zu machen. Im Haus gab es einen eigenen gemauerten, großen Backofen im "Baakes", wie sie die Backstube nannten, in dem Taant jede Woche einmal den alten Ofen anfeuerte. Die Sauerteigbrote lagerten vor dem Backen einige Stunden in den „Kurbeln", so hießen die im Haus von Hand geflochtenen Körbe. Einer aus der großen Verwandtschaft bewies sein Talent als Korbflechter."

Alma zeigte auf einen geflochtenen Korb, der in der Küche an der Wand hing und erzählte weiter.

„Das Backen der vielen Brote beanspruchte zwei Leute einen halben Tag. Die meist zehn fertigen, runden Brote, mit einem Durchmesser von ungefähr einem halben Meter, lagerten auf einer Ablage im Keller. Du musst wissen, Brot diente neben Kartoffeln als Hauptnahrungsmittel. Der Duft der frischen Brote und der Geschmack der schon einige Tage alten Brote blieben Dschani lange in Erinnerung als unnachahmlich gut. Sie schwor, danach nie wieder so gutes Brot gegessen zu haben. Taant bestrich jeden Morgen eine Scheibe dieses würzigen Brotes für Dschani mit selbstgeschlagener Butter, Marmelade aus den Früchten des Gartens, dazu heiße Milch, und Dschani setzte sich in die warme Stube an den langen braunen Tisch neben den „verrückten Kuni", wie die Mutter ihren Bruder Kunibert hinter vorgehaltener Hand manchmal verspottete. Kunibert nannte inzwischen den „Hohenhof" sein Zuhause, nach dem Tod seiner Mutter, Dschanis Großmutter. Diesen Kunibert, von Dschani Onkel Kuni genannt, versorgte Taant bis zu seinem Tod. Das Geld, das er monatlich zahlte, war in dieser großen Familie willkommen. Er litt an Parkinson, quälte sich immer wieder mit Depressionen und blieb dann für viele Tage im Bett liegen. Taant musste die Treppen hoch laufen und ihm das Essen bringen, das er oft verweigerte, wenn er krank oder depressiv das Bett nicht verlassen wollte. Im Dorf galt er als Eigenbrötler. Morgens, wenn alle anderen längst schon auf den Feldern arbeiteten, frühstückte Dschani in der warmen Stube, in der die alte Standuhr jede Stunde mit einem tiefen DONG auf sich aufmerksam machte, mit Onkel Kuni. Er sprach nur Hochdeutsch, rauchte Pfeife, saß nie ohne Anzug, Weste und Schlips am Tisch, war nicht anders gekleidet, wenn sie beide die Kühe hüteten.

Kühe hüten mit dem Onkel verstand Dschani als Auszeichnung. Auf der Straße lief sie hinter den Kühen her, mit einem Stock in der Hand, von dem sie nie Gebrauch machte und mit dem aufmerksamen Hütehund an ihrer Seite, ich glaube er hieß Poldi und mit dem Onkel, der das linke Bein immer etwas langsamer als das rechte nach vorne aufsetzte. Sie trieben die Kühe bis zur Weide außerhalb des Dorfes.

Damals waren die Wiesen nicht eingezäunt und Dschani und er blieben den ganzen Tag draußen, nahmen ihr Essen im Henkelmännchen mit und breiteten ihre ausgefranste, alte Decke auf der Wiese aus. Das Schachspiel fehlte nie. Onkel Kuni erklärte Dschani geduldig, immer mit der Pfeife im Mund, warum die Figuren auf dem Schachbrett springen, laufen oder nicht mehr mitspielen durften. Der Onkel hielt dem Mädchen die Kräuter, die die Kühe am liebsten mochten unter die Nase. Er kannte sie alle. Sie erzählten sich Geschichten oder sie schwiegen miteinander. Sie sangen Marienlieder, die ich heute noch singe, wenn ich alleine bin", ergänzte Alma leise.

„Manchmal fuhren sie mit dem Bus nach Trier. Sie besuchten den Dom, in dem der Onkel ihr flüsternd Geschichtsunterricht gab und ihr zeigte, wo seine Eltern, Dschanis Großmutter und der geliebte Großvater, getraut wurden, und natürlich gingen sie in ein Café, und er kaufte ihr für die Rückreise Kekse.

Dass er Gedichte schrieb, erzählte er ihr später, als er dachte, sie sei alt genug dafür. Dschani erbte nach seinem Tod zwei seiner Gedichte, alle anderen sind verschollen.

Seine üble und folgenreiche Kindheitsgeschichte erzähle ich dir ein anderes Mal," bemerkte Alma leise. „Aber erst wieder zurück zum „Hohenhof".

Zum Mittagessen im „Hohenhof" versammelten sich alle in der Stube, saßen hungrig auf der langen Bank hinter dem großen Tisch, und Dschani, neugierig, etwas schüchtern mitten unter ihnen. Da stand eine große Pfanne mit Bratkartoffeln auf dem Tisch, dazu eine oder zwei große Schüsseln mit Dickmilch, manchmal Rühreier von eigenen Hühnern oder Gänsen, Gemüse und Salat aus dem großen Garten. Fleisch gab es nur, wenn sie zum Beispiel an hohen Feiertagen eines ihrer Tiere geschlachtet hatten. Die Dickmilch, die frisch und kühl aus der Vorratskammer auf den Tisch kam, aßen alle mit dem Löffel direkt aus der großen Schüssel. Es gefiel Dschani mit den sechs Jungs und den drei fast erwachsenen Mädchen zusammen zu sein, mit deren Eltern Onkel Jusep und Tante Kätt, Taant, Onkel Kuni sowie einer Magd und einem Knecht. Fünfzehn Personen an einem Tisch, das kannte Dschani nicht. Alle waren älter als sie. Alle redeten und sie verstand nichts, las einiges von den Mienen ab. Manchmal richtete jemand in mehr oder weniger verständlichem Hochdeutsch eine Frage an sie oder sagte etwas Freundliches. Sie spürte aber, alle mochten sie. Der älteste Sohn, Michel, machte ihr, mit seiner stets ernsten Miene und seiner polternden Stimme, manchmal Angst. Er gehörte schon zu den Erwachsenen, lachte nie. Eines Tages sah sie, wie er neugeborene Katzen in einen Sack steckte und sie gegen die Mauer schlug, bis sie alle tot waren. Für Dschani blieb dieser Anblick für viele Jahre ein Schock, und sie wollte Michel nicht mehr öfter als unbedingt notwendig begegnen.

Als Dschani eines Tages den Männern die Mittagsmahlzeit auf das Feld brachte, und als sie danach in der Furche hinter dem Pflug von Bauer Jusep herlief, wurde sie plötzlich von einem Schwarm Wespen angegriffen, deren Nest vom Pflug aufgerissen worden war. Sie lief schreiend mit elf Wespenstichen, nach Hause zu Taant, die schnell Zwiebeln aufschnitt und die Scheiben auf die Stiche auflegte und sie mit heißem Kakao zu beruhigen versuchte. Wäre Dschani allergisch gewesen, wäre sie gestorben", bemerkte Alma.

„Apropos gestorben, eine nette Geschichte fällt mir dazu ein, fuhr Alma fort. „Dschani und ihre Schwester waren doch katholisch, wie du weißt, und die beiden fast gleichaltrigen Cousinen aus dem „Schmudhof" und dem „Meuthof" waren noch etwas katholischer. Die vier Cousinen spielten zusammen und hörten eines Tages, dass am Dorfrand, an der alten Mühle, eine Familie wohne, die „Heiden" seien. Heiden hießen alle im Dorf, die nicht der katholischen Kirche angehörten. Es gab das Gerücht, ein Kind dieser Familie sei aus dem Fenster gefallen, oder wurde es geworfen? und sei gestorben, und da alle Heidenkinder in die Hölle müssen, kam dieses Kind mit „Schuh und Strümpf" in die Hölle, was ja jeder Katholik wusste.

Das wussten auch die vier Cousinen. So beschlossen sie eines Tages, die anderen zwei Kinder, vier und fünf Jahre alt, zu taufen, damit sie, wenn sie sterben sollten, in den Himmel aufgenommen würden und nicht ewig in der Hölle schmoren müssten. Die Mädchen hatten großes Mitleid mit den Heidenkindern und lockten sie eines Nachmittags zum Spielen an den nahen Bach. Mit feierlichen Worten gossen sie Wasser über die Köpfe der verdutzten Kinder und sprachen: Wir taufen euch im

Namen des Vaters, des Sohnes und des Heiligen Geistes. Gemäß den Worten des Priesters in der Kirche vollzogen sie das Ritual, wobei das Kleinere der beiden Kinder, das dabei in den Bach fiel und wieder ans Ufer gezogen wurde, so schrie, dass sie sich beeilen mussten und schnell wegrannten, damit sie von den Eltern nicht entdeckt würden. Die sogenannte Nottaufe war beendet und die Sonne kam hinter den Wolken hervor und strahlte vom Himmel, was die Kinder als Zustimmung Gottes begriffen. Für diese gute Tat erwarteten sie unverzüglich Vergebung ihrer kürzlich begangenen Sünden.

Alle vier Cousinen sind später aus der Kirche ausgetreten."

Alma lachte und erzählte, ohne auf die Dunkelheit in der Küche zu achten, die nächste Episode.

„Der siebzehnjährige Gerhard aus der Nachbarschaft, befreundet mit den Jungs vom „Hohenhof", schaute Dschani in den letzten Ferien, die sie hier verbrachte an, als sähe er sie zum ersten Mal. Sie war vierzehn geworden, hatte ihre Zöpfe abgeschnitten und er sah nicht mehr das kleine, schüchterne Mädchen. Taant schimpfte sie aus, sie dürfe abends im Dunkeln nicht so lange mit den Jungs draußen bleiben. Aber sie hatte sich schon in Gerhard verliebt und er sich in dieses „Fräulein" aus dem Saargebiet. Dann der erste Kuss in ihrem Leben, auf der Wiese im hohen Gras, weit hinterm „Hohenhof". Dschani landete im Eifelhimmel.

Aber die Ferien gingen zu Ende und das verliebt sein erlosch allmählich, und ihre Blicke wechselten zu Jungs ihrer Schule und ihres Dorfes. Sie war hübsch, und die Jungs umschwärmten sie.

Bevor wir heute Schluss machen, nochmal zurück zu diesem Onkel Kuni, dessen Leben so wenig tröstlich endete, wie auch seine Kindheit voller Schrecken war".

Und Alma erzählte diese traurige Kindheitsgeschichte des besonderen Onkel Kunibert, aus den Anfängen des zwanzigsten Jahrhunderts:

„Kunibert kam am 2. März 1903, wie in seinem Ausweis stand, in einem kleinen Dorf im Saarland zur Welt. Seine Mutter, Dschanis Großmutter, erzählte oft von diesem schrecklichen Dorf, in dem der

Aberglaube mehr Macht hatte als die Vernunft. Wenn zum Beispiel eine schwarze Feder im Kopfkissen gefunden wurde, kam das Unheil über die Familie. Der Priester musste alles aussegnen und das Teuflische austreiben. Dschanis Großmutter als moderne, aufgeklärte Frau lebte dort nicht freiwillig, war oft unglücklich, folgte aber ihrem Mann, der als junger Lehrer in dieses Dorf verpflichtet wurde. Vier Geschwister von Kuni starben als Kleinkinder während der ersten neun Jahre seines Lebens. Schwermut und Verzweiflung lagen über der Familie. Dann wurde seine Schwester Gertrud geboren, Dschanis Mutter. Ein Jahr nach der Geburt erkrankte die Mutter schwer. Ihr Mann hatte sie mit Syphilis angesteckt. Die Behandlung des Medizinalrates verschlang auf diese Weise einen Teil ihres Vermögens, aber sie wurde gesund. Welche Auswirkungen das auf die Ehe hatte, kann man sich vorstellen.

Kuni schrieb als Erwachsener eine Art Tagebuch. Taant übergab es Janet nach seinem Tod."

Alma zog ein Heft aus ihrer schwarzen Stoffmappe.

Tagebuch von Kuni:

Mit 10 Jahren ging ich zur hl. Kommunion. Ich lernte in der Schule fleißig und konnte den Katechismus, seine Verbote und Gebote, auswendig aufsagen. Meine Mutter sorgte gut für mich und bereitete mir ein schönes Fest, zu dem auch ein Freund aus der Schule kam. Mein Bruder Hermann durfte mit zum Gottesdienst. Meine Schwester Gertrud war erst 1 Jahr und blieb zu Hause bei unserem Hausmädchen. Mein Vater saß auch im Gottesdienst und ich war stolz, ihm zeigen zu können, dass ich alles richtig machte. An diesem Tag bat ich Gott, meine Mutter vor meinem Vater zu beschützen und mich auch. In der Schule lernte ich sehr gut, aber jeden Tag wuchs die Angst vor meinem Vater. Jeden Morgen vor der Schule musste ich ihm eine Zeitung kaufen gehen und wenn ich nur ein wenig unpünktlich erschien, schlug er mich. In der Schule strafte er unerbittlich hart, besonders mich. Als intelligentes Kind sah ich eine gewisse Chance, nicht jeden Tag von ihm verprügelt zu werden, aber die von ihm als dumm bezeichneten Kinder, besonders die Buben mussten die täglichen Prügel ertragen. Ich sperrte meine Gefühle für ihn total weg und war fest entschlossen, mich ihm nicht zu beugen.

Meine Mutter gab mich als Kleinkind, ich weiß nicht wie lange, zu meiner Tante Betty, der Schwester meines Vaters in Pflege, was sicher nicht einfach für uns beide war. Aber sie war immer wieder schwanger und die Kinder Wilhelm, Alois, Maria und Mathilde starben als Kleinkinder. Daran kann ich mich gut erinnern, an einen kleinen weißen Sarg und an die Tränen meiner Mutter und die Aggressionen meines Vaters. Der Vater kam betrunken nach Hause und schrie mit der Mutter. Ich befürchtete, dass er sie schlägt und fing zu weinen an. Dann schrie er mich an, schlug nach mir und ich musste sofort ins Bett, obwohl die Sonne schien. Und mein kleiner Bruder lag tot im Nebenraum. Es muss für meine Mutter schlimm gewesen sein.

Als meine Schwester Gertrud zur Welt kam, ich war neun Jahre alt, blieb meine Mutter wieder ein Jahr krank im Bett. Unser Hausmädchen versorgte uns drei Kinder, Hermann, Gertrud und mich, mehr schlecht als recht. Das Elend zog ins Haus, meine Tante Betty half uns, sie, die selbst Probleme mitbrachte, sie blieb auf dem Stand einer Zehnjährigen stehen, wie meine Mutter erzählte, was ich nicht unbedingt glaube.

Mein Vater verbreitete, wenn er alkoholisiert nach Hause kam, nur Schrecken. Ich erinnere mich, er stieß in seiner Wut an Weihnachten den Tannenbaum um, was für uns Kinder sehr schlimm war.

Meine Mutter wollte mich diesem Tyrannen von Vater nicht weiter aussetzen und suchte nach einem Internat. Ich glaube, mein Vater wollte mich nicht mehr zu Hause sehen. Er ertrug mich nicht mehr, ich war ihm zu zart und immer wieder Zeuge seiner Aggressionen. Vielleicht ist er ja gar nicht mein Vater, habe ich oft als Kind gedacht und es mir noch mehr gewünscht.

Ich wollte Ordensbruder werden, wie mein Onkel, ein Bruder meiner Mutter in der Eifel, von dem sie mir erzählte und der in der weiten Welt unterwegs missionierte und arbeitete. Die Verwandten in der Eifel, wenn ich in den Ferien zu Besuch kam, mochten mich, versorgten mich gut, trösteten mich, besonders mein Patenonkel Peter, wenn ich ihm von den Exzessen meines Vaters erzählte. Ich durfte sonntags an die Orgel und bei Theateraufführungen, bei denen Gertrud mitwirkte, spielte ich die Begleitmusik.

Wir vergnügten uns.

Mit dreizehn Jahren schrieb er einen Brief an den Paten in der Eifel:

Lieber Pate! Sulzbach, den 20. 1. 1916
Das Neujahrsgeschenk habe ich erhalten, wofür ich Dir herzlich danke.
Werde, so es Gottes Wille ist, nicht mehr lange bei den Eltern bleiben,
da ich vor habe, als Zögling Ostern in das Missionshaus zu St. Wendel
einzutreten, um dort als Pater zu studieren. Die erforderlichen Papiere
wird Papa nächsten Samstag dorthin besorgen. Es gehört dazu ein
ärztliches Attest, Taufschein, Geburtsschein, Lebenslauf, Bild und
andere, dort erhaltene Papiere, ebenso das Zeugnis vom Herrn Pastor.
Diese Papiere werden zuerst nach Steyl geschickt, wonach erst die
Aufnahme bestimmt wird. In der Familie ist alles wohl. Auch Mama ist
wieder hergestellt. Wie steht es mit Euch? Ihr habt ja so lange nichts
mehr von Euch hören lassen. Sonstige Neuigkeiten weiß ich keine zu
berichten. Indem ich nochmal danke für das Geschenk, sende ich dir
und allen Verwandten im Hause die besten Grüße.   Dein Kunibert

Wahrscheinlich überschwemmten mich ambivalente Gefühle, von
zu Hause weg zu kommen. Einerseits stand da der Wunsch, vor diesem
Vater zu flüchten, andererseits wollte ich meine Mutter mit diesem
Tyrannen nicht alleine lassen. Wenn er Alkohol getrunken hatte, wurde
er so aggressiv, dass er die Mutter schlug. Die Mutter musste sich oft mit
einer dicken Kette an ihrer Schlafzimmertüre vor ihm schützen. Sein
Jähzorn legte sich viele Jahre wie ein bedrohlicher Schatten über
unsere Kindheit.
Gott und Gebete verschafften mir oft Trost, wenn ich traurig im Bett
lag. Ich verhielt mich wie ein angepasstes, braves Kind, es blieb mir
keine Wahl. Und dass ich Pater werden wollte, verdankte ich der
Tradition in der Familie. Sie zeigten sich fromm. Zwei Brüder meiner
Mutter standen als Priester bei der Verwandtschaft in hohem Ansehen.
Mein Onkel Pater reiste nach Amerika, West Texas als Missionar,
studierte in Rom, sprach mehrere Sprachen, arbeitete in Wien, in
Mähren und Tschechien. Das alles war sehr attraktiv für mich.
Zunächst fühlte ich die Entlastung, von zu Hause weg zu sein,
obwohl ich oft Heimweh nach meiner Mutter verspürte. Meine

körperliche Verfassung machte meiner Mutter Sorgen, ich bewegte mich wie ein schwaches, empfindliches Kind.

Seit ersten Mai neunzehnhundertsechszehn lebte ich im Missionshaus in St. Wendel und studierte fleißig, obwohl der Erste Weltkrieg tobte und ich ständig Hunger verspürte. Aber die Päckchen, die meine Mutter schickte, kamen nicht bei mir an, sie blieben bei den Padres hängen, ich weiß es nicht. Die meisten Padres verhielten sich nett und streng, manche „zu nett". Einige von ihnen kamen am späten Abend in den Schlafsaal, schlugen die Bettdecke zurück oder griffen darunter. Ich wusste zunächst nicht, was mit mir geschah, fühlte mich bedroht, ich musste schweigen, ich weinte, betete, aber das half nicht vor den Übergriffen. Unter Strafandrohung musste ich weiter schweigen. Ich erzählte es trotzdem meiner Mutter, sie empörte und entsetzte sich, sie wollte oder konnte es mir kaum glauben. Aber nach Hause durfte ich auch nicht, der Vater wollte es nicht. Also hielt ich aus. Mit wem hätte ich darüber reden können?

Diese Erlebnisse brachten mich von meinem Berufswunsch, Pater zu werden ab.

Wenn ich über diese Erfahrungen heute nachdenke und ich tue es nicht gerne, steigt eine Bitterkeit in mir hoch, und ich weiß nicht, wohin damit. Darüber hadere ich mit Gott. Die inneren Zweifel machen mich krank. Ich kann mit niemandem darüber reden.

Als ich Alma das Heft bei unserem nächsten Treffen zurückgab und ihr meine Betroffenheit zeigte, sagte sie leise: „Ja, eine schreckliche Kindheit. Als Janet Onkel Kunis Kindheitserinnerungen las, war sie mehr als empört.

Dieser geliebte Großvater ein Tyrann?

Heute würde der Großvater wegen Körperverletzung ins Gefängnis gehen", sagte Alma. „Zu seiner Rechtfertigung hätte er wahrscheinlich gesagt: „Die Kinder sollten lesen, schreiben und rechnen lernen. Es war damals die einzige Möglichkeit dieser Bergmannskinder, aus der Armut heraus zu kommen. Jeder, auch die sogenannten Dummen, können Bildung erwerben. Die Prügelstrafe war eine Möglichkeit, sie zum Lernen anzuhalten, weil sie sich vor der Strafe fürchteten."

Seine Frau, die Großmutter von Janet, sagte kurz vor seinem Tod zu diesem geliebten Großvater: „Mathias, du solltest zu Gott beten, er möge dir verzeihen. Du hattest dein Herz, ich weiß nicht warum, besonders Kuni gegenüber, verschlossen. Deine eigene Erziehung, das weiß ich, zeichnete sich durch Härte und Disziplin aus. Aber du hattest Kuni oft zu Unrecht geschlagen, er war noch so klein. Es war alles so verkehrt. Ich weiß nicht, ob er dir jemals verzeiht."

„Wann kommt er vorbei?"

„ Er will dich nicht mehr sehen."

Mathias schaute sie aus weiter Ferne lange an und schwieg.

Ob es ihm je leid tat, was er seiner Frau und den Kindern angetan hatte, weiß keiner.

Seine Tochter, Janets Mutter, schreckte noch viele Jahre mit Alpträumen in der Nacht auf."

Dann erzählte Alma die Geschichte vom Tod dieses Onkels.

„Nach vielen Jahren, während eines Auslandsurlaubes, bekam Janet ein Telegramm von Taant, sie wisse nicht, wie lange der Onkel Kuni noch lebe. Das Mädchen erschrak, die Erwachsene beunruhigte sich. So schnell sie konnte, kam sie zurück, sie wollte ihm noch einmal begegnen, sich von ihm verabschieden. Nach der langen Zeit, seit der Kindheit, hatte sie nur wenige Male das Dorf besucht, wurde sie, in dem schon von ihren Urgroßtanten bewirtschafteten „Hohenhof", mit der gleichen Liebe empfangen, mit diesem warmen freundlichen Geruch nach frisch gemolkener Milch, dem Dunst der Futterküche, dem leicht säuerlichen Geruch nach Gerste, Kartoffeln und Ähnlichem, dem dezenten Kuhstallgeruch, der sich immer noch in fast alle Räume des Hauses ausbreitete. Taant nahm sie fest in ihre weichen, alten Arme und sagte: Oh, juut dat du hei bas, komes ran, Janet verstand: Gut dass du da bist, komm rein. Taants Rücken krümmte sich noch tiefer, aber ihr Lächeln hatte sie sich bewahrt. Die Gerüche der Kindheitsferien hefteten sich wieder an ein Empfinden von Glück und Harmonie und an Erinnerungen, an Bilder dieses von Dschani so bewunderten Onkels, an seine Pfeife, deren Tabakqualm sie an Honig erinnerte.

Er hatte sie so Vieles gelehrt in der großen, noch heute nach harzigem Ofenholz duftenden Stube des Bauernhauses. Sie ließ sich von seinem, nach frischer Zitrone riechenden Rasierwasser über viele Jahre jeden Morgen einfangen. Tage mit ihm versprachen Aufregendes. Er hatte Dschani immer ernst genommen, ihr zugehört, ihre vielen, oft seltsamen Fragen an die Welt verstanden und mit ihr nach Antworten gesucht. Und sonntags nahm er sie mit zur Empore der Kirche und erklärte ihr in dieser von Weihrauch getränkten Luft nach der Messe, die er musikalisch gestaltet hatte, die Akkorde auf der kleinen Orgel. Er spielte voller Leidenschaft Bach, Toccata und Fuge, und Dschani glaubte dem Himmel und Gott näher zu kommen, wenn sie ihm zuhörte. Auf dem alten Friedhof neben der Kirche wischte er, unter fauligem Laub und nach Tod riechenden Blumen auf den Gräbern, die Namen der Vorfahren frei und ließ mit Mythen beladene Familiengeschichten auferstehen. Er las ihr später seine Gedichte vor, die sie in die Familiengeschichte, die sie als Erwachsene schrieb, mit aufnahm. Es hätte ihm gefallen", sagte Alma leise.

„Janets Erinnerungen an ihn waren begleitet von Respekt, Liebe und Bewunderung. Es fiel ihr leicht, zu ihm die weite Reise zu machen, um ihn noch einmal zu sehen.

Aufgeregt wie vor einer wichtigen Prüfung, ging sie die immer noch nach süßlichem Wachs riechenden alten Stiegen des Bauernhauses hoch zu seiner Schlafstube, ein Tablett mit zwei Tassen Tee balancierend. Ihre Hände zitterten vor Aufregung.

Wie werden wir uns heute, nach so vielen Jahren, wieder begegnen? Ist das Vergangene auch für ihn noch lebendig? Wird er sich erinnern, so wie ich?

Nach leisem Klopfen öffnete sie vorsichtig die Tür. Ein beißender übler Geruch stach ihr in die Nase. Sie setzte schnell das Tablett auf dem kleinen Tisch ab, eilte zum Fenster, um die frische, sommergetränkte Luft hereinzulassen. Da fauchte jemand aus der rechten Ecke: „Lass das!"

„Onkel Kuni, wie kannst du atmen in dieser stickigen Luft." Sie hielt den Fenstergriff in der Hand.

„Ich brauche nichts mehr, lass das!" Und nach einer kurzen Pause:

„Dschani? Wieso bist du hier, was willst du hier?"

Er hat mich erkannt, freute sich Janet, war aber leicht irritiert wegen seiner groben Worte. Sie ließ das Fenster einen Spalt offen und drehte sich um. Allmählich gewöhnte sie sich an das fahle Licht und schaute in ein unrasiertes, hohlwangiges Gesicht auf einem verschlissenen Kopfkissen.

Jetzt roch sie deutlich ein Gemisch aus Urin und Schweiß. Sie konnte kaum atmen. Roch es hier schon nach Tod? Janet setzte sich vorsichtig auf die Bettkante, suchte seine Hand. Er wandte sich demonstrativ zur Wand und sagte mit unverhohlenem Zorn in der Stimme: „Eh, was willst du? Ich habe dich nicht hergebeten, also verschwinde!" Und nach kurzem Luft holen:„ Du willst mich wohl auch beerben!" Vor Schreck hielt sie den Atem an. Taant, die ihn seit vielen Jahren liebevoll umsorgte, hatte sie gewarnt, er sei ein Misanthrop geworden und böse und habe kein gutes Wort mehr übrig, für niemanden. Janet konnte und wollte es nicht glauben. Ihr Schreck machte sich jetzt Luft. „Nur um dich wiederzusehen bin ich gekommen, habe ich die weite Reise von New York gemacht", stammelte sie.

Er schwieg mit dem Gesicht zur Wand, die zitternden Hände ineinander verschränkt.

Nach einer kurzen Pause fragte Janet leise: „Hast du denn alles vergessen, unsere gemeinsame, schöne Zeit, wie du mir die alten Familiengeschichten erzähltest, du hast mir Schachspielen beigebracht, mir auf der Orgel . . ."

„Du kannst dir dein Süßholzraspeln verkneifen, es gibt nichts zu erben", hörte sie ihn sagen. Die Worte fielen wie Steine aus seinem Mund und rollten vor ihre Füße. Ihre aufsteigende Wut übertünchte jetzt alle ekelerregenden Gerüche dieses Zimmers. Tränen schossen ihr in die Augen. Sie stand schnell auf, hatte plötzlich das Gefühl, den Boden unter den Füßen zu verlieren. „Was ist aus dir geworden, ich erkenne dich nicht wieder, Onkel Kuni", zitterte ihre Stimme.

„Dann verschwinde", zischte er und zog die Decke über den Kopf.

Verletzt, fassungslos und traurig ließ sie die Tür hinter sich zufallen, taumelte halb ohnmächtig die Stiegen hinunter, schmeckte die salzigen

Tränen und trennte sich, mit einem Gefühl unendlichen Verlustes, von einem geliebten Menschen, den es einmal gab.

Dieser Onkel starb kurze Zeit später in tiefer Verbitterung, ohne sich mit den Menschen und der Welt versöhnen zu können.

Nach seiner Beerdigung, an der zu wenige Menschen teilnahmen, weinte Janet lange um ihn, um sie beide.

Für sie war mit Onkel Kunis Tod ein Teil der glücklichen Ferienkindheit gestorben. Sie besuchte, wenn sie später in dieses Eifeldorf zurückkam, den Friedhof mit den Ahnengräbern und blieb lange, mit einem Gefühl von Dankbarkeit und Trauer, am Grab dieses besonderen Onkels stehen."

Draußen war es schon dunkel geworden. Alma stand langsam auf, ein Zeichen für mich, zu gehen. Sie uarmte mich und schob mich sachte zur Tür hinaus.

Ich hatte die ganze Woche viel gearbeitet und freute mich auf das Wochenende mit Alma.

Nachdem ich den Einkauf am Samstag für sie in den Keller gebracht hatte, bat sie mich, zum Abendbrot zu bleiben. Sie fragte mich ein wenig schüchtern, ob ich denn genug Zeit hätte, alle diese sonderbaren Geschichten aufzuschreiben, die sie mir erzähle, und als ich nickte, machte sie ein zufriedenes Gesicht. Sie schnitt Brot, stellte Käse und Schinken, Butter, gekochte Eier und vieles mehr auf den Tisch.

„Du bist eine wunderbare Frau", sagte sie zu mir und schaute mich eindringlich an, sodass ich leicht verlegen wurde. „Erzähl mir von deinen Großeltern, die in dem Haus, in dem du wohnst lebten". „Was willst du wissen", fragte ich sie. „Alles", war ihre kurze Antwort. Ich erzählte und sie hörte aufmerksam zu, stellte kleine Zwischenfragen und kommentierte nichts. Dann schwieg sie eine Weile, schien mit ihren Gefühlsgedanken weit weg. Erst viel später verstand ich, warum sie an meinen Großeltern so interessiert war.

Wir setzten uns, nachdem sie den Tisch abgeräumt hatte, in die Erzählecke. Sie schenkte uns aus Ingwer und Zitronengras aufgebrühten Tee ein, und nach einigen Schlucken begann sie von Janet zu erzählen.

Janet versucht das Leben zu verstehen

„Janet stolperte in eine Jugendzeit hinein, in eine für sie von Melancholie getragene Zeit, die von Zukunft nichts wusste.

Janets Mutter entschied eines Tages, die Gaststätte, das Elternhaus von Janets Vater in einem Nachbarort, zu übernehmen. Sie wolle „unter Leute", wie sie sich ausdrückte und „gutes Geld" machen.

Janet stand vor dem Spiegel im Schlafzimmer. Sie war fünfzehn geworden und stolz mit dem neuen Dirndl, von der Mutter für sie und ihre Schwester zur Eröffnung der Gaststätte genäht. Mein Busen ist zu klein, stellte sie etwas verschämt fest und ignorierte es entschlossen. Die neue Kurzhaarfrisur, Gina Lollobrigida nachgeahmt, zog ihren Kopf nach oben, ließ sie hoffen, erwachsener auszuschauen. Aber was soll ich mit den Leuten reden, so viele Männer und all diese Jungs? Sie zwang ein Lächeln in ihr Gesicht und ging mutig durch die Küche auf die Tür zu, die zur Gaststätte führte. Ihr Zögern wurde von der Tür, die klemmte, unterstützt, aber dann gehorchten sie und die Schwester der Mutter, die schon ungeduldig nach ihnen rief. Janet servierte, kassierte, redete Unsinn, flüchtete nach Feierabend zur Musikbox an der Wand, in die sie Mozarts Kleine Nachtmusik eingeschmuggelt hatte. Die Musik beruhigte ein wenig ihr ständiges Fragen: *Wie ist man richtig in der Welt, wie bin ich, was passt, was wird erwartet, wie verhalte ich mich so, dass ich gemocht werde? Wie unterhält man sich mit den Leuten? Ich weiß nichts, kann nichts, alles ist verkehrt. Worum geht es im Leben?*

Mit diesen Fragen ging sie ins Bett und wachte damit wieder auf, blieb damit allein. *Das kann nicht das wirkliche Leben, das ich leben will, sein. Aber wonach mich richten, wo mich orientieren?* Gespräche mit der Schwester halfen nicht immer, mit den Eltern konnte man nicht reden.

Sie las Meister Eckart, er schickte Trost, ohne dass sie ihn verstehen musste. Wenn es ihr gelang oder sie sich überredete, die melancholischen Gedanken beiseite zu schieben, saß sie mit netten Typen des Fußballclubs an der Theke und spielte Würfelspiele. Als Gewinn lockte Kognak. Sie würfelte. Der erste Kognak stand vor ihr, dann der zweite, dann der dritte. Heute bin ich der Gewinnertyp, rief sie schon leicht säuselnd. Mit Klaus, auf den sie alle Augen warf, und er auf sie, erspielte sie den Sieg im Tischfußball. Kognak und wieder Kognak verschwand durch ihre Kehle, bis sie sich auf der Treppe zum Schlafzimmer selbst begegnete. Eine Übelkeit, unbeschreiblich, überfiel sie, oder war es schon Alkoholvergiftung? Jedenfalls lief sie für alle späteren Zeiten bereits vor dem Geruch von Kognak davon.

Das Entsetzen über den Alkohol- und Zigarettenkonsum der Fünfzehnjährigen war ihrem Vater, der seit der Übernahme der Gasstätte in seinem Elternhaus kaum Alkohol trank, ins Gesicht gedrückt, als er sie so antraf. Mir doch egal. Hättest mich ja nicht an diese Kneipe anbinden brauchen, lallte Janet leise vor sich hin und schleppte sich ins Bett.

Die Gespräche mit den oft besoffenen Gästen zählte wahrlich nicht zu den Vergnügen, die sie sich wünschte. Als sie eines Abends sich anhören musste, wie ein angetrunkener Mann aggressive und abfällige Bemerkungen über sie und Frauen generell machte, schüttete sie ihm kurzerhand sein Bier ins Gesicht und erteilte ihm lautstark Hausverbot. Mutig war sie!

Vom christlichen Glauben abgefallenen Theologiestudenten, die regelmäßig kamen, Gerd, Hermann, Wolfgang, die Freunde Berti und Klaus, wurden für sie und ihre Schwester, wenn es sich um Gott und den Sinn des Lebens handelte, zu Verbündeten. Sie gingen sonntags nicht mehr zur hl. Messe. Sie versammelten sich während dieser Zeit im Nebenraum der Gaststätte, schlossen die Tür und diskutierten über die Verlogenheit der Diener Gottes, spotteten, lästerten, rauchten, tranken, redeten. Die Worte blieben nicht als Gedankenschleifen im Kopf hängen, sie drangen durch den Mund, lautstark und unmissverständlich, in den Raum, schmeckten ihnen und suchten in der gottlosen Welt weitere Verbündete. Der TCC, Trotzdem-Christen Club war gegründet und sie wählten den Kaplan des Dorfes zum Ehrenvorsitzenden. Diesen Platz nimmt er öfter ein, als wir ihm zugetraut hätten, erzählte Janet der Freundin in der Berufsschule, in der sie einmal pro Woche lernen sollte, wie man Säuglinge wickelt, Soßen zubereitet und ein guter Staatsbürger wird. Nur Rechnen und Deutsch brachten ihr gute Noten ein, alles andere interessierte sie nicht.

Die Mutter von Klaus, Janets Freund seit einiger Zeit, wusste nicht, wohin mit sich und ihrem Zorn, als sie erfuhr, dass ihr wohlgeratener Sohn sich in eine Gastwirtstochter im Dorf, über die nicht viel Gutes in Umlauf war, verliebt hatte. Sie glaubte nachweisen zu können, die beiden amüsierten sich bereits sexuell. Sie erschien eines Tages mit einer Unterhose von Klaus in der Hand, als Beweisstück, wie sie sagte, bei Janets Mutter in der Küche und zeterte: Schauen sie, was ihre Tochter treibt, diese Sauerei muss unterbunden werden, sorgen sie dafür, dass ihre Tochter sich von meinem Sohn fernhält, ich verbiete ihr, schrie sie, meinen Sohn wieder zu treffen."

Almas lautes Lachen war ansteckend und ich wollte sofort wissen, wie Janets Mutter reagierte. „Ja, ja doch, was glaubst du, hör zu. Janets Mutter war zunächst so überrascht, dass sie nichts sagen konnte. Dann schob sie die Frau, mehr oder weniger heftig, zur Tür hinaus, schrie, sie sind ja verrückt, für ihre schmutzige Phantasie ist hier kein Platz, und meine Tochter ist dafür nicht zuständig. Und sie knallte die Tür hinter der weiter keifenden Frau zu."

Janets Mutter gefiel mir.

„Eine letzte Geschichte, es ist schon spät", sagte Alma. Ihre müden Augen wurden größer, die Hände begleiteten die folgenden Worte, ihre Mimik spiegelte das Geschehen eindringlich. Ihre Stimme veränderte sich zu einem lauten Flüstern.

„An einem warmen Sommerabend, bevor die letzten Gäste den Heimweg suchten, lag Janet ausnahmsweise früh im Bett. Ein halber Mond schickte spärliches Licht durch das weit geöffnete Fenster. Sie schlief und atmete gleichmäßig Ein-Aus, Ein-Aus. Das Flüstern von draußen störte ihren Schlaf nicht. Jetzt, eine Gestalt füllt das halbe Fenster des Schlafzimmers. Da, ein Bein schwingt sich über den Sims, die Hände klammern sich am Fensterrahmen fest. Dann das andere Bein. Kein Geräusch begleitet die Bewegungen. Das weiße Hemd über der dunklen Hose der Gestalt reflektiert das fahle Licht im Raum. Die Augen laufen hastig im Raum umher und dann über Janets friedlich schlafendes Gesicht, über die Bettdecke. Jemand kniet jetzt vor ihrem Bett. Fremder Atem streift Janets Hand.

Sie hebt im Schlaf langsam ihre Hand, wie in Trance gelenkt und streicht über einen Kopf. Eine zärtliche Geste. Ihre Augen öffnen sich plötzlich und sie schaut in ein grinsendes Männergesicht, vom Mond nur halb beleuchtet. Ein spitzer hoher Schrei durchschneidet den Raum. Janet sitzt aufrecht, sieht wie eine Gestalt, gleichsam in Zeitlupentempo, mit flatterndem Hemd über der Hose, langbeinig das Zimmer durchquert und durchs Fenster verschwindet.

Sie schreit, als sei ihr der Teufel persönlich begegnet, schreit, ohne Luft zu holen, bis die Lungen auf ein Minimum geschrumpft sind.

Grelles Licht füllt den Raum, sie springt dem großen Bruder entgegen, klammert sich fest, zittert, als ob sie sich schütteln will.

„Da, da."

Sie deutet auf das offene Fenster.

Der Bruder rennt die Treppe runter, außer Haus, wieder hoch bis zum Kirchplatz.

Nichts! Niemand!

Der Mond ist verschwunden, die Dunkelheit hat alles geschluckt.

Als der Bruder zurück ist, sitzt Janet in der Küche am Tisch, die Hände bedecken ihr Gesicht, und sie weint leise.

„Warum immer ich?"

„Ich habe ihn nicht erwischt", sagt der Bruder wütend.

„Hast du ihn erkannt?"

Janet schaut ihn erschrocken an.

„Nein!"

Aus der Gaststätte, hinter der angelehnten Tür, hört man Musik, Lachen, Gläsergeklirre und Gesprächsfetzen der letzten Gäste.

Einige Tage später erzählten die jungen Fußballspieler dem Bruder, sie hatten um fünf Schnäpse gewettet, ob einer sich getraut, in Janets Zimmer einzusteigen. Dessen Namen gaben sie dem Bruder, auch unter Androhung von Prügeln oder Freibier, nicht preis.

Und Janet? Sie konnte auch noch als Erwachsene nicht mehr mit offenem Fenster schlafen.

Nach wenigen Jahren endete dieses Gaststätte- Familienabenteuer, in das die Mutter so große Hoffnung auf Abwechslung, mehr Lebensqualität und nicht zuletzt auf „Gutes Geld" gesetzt hatte.

Die Ergebnisse zeigten den Missgriff: Der älteste Sohn verschwand, kurz vor der Abiturprüfung spurlos, die beiden Töchter, Janet und ihre Schwester, immer noch ohne Berufsausbildung, die beiden Kleinen vernachlässigt und das „Gute Geld" war auch nicht angekommen."

Alma schien zu seufzen, schwieg, trank große Schlucke Tee und schlief bald ein. Das Klicken am Aufnahmegerät weckte sie nicht.

Ich ging und schloss die Haustür leise.

Die Vorstellung, Alma spricht von sich, drängte sich mir immer wieder auf. Einige Tage davor sprach sie über Veränderung und, dass nichts so bleibt, wie es ist und auch wir nicht mehr die sind, die wir gestern glaubten gewesen zu sein. Sie wollte, dass ich das weiß, aber ich war nicht sicher, ob ich verstand, was sie mir damit sagen wollte.

Einige Zeit verging, bis Alma über Janet, die Jugendliche, die langsam zur Frau wurde, wieder zu erzählen begann.

„Wirst du alles so aufschreiben, wie ich es erzähle? Manchmal befürchte ich, einige Geschichten mit Veränderungen, die meine Phantasie oder mein Verstand für notwendig halten, zu verderben."

Sie lachte. Eine Antwort erwartete sie nicht von mir.

Und sie erzählte..

„Die Jugendzeit erwies sich für Janet und ihre Schwester eher als orientierungslos und chaotisch, ohne Unterstützung von Seiten der Eltern. Sie suchten, nachdem die Eltern die Gaststätte wieder abgegeben hatten, in der nahen Stadt nach einer Möglichkeit Geld zu verdienen. Bürogehilfin, Kindermädchen, Haushaltshilfe, Putzfrau, egal, wichtig war, finanziell unabhängig zu werden. Janet arbeitete für kurze Zeit am Stadtrand in einem der reichsten Häuser als Haushaltshilfe. Eines Abends, als sie auf dem Heimweg nach einem Kinobesuch in dem etwas abseits gelegenen Stadtviertel unterwegs war, bemerkte sie, dass ein Mann ihr in der menschenleeren Straße folgte. Sie ging in das nächstgelegene Haus, klingelte und durfte dort warten, bis der Mann verschwunden war. Als sie zu Hause ankam, ihr Zimmer lag im Souterrain neben dem Raum des Nachtwächters, war sie so verängstigt, dass der große Schäferhund neben ihrem Bett schlafen musste und sie den Revolver des Nachtwächters unters Kopfkissen legte. Die Ängste in der Nacht blieben ihr lange erhalten.

Janet und ihre Schwester bewohnten später zusammen ein kleines möbliertes Zimmer mit einem Bett, Tisch, Kleiderschrank, Stuhl und einem Waschbecken. Das Klo für das gesamte Stockwerk befindet sich eine halbe Treppe höher und stinkt meistens, aber egal, wir wohnen mitten in der Stadt und es ist billig, erzählten sie der Mutter.

Sie verdienten gerade genug, um die Miete und ihr Essen zahlen zu können. Abends trafen sie sich mit FreundInnen in Kneipen, spielten Tischfußball und Karten, rauchten und tranken, tanzten und flirteten. An manchen Wochenenden fuhren sie nach Hause, um sich wieder satt zu essen.

Eines Tages, Janet war alleine zum Bahnhof unterwegs, sie wollte sich eine Fahrkarte kaufen, als sie am Eingang einen jungen Mann traf, den sie aus der Gasstätte flüchtig kannte.

„Hallo Janet, wo willst du denn hin?"

„Nach Emmersweiler zu meinen Eltern, und du?"

Sie konnte sich an seinen Namen nicht erinnern.

„Ich fahre auch nach Emmersweiler, einen Freund besuchen. Soll ich dich mitnehmen, mein Auto steht nicht weit von hier."

Janet schaute überrascht, etwas verlegen, weil er so nett fragte. Gleichzeitig fühlte sie sich unsicher. Ich kenne ihn kaum und er ist irgendwie zu freundlich, dachte sie, sagte aber dann nach kurzem Zögern: „Gerne", und verscheuchte ihre Zweifel.

Der junge Mann redete wenig unterwegs, weniger als Janet erwartete.

Sie fuhren in seinem kleinen Lieferwagen bald durch einen wunderschönen, bunten Herbstwald, als das Auto allmählich langsamer wurde und schließlich am Straßenrand mitten im Wald anhielt. Janet schaute den Mann erstaunt an. Er sah schweigend geradeaus und schaltete den Motor aus.

Plötzlich erinnerte sich Janet an die Geschichte, die ihre Kusine ihr vor zwei Wochen erzählt hatte. Und sie wusste in diesem Moment: Das war der Mann. Der Schreck fuhr ihr durch den ganzen Körper. Gleichzeitig spürte sie eine rasende Wut in sich aufsteigen. „Du warst das", schrie sie ihn an. „Ich weiß, warum du hier anhältst, ich weiß, dass du der bist, der meine Kusine hier. . ., dass du schon auf ihr lagst, und als sie anfing laut zu beten: Gegrüßet seist du Maria voll der Gnade, da erst hast du sie losgelassen. Bei mir solltest du es erst gar nicht versuchen, ich wehre mich auf andere Art und es wird dir leidtun", schrie sie weiter, ohne Luft zu holen. „Ich habe noch nie mit einem Mann geschlafen, auch wenn die Leute im Dorf etwas anderes über mich erzählen." Janet ließ sich keine Zeit, über all das nachzudenken, was sie sagte. Die Sätze sprudelten nur so aus ihrem Mund, gossen sich über den Mann wie eine Gerölllawine und füllten das Führerhaus des kleinen Lieferwagens. Nichts anderes hatte Platz.

Sie hörte einfach nicht mehr auf zu reden. Dabei schleuderte sie ihm ihren ganzen Zorn ins Gesicht. Er schwieg, schaute geradeaus.

Sie brüllte ihn noch an, als er das Auto schon längst wieder gestartet hatte und weitergefahren war. Er schwieg beharrlich. Sie wütete, schimpfte und keifte, bis er vor dem Haus ihrer Eltern in Emmersweiler anhielt.

„Danke fürs Mitnehmen, du Scheißkerl", schrie sie und knallte die Autotür zu. Er fuhr schnell los, und Janet hatte Mühe, sich auf ihren zittrigen Beinen zu halten.

Kannst du dir vorstellen, wie viel Glück Janet unterwegs mit diesem Kerl hatte", sagte Alma. „Und wie mutig sie war", ergänzte sie leise.
„Weniger Glück, aber wer weiß das schon, hatte Janet ein Jahr später durch ein Ereignis, das ihr ganzes Leben in neue Bahnen lenkte. Vieles Alte, Unnütze, auch Unbeschwerte, fand ein Ende.

Du musst dir das so vorstellen: Janet wohnte mit ihrer Schwester in dieser Stadt, besuchte gelegentlich die Eltern und freute sich, ihre jüngeren Geschwister, besonders die Schwester mit Down Syndrom, wieder zu sehen.

Aber wie sollte ihr Leben weitergehen, was konnte sie tun? Reizvoll erschien ihr schon lange die Idee, ins Ausland zu gehen, Sprachen zu lernen, wie ihre Mutter das früher in Paris machte.

Janet nahm Kontakt mit einer Familie in London auf, bei der sie als „Au Pair" ab Ende Dezember 1959 arbeiten wollte. Sie freute sich auf dieses Abenteuer, lernte fleißig die fremde Sprache und las über die Weltstadt London. Die Zukunft winkte von der anderen Seite des Kanals.

Der älteste, von Janet so geliebte Bruder, blieb immer noch verschwunden. Inzwischen wusste die Familie, er kämpfte als Soldat im Algerienkrieg. Fremdenlegion hieß das Schreckenswort. Eine von französischen Werbern oft erschlichene Unterschrift war schnell gegeben und nicht wieder zu löschen. Die armen Schweine wurden getötet oder kamen nach einigen Jahren traumatisiert zurück.

Janet hatte eine tiefsitzende Angst um den großen Bruder. Sie erinnerte sich an Krieg, die vielen Toten, die Grausamkeiten und bat Gott, den Bruder gut zu beschützen. Sie verhandelte in der nahen Kirche mit diesem Gott, sie sei bereit ein großes Opfer zu bringen, falls der Bruder wieder gesund aus dem Krieg nach Hause käme. Ein Bein opfern, aber nein, dachte sie schnell, einen Arm, nein, das auch nicht, aber vielleicht ein Auge, dann kann ich ja immer noch sehen und bin nicht so arg behindert. So redete Janet mit Gott und er zeigte sich gnädig, wie es schien. Folgendes passierte zwei Wochen später:

Janet arbeitete seit kurzer Zeit in einem „Fernseh-Spar-Kauf" Laden. Fernsehgeräte waren sehr begehrt, auch noch nicht für alle erschwinglich. Sie konnte Stenografie und Schreibmaschine schreiben, was damals wichtig war. Von Computern träumte noch kein Mensch. Sie arbeitete gerne dort, auch weil sie sich in den Junior-Chef verliebt hatte, ein smarter, freundlicher Schönmensch, der sie auch schon mal nach Hause fuhr, wenn es spät wurde im Büro. Deshalb waren ihr die Überstunden keine Last.

An einem Freitag im Dezember kurz nach acht Uhr am Abend stiegen Janet und eine Kollegin nach den vielen Überstunden dankbar und fröhlich in sein schickes Auto. Anschnallen kannten sie nicht, es gab keine Sicherheitsgurte. Janet saß auf dem Rücksitz. So konnte sie den schönen Junior besser beobachten. Sie unterhielten sich über die Atmosphäre im Büro und die guten Verkaufszahlen, als auf einer Kreuzung ein großes schwarzes Auto in wildem Tempo von rechts auf das Auto des Junior-Chefs, der nochmal Gas gab, um davon zu kommen, zuraste.

Dann ein gewaltiger Knall.

Das Auto des Juniors überschlug sich mehrmals, rutschte kreischend viele Meter auf der jetzt mit Blechteilen und Glassplittern übersäten Straße.

Der schöne Juniorchef und die Kollegin auf den Vordersitzen kamen mit Prellungen davon. Aber Janet wurde mit der herausgerissenen Hintertür auf die Straße geschleudert. In diesen Momenten sah sie ihr ganzes bisheriges Leben im Schnelldurchlauf mit allen Details vor ihrem inneren Auge, einem Film ähnlich, wie sie der Schwester später erzählte: „Dabei war ich Zuschauerin und gleichzeitig Betroffene in meinem eigenen Leben."

Die Form der Sprache verwandelt sich zurück in die Bild- und Fühlform unseres Ursprungs, so ähnlich drückt es Herta Müller aus, und das passt sehr gut zu Janets Erleben während des Unfalls.

Im Krankenwagen war Janet kurz bei Bewusstsein, hörte das Tatütata, hörte wie Blut von der Bahre tropfte, spürte ihren Körper nicht mehr.

Ach so ist das, wenn man stirbt! Dieser Gefühlsgedanke drängte sich ihr auf. Ein in ein friedliches Gefühl eingebettetes Verstehen, ohne Ängste. Sie lag ruhig, schmerzfrei und dann wieder bewusstlos da. Als sie im Krankenhaus kurz das Bewusstsein erlangte, sich wieder lebend verstand, sagte sie den umstehenden Ärzten: „Ich möchte Weihnachten wieder zu Hause sein." Aus den zwei Wochen wurden zweieinhalb Monate.

Aber zunächst lag sie weitere drei Tage ohne Bewusstsein da, redete während dieser Zeit gelegentlich unverständliches Zeug, sodass die Schwestern und Ärzte glaubten, sie habe vielleicht doch einen geistigen Schaden erlitten. Schädelfraktur, Kiefernfraktur, Nasenbein gebrochen. Später richtete ein Stück Knochen des Schienbeins die Nase wieder gerade. Den Verlust der Sehkraft auf einem Auge konnten sie nicht beheben. Die vielen Glassplitter durchtrennten den Sehnerv. Alle schweren Verletzungen betrafen ihren Kopf, der übrige Körper war unverletzt, bis auf einige Hautabschürfungen. Als Janet nach weiteren drei Tagen aus der Bewusstlosigkeit auftauchte, verschwiegen ihr die Ärzte zunächst den Verlust des rechten Augenlichtes, sie sollte den

Schock des Unfalls erst überwinden. Der Verband über dem Auge und dem Kopf war notwendig, das verstand sie.

Janet lag zwei Wochen mit Anna, einer alten Frau, im sogenannten Sterbezimmer. Die Ärzte schienen nicht sicher, ob Janet die schweren Verletzungen überleben würde."

Alma machte eine kurze Pause, als ob sie Zeit zum atmen brauchte.

„Nach dem Tod von Tante Anna, wie Janet die alte Frau liebevoll nannte, blieb sie weitere zwei Wochen in diesem Zimmer. Der Kummer der Eltern, sie wussten um ihre Augenverletzung, rauschte an Janet vorbei, als beträfe es sie nicht.

„Dieser Unfall war so schlimm für uns", sagte die Mutter noch Jahre später, als sei nicht Janet das Opfer gewesen.

Janet fand das Treiben nebenan in dem großen Kliniksaal, dessen Tür tagsüber offen stand und in dem zehn PatientInnen lagen, interessant und aufregend. Sie freute sich, als die Mutter ihr die Blockflöte mitbrachte, auf der sie, seit der Internatszeit gerne herum flötete. Dann spielte sie Advents- und Weihnachtslieder, und viele der Kranken im großen Saal nebenan weinten, besuchten Janet, die nicht aufstehen durfte und bedankten sich mit kleinen Geschenken. Die Ärzte testeten bald Janets geistigen Zustand mit umfangreichen Fragebögen und vertrackten Übungen, mit einem Intelligenztest und zeigten sich erleichtert. Es fehlte nichts. Alles war am richtigen Platz. Über die schnelle körperliche Heilung der schweren Verletzungen wunderten sie sich.

Janet schien nicht überrascht, als die Ärzte ihr mitteilten, sie könne aus dem verletzten Auge nicht mehr sehen.

Was sollte sie daraufhin sagen? Sie ahnte es ja schon. Also übte sie mit einem Auge zu greifen, Dinge aufzufangen, zu lesen, sich zu orientieren, all dies neu zu lernen, so als sei der Verlust des Augenlichts eine vorübergehende Angelegenheit, die bewältigt werden will. Sie saß strickend, lesend und flötend im Bett, inzwischen im großen Krankensaal, dachte an ihre Verhandlungen mit Gott und wartete auf die Nachricht aus Algerien, die sie zu kennen glaubte.

Gleichzeitig gab ihr der lange Aufenthalt in der Klinik so viel Zeit, wie sie nicht haben wollte. Die Anforderungen an sich und ihre Zukunft nach der Entlassung beschäftigten sie immer öfter. Sie dachte nach:

„Au Pair" in London? Nein. Das ist nicht mehr wichtig, nicht das, was mich noch interessiert. Keine Ahnung warum. Aber was dann? Was will ich mit meinem neuen Leben anfangen?

Ich bin zu dumm, die Vielfalt und Komplexität des Lebens zu verstehen und intelligent genug, das zu erkennen. Ich greife mein Leben mit beiden Händen, ich forme, schiebe, lenke, ich gebrauche alle Sinne. Zeitfragen steigen auf, ich dränge sie zurück. Will und kann ich meine Zukunft selbst gestalten?

Ist es notwendig, einen Lebenssinn zu entdecken und sich dann danach auszurichten? Das Mensch-Sein scheint so zwanghaft.

Die Suche nach dem Sinn ist ein mühsames Geschäft. Die meisten Leute scheinen sich in der Arbeit und in der Familie den Sinn zu schaffen, oder das, was sie dafür halten.

Warum soll es den Philosophen überlassen bleiben, die Frage nach dem Sinn des Lebens zu stellen oder zu beantworten? Ich kann nichts, weiß nichts und habe doch so viel Lust, mehr als je zuvor, das Leben in seiner ganzen Fülle zu erfahren. Aber ich hänge immer noch in der Unbestimmtheit des Mädchens aus der Gaststätte.

Ich will und muss etwas Sinnvolles machen, aber was ist sinnvoll?

Wenn ich irgendeinen interessanten Beruf erlernen will, muss ich Abitur machen. Aber wieder zur Schule?, ätzend, langweilig. Was will das Leben denn von mir, von uns? Ja, dass wir es mit all unseren Möglichkeiten leben!

Die da wären? Lehrerin, Verkäuferin, Pianistin, Schauspielerin, Stewardess, oder Kinderärztin werden in Indien und heilen und den Kindern helfen, ein gutes Leben zu leben. Kindheitsträume! Medizin könnte mir gefallen. Aber dafür muss ich Abitur machen und studieren! Mist! Mist

In diesen Gedanken und Fragen hing Janet fest in der zu langsam vergehenden Klinikzeit. Dann wurde es Abend. Alle Zweifel und alle nicht beantworteten Fragen löschte Schwester Käthe auf angenehme Weise, wenn sie Janet die Morphiumspritze verabreichte, die ihr die

Schmerzen, die es nicht mehr gab, nahmen, was Janet der Schwester aber lange verheimlichte. Dieses Gefühl des Schwebens, der Leichtigkeit, erlöste sie von jeder Ungewissheit bis zum nächsten Morgen.

Janet musste noch einige Operationen über sich ergehen lassen, bevor sie nach zweieinhalb Monaten entlassen wurde. Es vergingen weitere Wochen, bis Janet begriff, dass auch andere die Narben in ihrem Gesicht sehen konnten. Und den Verlust des Augenlichtes? Konnte man das erkennen? Sie wunderte sich ein wenig darüber, welche Gefühle und Gedanken sich aufdrängten, wenn sie mit anderen Menschen zusammen traf.

Bin ich noch die Hübsche mit den schönen Augen? Bin ich noch so viel wert wie vorher mit nur einem sehenden Auge? Kann ich etwas anderes Attraktives den Jungs anbieten? Trauer und eine leichte Beklemmung breiteten sich immer wieder in ihr aus. Ihr Anwalt machte bei der Schmerzensgeldforderung vor Gericht geltend, die Heiratsaussichten seien vermindert. An so etwas hatte sie nicht gedacht! Aber lachen wollte sie darüber nicht.

Was will ich, was fange ich mit mir an? Diese Fragen wollten nicht mehr allzu lange auf Antworten und auf Entscheidungen warten.

Der Bruder kam, wie Janet es schon wusste, nach fünf Jahren Krieg aus Algerien, körperlich unverletzt nach Hause. Die psychischen Verletzungen, nicht sichtbar, verheilten nur langsam.

Janet erzählte Niemandem von ihrem Deal mit Gott. Vielleicht war ja doch alles nur Zufall. *Zufall ist das Pseudonym Gottes, wenn er nicht unterschreiben will*, ich glaube das sagte Anatol France, ein französischer Schriftsteller, mit Literaturnobelpreis", lachte Alma. „Als Janets Schwester eines Tages von einem Abendgymnasium in Saarbrücken erzählte, wo man in vier Jahren das Abitur nachmachen konnte, schien ein Weg aus der Ungewissheit heraus, sichtbar. Also gut! Janet gewann allmählich ihre Zuversicht wieder. Die Freude am Leben wurzelte durch die Erfahrung von Todesnähe tief.

Und dann:

Janet besuchte das Abendgymnasium, machte Abitur und wollte Medizin studieren, was sie als sinnvoll verstand und was sie gesellschaftlich mit Anerkennung und Erfolg verknüpfte. Aber die Wartezeit von drei Semestern nach dem Abitur wollte sie nicht akzeptieren und begann mit Philosophie und Psychologie und blieb dabei. Sie lernte die akademische Welt kennen, ging darin mit zwiespältigen Gefühlen spazieren, arbeitete mit vielen Zweifeln als Psychologin in einer Klinik und war erfolgreich. Aber das ist eine andere Geschichte."

Alma schwieg, sah nachdenklich und müde aus, als ich mich bei ihr für die Erzählungen bedankte und mich mit einer Umarmung verabschiedete.

Juana und die Männer

Tagebuch

. . . . .*alles ist der Sehnsucht geopfert.*

Das Allein-Sein ist zwiespältig. Ich habe kein Vertrauen in das, was ich fühle, was mir begegnet, lasse mich von J. Baez' Musik und Castanedas Texten forttragen, weiß aber nicht wohin. Schmerzen und Glück wechseln sich unkontrolliert ab, der Verstand möchte alles nicht wahrhaben und läuft unendlich langsam. Auch das Schreiben im Tagebuch ist mir fremd und fern, eine Distanz, die die Fülle im Inneren nur streift, den Kern unberührt lässt. Ich bin auf der Suche nach dem Ruhezustand, innen wie außen. Der Tod ist eine Möglichkeit. Der Tod gibt mir Sicherheit, die Gedanken daran, das aufkommende leise Gefühl, er ist Ratgeber und Tröster.

Das Ertragen des Unglücks, Liebe nicht leben zu können, eine Liebe, die aus der Sehnsucht des Kindes nach Verschmelzung erwächst, zurück zum Ruhezustand im Bauch der Mutter, zurück zur Einheit des Empfindens?

Ich weiß es nicht.

Ich verstehe wenig vom Leben.

Und über allem immer die Sehnsucht der Erwachsenen, ich weiß nicht wonach. Nach Liebe?

Ich bat Alma schon vor längerer Zeit, Geschichten von Begegnungen oder Freundschaften mit Männern zu erzählen.

„Trümmer der Vergangenheit, die kaum für gute Geschichten taugen", wehrte sie ab. Wenn Alma von Frauen sprach, die glaubten, sich an Männern und deren Vorstellungen, was eine attraktive Frau sei, orientieren zu müssen, die den Märchenprinzen suchten, in Zeitschriften blätterten, um ihr richtiges Aussehen zu finden, die sich aber selbst nicht fanden, schüttelte sie den Kopf über den „illusorischen Blödsinn", wie sie es nannte, denen die jungen Frauen Gehör und Glauben schenken. Und sie spottete mit einem Gedicht:

Die guten Männer zu treffen,

kostet Eintritt ins Wünschewunderland.

Frauen zahlen fleißig, vergessen, wer sie sind

und steigen munter ein ins unterirdische Kampfgetümmel.

Dort führen Illusionen Krieg mit Wirklichkeiten,

die unerwünscht und unerlaubt dort eingedrungen.

Im Wünschewunderland verlöschen bald die Lichter.

Die guten Männer sind verschwunden.

Die Frauen aufgewacht.

Dann erzählte sie eines Tages von einer Juana.

„Den Partner zu treffen, mit dem man seinen Alltag teilen möchte, etwas länger, als das Verliebtsein währt und die Fortpflanzungshormone den Sex dominieren? Nichts als Zufall."

Alma schaute mich mit hochgezogenen Augenbrauen an.

„Aber gemeinsam, voller Verzweiflung, von Falten durchfurchte Wangen im Spiegel mit dem Partner anschauen, weißt du, wie schön das sein kann?"

Sie wartete nicht auf eine Antwort.

„Komm, lass uns ein Stück gehen", sagte sie nach einer Weile und stand entschlossen von der Bank vor ihrem Haus auf.

„Juana, so werde ich sie nennen, war eine schöne Frau, eine Freundin, in einem anderen Leben", betonte sie und schwieg wieder.

Sie schien nachzudenken, was sie preisgeben sollte, während wir den Weg zum Wald fanden. Der Wind spielte mit den Blättern, auf denen die Nachmittagssonne tanzte. Unsere Schritte auf dem weichen Waldboden waren kaum hörbar. Es roch modrig und frisch. Sie blieb einen Moment stehen:

„Also dann. Wo fange ich am besten an!"

Ein kurzer Blick zu mir, dann ging sie weiter. Alma schien wieder in eine andere Gegenwart zu entschwinden, während sie erzählte.

„Juana verliebte sich in sanfte, intelligente Männer, Vatermänner, um deren Liebe sie kämpfte, die ihr nicht entgegenkamen. Sexuelles Interesse bekundeten viele, aber Liebe? Wer sollte sie lieben? Sie kannte das Begehren und begehrt werden. Sie ahnte, dass sie attraktiv für die Männerwelt war. Aber Liebe? Weckt die nicht tiefste Gefühle und höchste Erwartungen?"

Alma schnaufte hörbar. Ich hatte Mühe, mit ihren Worten Schritt zu halten.

„Da war Markus, der Millionär, ein besonderer Mann, dem das Schicksal übel mitspielte. „

Alma machte eine lange Pause, bevor sie weiter redete.

„Der las im Telefonbuch, wenn er mit Depressionen im Bett lag. Seine Mutter musste ihn, als er klein war, verlassen, durfte ihn nie wieder sehen, so wollte es der Vater. Was das für ein Kind bedeutet, muss ich dir nicht sagen. Dass er so liebenswert wurde, wie er es war, ist erstaunlich." Sie schwieg kurz.

„Es gab auch einen Thomas, der Professor aus der Hamburger sogenannten guten Gesellschaft, der Juanas Sätze mitschrieb, wenn sie diskutierten, der seine großbürgerliche Herkunft am liebsten leugnete und als unwichtig bezeichnete, was ihm aber nicht gelang. Ansonsten lagen sie gern nackt auf dem Wohnzimmerboden.

Dann war da Bernd, Medizinstudent, der sagte Frauchen zu ihr, wollte sie unberührt in die Ehe nehmen, liebte sie wahrscheinlich aufrichtig und versank im Alkohol, als sie sich von ihm trennte.

Und Michael, das ist vor allem eine traurige Geschichte.

Tom eine eher lustige, in der beide den Unterschied zwischen Freundschaft und Liebe kennen lernten.

Und Ole, der Schwede, der eines Tages mit der Zahnbürste vor ihrer Tür stand, der Sex mit Beziehung verwechselte.

Hans, mit dem sie verheiratet war und ein Kind hatte, von dem sie sich nach zwölf Jahren scheiden ließ.

Mit Peter waren Glück und Verzweiflung ein verlässliches Paar. Sie bewegten sich sowohl im Himmel als auch in der Hölle, unzertrennlich und unfrei in ihren selbst gezogenen Grenzen.

Ja und nicht zu vergessen, der schöne Alvaro in Spanien, bedürftig und gescheit.

Habe ich jemanden nicht erwähnt?

Ja, David aus Kalifornien, den Juana in Griechenland kennenlernte und mit dem sie sich einige Tage und Nächte, verliebt am schwarzen Sandstrand, vergnügte.

Ich glaube, es waren fünf oder sechs Männer in Juanas buntem Leben, die ihr wichtig waren, bevor Simon der wichtigste Mann wurde, dem sie ihre langsam aufkommenden Falten zeigen konnte.

Nicht jeder dieser Männer zählten zu ihren Liebhabern. Einige durften nicht, andere wollten oder konnten nicht.

Ernst, Juanas ständiger unsichtbarer Begleiter, den ich dir schon vorgestellt habe, drängte sich gerne in den Vordergrund, wenn Juana einem attraktiven Mann begegnete, machte ihr ein schlechtes Gewissen, zerrte immer wieder an ihrer Unbeschwertheit. Aber seine Stimme wurde leiser, sein Einfluss unbedeutender im Laufe der Jahre."

An einigen Stellen der folgenden Geschichte blieb Alma auf dem Waldweg stehen, als ob die vergangenen Momente Gegenwart bräuchten.

Michael liebt Beethoven

„Eine wirklich tragische Begegnung war die mit Michael, einem kleinen, freundlichen, jungen Mann mit schwarzem, glatt nach hinten gekämmtem Haar und mit Anzug und Krawatte, wie es in den frühen sechziger Jahren üblich war. Juana und ihre Schwester hatten sich nach dem Gaststättenabenteuer und der Suche nach Sinn im Leben entschieden, die steinigen Stufen bis zum Abitur am Abendgymnasium zu erklimmen.

Michael setzte sich, vielleicht nicht zufällig, neben Juana am ersten Schulabend. Er bekannte sich, im Unterschied zu Juana, zu einer ausgeprägten Ernsthaftigkeit. Sie freundeten sich trotzdem an, sie lernten gemeinsam, erzählten sich Geschichten. In seiner kleinen Küche probierten sie alle saarländischen Gerichte aus: Dibbelappes, Hooriscche und gefüllte Klöße, tranken Bier aus der Flasche und rauchten billige Rothändle. Nach der Schule trafen sie Andere zum Tischfußball und Billardspiel in den umliegenden Kneipen. Das Leben lebte sich unbeschwert, die Schule blieb öde, aber notwendig,

Freundschaften wurden schnell geschlossen. Die Welt in den sechziger Jahren, in ihrer besten und schlechtesten Version, konnte immer wieder neu überraschen.

Eines Tages erzählte Michael von seiner Kindheit, die schlimmer nicht sein konnte. Er hatte, wie er schüchtern zugab, noch nie jemandem davon erzählt, von seinem streng katholischen Vater, der ihn für jede geringe Verfehlung verprügelte und ihn stundenlang auf einem scharfkantigen Holzscheit knien ließ, der den Siebenjährigen einsperrte im dunklen Keller, ihm nichts zu essen gab, ihm drohte mit einem noch härter strafenden Gott. Als Juana nach Michaels Mutter fragte, antwortete er mit bitterer Miene, dass es sie nicht gab für ihn, sie verschwand in der Küche oder im Schlafzimmer, wenn der Vater ihn quälte, mischte sich nie ein, schwieg.

Er habe sich als Kind oft gewünscht tot zu sein. Juana wütete über die Passivität und die Gleichgültigkeit der Mutter, hinter der, da waren sich Juana und Michael einig, eigene Angst vor dem Vater steckte. Der Vater starb, als Michael vierzehn war, ein glücklicher Tag in seinem Leben. Vielleicht der Einzige. Er erwähnte den Vater nie wieder zu Hause und die Mutter schwieg beharrlich weiter.

Michael besuchte seine Mutter schon lange nicht mehr. Ich glaube, er hat ihr nie verziehen. Das Mitgefühl und die zornige Anteilnahme von Juana und ihrer Schwester waren wahrscheinlich der erste und einzige Trost für Michaels tief verletzte Persönlichkeit. Die drei rückten näher zusammen."

Alma blieb stehen, die Augen in den Waldboden gesenkt, schwieg.

Nach einer kurzen Pause tat sie den ersten Schritt so, als ob sie sich dazu überreden müsste, ging weiter, den Blick wieder geradeaus.

„Was Michael nicht akzeptieren wollte, vielleicht nicht konnte", sagte Alma leise, als ob sie zu sich selbst reden wollte, „das erfuhr Juana in den folgenden Monaten. Michael schien es mehr und mehr zu stören, dass Juana sich am Wochenende mit Bernd, einem Medizinstudenten, traf, in den sie seit einem Jahr verliebt war und der sie „Frauchen" nannte, der sie heiraten wollte. Die ganze Klasse fuhr eines Tages nach London mit Mayerlein, dem unsympathischen Englischlehrer, dem Juana die Gefolgschaft gerne verweigert hätte und der sie trotzdem zur Sprecherin der Gruppe erkor. Michael musste sich von Juana fünfzig DM für die Fahrt nach London borgen, damit er mitfahren konnte. Er schien überaus dankbar und wich nicht mehr von ihrer Seite. Ein wenig lästig war er.

In London war Michael nach einem Ausflug in den Hyde-Park am Abend nicht mehr aufgetaucht. Juana, die sich als Gruppensprecherin für ihn verantwortlich fühlte, suchte ihn mit zwei Mitschülern bis in die Nacht hinein. Sie durchstreiften mit Taschenlampen das riesige Gelände des Parks und die angrenzenden Kneipen, ohne Erfolg. Juanas Fantasie explodierte. Er hat sich umgebracht, ist umgebracht worden. Am darauffolgenden Tag wollte sie zur Polizei. Zum Frühstück saß er wieder da, grinste und schwieg sich beharrlich darüber aus, was passiert war. Juana war so wütend, dass sie die restlichen Tage in London nicht mehr mit ihm sprach. Auf der Rückfahrt mit dem Schiff von Dover nach Calais suchte er immer wieder ihre Nähe, im gleichen Zugabteil saß er neben ihr, zu Hause fand er hundert Gründe, sie zu besuchen und in der Schule sich von ihr etwas erklären zu lassen.

Was will er wirklich von mir, dachte sie immer öfter.

Sie begann sich unwohl zu fühlen, wenn er sie mit seinen traurigen Augen ansah, als wolle er sich an ihr festsaugen, wenn er wie ein geprügeltes Hundchen ständig hinter ihr herlief, ihre Nähe immer wieder einforderte.

Als Juana begriff, dass Michael sich in sie verliebt hatte, veränderte sie ihr Verhalten. Sie ging ihm aus dem Weg, war genervt und wütend auf seine unterwürfige Leidensmiene, wie sie es der Schwester gegenüber ausdrückte, entzog sich ihm mit immer dürftigeren Ausreden, wenn er sie mit diesem sehnsüchtigen Blick verfolgte und sie mit Fragen nach privaten Treffen bedrängte.

Seit einer Woche saß sie nicht mehr neben ihm in der Klasse.

Als die Verzweiflung bei Michael sich zu Wort meldete, legte er sich, sein in der Kindheit eingeübtes Schweigen auf. Die Katastrophe entwickelte sich schleichend, ätzender Säure gleich, die jegliche Hoffnung zersetzt.

Dann stand die Polizei an einem Montagnachmittag vor Juanas Tür.

Sie kennen Michael Winkler? Er ist tot, hat sich am Wochenende umgebracht, mit einer Überdosis Schlaftabletten vergiftet.

Eine Schallplatte, Beethoven, lief, er war darüber eingeschlafen. Er hat einen Brief für Sie hinterlassen.

Nein, wir können ihnen den Brief nicht aushändigen, die Erben sind zu ermitteln. Der Schock, der sich in Juanas Körper ohne Verzögerung und ohne Gnade einnistete, behinderte jedes Gefühl. Michael tot, Körper und Geist verlassen. Tot, tot, hallte es in ihrem Kopf.

Nachdem Juana und ihre Schwester noch am gleichen Abend im Sekretariat der Schule Michaels Tod gemeldet hatten, selbst am Unterricht aber nicht teilnehmen wollten, gingen sie mit einer schnell erstandenen Flasche Cinzano in ihre kleine Bude, zündeten drei Kerzen an, legten im abgedunkelten Raum Beethoven auf, erinnerten sich an Abende mit Michael, bis der Schmerz stärker pochte, als die nicht geglückte Betäubung durch Alkohol und Musik, leerten die Flasche Cinzano mit der Begründung: Im Alkohol verschwinden, in die Erinnerung an die gemeinsame Zeit, ist das, was wir jetzt tun können. Sie weinten, schwiegen, redeten über das Unglaubliche, trösteten sich gegenseitig in ihrer Verzweiflung, versuchten zu verstehen und konnten es nicht." Alma blieb wieder stehen. „Heute weiß ich, dass Michael bei Juana die Nähe und Liebe suchte, die er von seiner Mutter zu Recht erwartete und doch nie bekam. Weißt du, Juana hatte diese warme, liebevolle Fürsorglichkeit, und Michael verwechselte da etwas. So war das mit Michael."

Wieder zu Haus angekommen, kramte Alma in einem Karton, in dem sie, wie ich inzwischen wusste, wichtige Erinnerungsstücke aufbewahrte. Sie überreichte mir eine vergilbte Postkarte:
Geschäftsstelle des Amtsgerichts V., den 10.9. 1962, Abteilung 6 A 153/60 in Sachen Bollter ./. Winkler wird nach der Höhe des Geschäftswertes angefragt.

„Geschäftswert", sagte Alma verächtlich, „der Tod von Michael, die Höhe des Geschäftswertes, was für eine Sprache. Den Brief hatte Juana trotz mehrmaligem Nachfragen nicht bekommen. Niemand wusste warum. Ich habe es nie verstanden und verstehe es heute noch nicht. Unglaublich! Es war sein Abschiedsbrief." Almas Stimme klang erregt.

Es war dämmrig. Ich hatte den Eindruck, dass ich mich verabschieden sollte, ohne Worte. Ich berührte sie einen Moment am Arm und ging.

Wenn Alma und Juana die gleiche Person waren, wie schlimm musste sie das heute noch empfinden? Darum sagte sie nicht Ich, wenn sie davon erzählte?

Sie hätte mir heftig widersprochen: „Alma und Juana trennen wenigstens sechzig Jahre. Wie kann Alma dann Juana sein, wie sollte sie Ich sagen können", würde sie mich anschnauzen, kannst du das nicht verstehen?

Ja, heute verstehe ich dich, antworte ich ihr in Gedanken.

Tagebuch

. . . . . . .Immer wieder erfahre ich die Vergeblichkeit von Reden, ohne Echo, von Worten ohne Antworten, den Betrug, dass Reden und Handeln, Reden und Gefühle, Gefühle und Handeln nicht übereinstimmen. Liebe als leere Worte, bodenlose Gefühle, reduziert auf einen Krampf im Magen, Schmerzen im Bauch, Schwindel im Kopf. . . .

. . . . .manche Menschen lieben den Tod mehr als das Leben, das ihnen zuwider geworden ist, dem sie die Liebe verweigern, sich nicht verzeihen, dass sie, wie sie es nennen oder verstehen, gescheitert sind, dass das Leben für sie sinnlos ist, dass das Leben ihnen gestohlen wurde, wie sie glauben. Vielleicht stimmt es ja. Aber das eigene Leben vorzeitig beenden ist in jedem Fall brutal, aggressiv, widernatürlich, dumm, geistig verwirrt, krank. Eine solche Tat erzeugt Schuld und Wut bei andere mit den Gedanken: man hätte sie retten können, ihnen Liebe geben müssen, Mut machen, die Würde des Lebens bewusst machen und . .

Nein! Wer sich ernsthaft umbringen will, der ist mit Worten nicht zu retten, der tut es.

Jean Amery besteht auf seinem Recht, wie er glaubt, sein Leben selbst beenden zu dürfen. Aber das Leben gehört uns nicht, es ist ein Geschenk des Universums. Teilnehmen am großen Wunder des Seins ist unsere Aufgabe, wenn wir schon mal da sind, das ist unsere Chance, unser Glück.

Bernd sagt Frauchen

„Mehr Männergeschichten?“

„Mein Aufnahmegerät ist eingeschaltet.“

„Ich weiß nicht genau, wie viel Zeit vergangen war nach diesem tragischen Ereignis mit Michael, bis sich der Alltag wieder eingestellt hatte.

Juana mochte Bernd, der sie „Frauchen“ nannte, wie ich dir bereits erzählte. Er war Medizinstudent und schmuggelte sie eines Tages in die Pathologie ein. Juana, neugierig, interessiert, im weißen Kittel, durfte in der kleinen Gruppe Studenten, die Leichen sezieren lernten, nicht auffallen. Es stank nach Karbol und an verschiedenen Tischen lagen dunkelbraune, nicht identifizierbare Einzelstücke, Körperteile, an einem anderen Tisch eine fast komplette weibliche Leiche, vor der sich jetzt der Professor und die Studenten versammelten.

Die Nervenbahnen am Unterarm sollen unter seiner Anleitung freigelegt werden. *Beginnen Sie dahinten doch bitte!*

Der Professor schaute Juana freundlich lächelnd an. Juana konnte der Aufforderung nur knapp entkommen, indem sie Übelkeit signalisierte und hinaus rannte.

Wenn Juana am Wochenende im Deutsch-Französischen-Garten in einem Weinlokal, bis in die Nacht hinein, Gäste bediente, Geld verdienen musste, begleitete Bernd sein Frauchen zuverlässig am späten Abend nach Hause. Finanzielle Unterstützung für Schule und Unterhalt konnten Juana und ihre Schwester von den Eltern nicht erwarten. Die kauften sich gerade mit viel Schulden ein Haus, und die Mutter hoffte, das jüngste der fünf Kinder mit der Diagnose „Down Syndrom“ in einem Wohnheim, es sollte das Beste sein, unterzubringen. Also gingen Juana und ihre Schwester putzen, spielten Kindermädchen, bedienten in verschiedenen Lokalen und lebten jeden Tag in der Erwartung, wie der nächste Tag sich ihnen in den Weg stellen würde. Dem Pfandhaus liehen sie, als Dauerkunden, ein goldenes Kreuz an einer Kette, das die Großmutter schon bei ihrer Hochzeit trug und das Juana geerbt hatte.

Ebenso einen goldenen Ring mit kleinen Brillanten, von der Großmutter an die Schwester vererbt. Natürlich lösten sie die Erbstücke so schnell wie möglich wieder ein.

Als Juana Bernds Eltern kennenlernte, fuhren sie in einem glänzenden Opel-Kapitän vor, dem ein hochmütig wirkender Medizinervater in elegantem Anzug entstieg und nach ihm die bravgeduldige Erscheinung, die Hausfraumama, wie Bernd sie manchmal liebevoll nannte. Sie dufte ihrem Mann in der Praxis gelegentlich helfen, was in den sechziger Jahren als Privileg der Frau verstanden wurde.

Da wünschte sich Juana, dass Bernd Waise sei.

Die Frauen dieser Generation waren vor allem finanziell abhängig vom Ehemann. Wenn sie verheiratet waren, mussten sie das Einverständnis des Mannes erbetteln, wenn sie arbeiten wollten. Wenn sie nicht verheiratet waren, eine Lebensform, die Frauen meist diskriminierte, fielen sie ihrer Familie zur Last, wie man sich damals ausdrückte und waren bald als alte Jungfer dem Spott oder Mitleid der Gesellschaft ausgeliefert.

Abitur und Studium, wie Juana und ihre Schwester es vorzogen, galt in konservativen Kreisen der sechziger Jahre als ungehörig und anmaßend für junge Frauen. Entsprechend misstrauisch beäugten Bernds Eltern Juana. Sie war überzeugt, seinen Eltern auf keine Weise zu genügen. Aus Angst etwas Unpassendes zu sagen, verstummte sie. Worte waren ihr nicht mehr verfügbar an dem gemeinsamen Abend. Dieses Verstummen kannte sie aus der Zeit zwischen ihrem zwölften und siebzehnten Lebensjahr, eine Zeit der Irritation und Neuorientierung, Probezeit für das Erwachsensein.

Aber warum passiert es mir hier wieder? Probe ich Anpassung?

Wie beschämend das alles ist, dachte Juana, am liebsten wäre ich unsichtbar. Vielleicht bin ich es ja, seufzte sie lautlos, sonst würden sie mich sehen, zu mir etwas sagen oder mich etwas fragen.

Während des Abendessens fummelte sie nervös am Ärmel des zitronengelben Piqué Kostüms, der immer wieder mit der Soße des Lammbratens Kontakt suchte. Die Eltern richteten nach der knappen Begrüßung und, wie es ihr erschien, kritischen Begutachtung ihrer Person, kein weiteres Wort an sie. Sie interessierten sich ausschließlich für Bernds Erfolge im Studium. Dafür war sie zugleich dankbar und gekränkt.

Als Juana und Bernd wieder alleine waren, löste sich ihr Schweigen nur zögernd auf. Er sagte, er sei froh, dass seine Eltern wieder weg seien.

Der Abschied von Bernd und seinen Eltern an diesem Abend war für sie, wie die Befreiung von zu engen Schuhen, die, zu Hause angekommen, schnell in die Ecke fliegen. Aber die Scham und Unsicherheit dieses Abends begleiteten sie noch einige Tage. Sie brauchte Abstand, Vergessen, andere Gerüche in der Nase, Licht, Luft, Italien".

Alma schob mir ein Notizheft über den Tisch, auf dessen Umschlag **Rocca** stand. „Juana schrieb ihre Flucht nach Italien hier auf. Sie floh aus der Enge der vorgeführten Zukunft für eine Woche in die Wohnung einer Freundin nach Rocca, einer kleinen Stadt in der Toskana."

Ich blätterte darin, während Alma den Tisch deckte. Sie verteilte Nudeln mit Basilikumpesto und Salat auf mit Rosen bemalten Tellern, die sie auf dem Flohmarkt in Metz vor vielen Jahren erstanden hatte. Dazu schenkte sie uns einen gekühlten, elsässischen Muskatwein ein.

„Kann ich die Geschichte zu Hause abschreiben?"

„Ja, nimm sie mit, ich habe noch einige von diesen Notizheften für dich".

Wir verabschiedeten uns nach dieser köstlichen Mahlzeit.

Reise nach Rocca

Stille. Enge Gassen. Armut. Schönheit der Natur und steinernes Schweigen in der kleinen spätmittelalterlichen Stadt Rocca. Die Fensterläden der schmal aneinander gebauten Häuser sind geschlossen. Stimmen dringen herauf im Widerhall der Gassen und verstummen wieder. Ich bin träumend anwesend, während ich am offenen Fenster sitze und die Morgensonne mein Gesicht wärmt. Es ist die Fremde, in der mir Weite verloren geht. Die Stadt als launige Donna, erschreckend einfach und abgründig zugleich, öffnet sich vor diesem Fenster, will gesehen und erkannt werden. Allgegenwärtig bedrängen mich unbekannte Räume, deren Bedeutung sich in der Begegnung mit den Menschen auflösen, um sich in verschlossenen Mienen und verschlossenen Türen wieder zu zeigen.

Was suche ich hier oder erfinde ich mich neu? Ist meine Flucht sinnvoll?

In Gedanken vertieft, schlendere ich am späten Vormittag eine enge Gasse hinunter. Der Mann auf der anderen Straßenseite lehnt an der kahlen Mauer, reglos, hält mich fest mit seinem Blick. Er zerkleinert einen Grashalm zwischen den Zähnen, schaut, hält inne - zum Sprung bereit? und weckt in mir, der Frau, Erinnerungen an Jahrtausende alte Bedrohung. Ich gehe mit starr nach vorne gerichteten Augen weiter, drehe mich nicht um, und so verschwindet seine Gestalt. Nur sein Schatten streift meinen Rücken, breitet sich aus und zwingt mich jetzt zurückzuschauen. Er hat sich nicht von der Stelle bewegt, einer Statue ähnlich. Sein Blick geht ins Leere.

Hatte Bernd für mich beschützende Funktion?

Warum habe ich Bernd verlassen? Werde ich ihn wiedersehen?

Ich setze mich an einen schattigen Tisch an der Eingangstür des kleinen Straßencafés. Die alten Männer schauen nicht auf, als ich mich, die Fremde und die Frau, Frauen sind für sie in der Küche und am Herd sichtbar, in der Nähe ihres Zufluchtsortes niederlasse. Giorgio, der Besitzer des Cafés, bringt mir einen doppelten Espresso. Seit drei Tagen bin ich für ihn keine Unbekannte mehr, lobe in stolperndem Italienisch seine kleine Stadt, als er wissen will, wo ich herkomme und wo ich hier wohne. *Ich spare nicht mit Worten. Jeder kennt jeden zu genau in diesem Viertel, als dass ich etwas auslassen könnte.*

Überprüfte und genehmigte Freiheiten.

Frauen von Rocca treffe ich am Vormittag in dem kleinen total überladenen Geschäft des Viertels, in dem es gut riecht und in dem man, vom Gemüse bis zur Glühbirne, alles kaufen kann. Auf der „Piazza Centrale" sehe ich am Spätnachmittag beleibte Italienerinnen mit Kindern und mit anderen palavernden Frauen. Hier erzählen sie die Geschichten zu Ende, die sie beim Salsa kochen begonnen haben. Die Männer sitzen auf Bänken und Stühlen und diskutieren italienische Affären.

Ein Ort ersehnter Freiheit? Entkommen sie hier der Routine ihres unaufgeregten Alltags?

Bernd würde die Augenbrauen hochziehen und etwas Abfälliges murmeln.

Ein Piaggio, das Führerhaus mit der ganzen Körperfülle des Fahrers besetzt, tuckert träge stinkend am Café vorbei, beladen mit undefinierbaren, von alten Säcken flüchtig bedeckten Baumaterialien. Ich schaue. Die Gedanken verlaufen sich. Ein wohliges Gefühl der Trägheit breitet sich aus. Die alten Männer mit ihren zerknitterten Gesichtern, Zigarettenstummel im Mundwinkel, tauschen ohne Worte zu vergeuden, Spielkarten nach einer mir nicht verständlichen Regel aus. Jüngere Männer lehnen lässig an der Wand des Cafés, schauen mit gelangweiltem Interesse auf den Spieltisch. Eine Bühne voller Statisten.

Bernd wollte nichts mit Kartenspielen zu tun haben. Überhaupt spielte er nur ungern. Warum fällt er mir dauernd ein?

Die Geräusche aus dem Innern des Cafés sind aufdringlich. Das einzige, mit Werbung zugemüllte Programm des kleinen Fernsehapparates verbreitet jeden Unsinn. Es gaukelt Normalität vor, die uns auf eine Spur zwingen will, auf der sich die Dummheit wie klebriger Honig über die sogenannten Tatsachen des Lebens legt. Dies verleiht dem Denken die Trägheit und Zähigkeit, die Sehen und Verstehen verstopft, murmele ich ärgerlich. Die Luft im Innern ist drückend. Ich genieße auf der Terrasse den leichten Wind und den Geruch von Zypressen vom nahen Park.

Bernd ist so weit weg. Vermisse ich ihn und unsere Zukunft?

Die Augen von Giorgio und seinem Sohn, die jetzt an der Eingangstür erscheinen, heften sich auf eine junge Frau auf der anderen Straßenseite in silbergrauen Leggins, rotem, lockigem Haarschopf und auf die beiden Kinder, die die Welt an diesem Vormittag mit ihren bedingungslos offenen Blicken herauszufordern scheinen. Ein Kinderfahrrad soll partout mit ans Meer, ein Auto scheint zu klein dafür. Die Mutter schaut eine Weile den Anstrengungen des Vaters zu, erlöst ihn dann und verstaut, nach schier endlosen Versuchen ihrerseits, das Fahrrad in den kleinsten Kofferraum, den Italien produziert. Die Maschinenpistole des Jungen bekommt noch mal die Chance in Vaters Knie zu ballern, bevor dieses bunte Plastikteil in der jetzt bis zum Rand gefüllten Blechhöhle verschwindet. Nur weg aus der stickigen Stadtluft, sagt die Mimik der jungen Frau.

Ciao Papa, Ciao Opa Giorgo. Mutter und Kinder schnuppern in Richtung Meer. Papa trottet zu seinem Arbeitsplatz im Café von Opa Giorgio, der winkt dem losbrausenden Auto hinterher.

Mein Lächeln begleitet das Fluchtauto, bis zur nächsten Kurve.

Belanglosigkeit breitet sich aus, verlacht alles Bemühen, den Kopf von Roccarianern über die Wasseroberfläche zu heben. Leicht verkümmert treiben die Menschen hier unterhalb des Pegels und erreichen die Zufriedenheit stummer Fische, die den gierigen Fangnetzen der Wohlstandsgesellschaft entkommen.

Ist es Anspruchslosigkeit, die eine Stadt wie Rocca schläfrig macht?

Die toskanische Schönheit, seit langer Zeit in den alten Häusern konserviert, kann die Trägheit und Enge nicht mildern. Rocca, so scheint *mir, schleppt sich, wie ein müde gewordener Greis schwer atmend, durch die vergangene Zeit.*

Die alten Männer am Nebentisch verteilen jetzt gebieterisch schweigend die Karten neu.

Ein abgemagerter Hund schnüffelt den Bürgersteig entlang und verschwindet im kleinen Park, in dem die Früchte der Pinien und Zypressen beharrlich reifen. Ich bestelle mir einen weiteren Cappuccino, in der Hoffnung auf Erkenntnis, was diese steinerne Stadt heute mit Spannung und Bewegung füllen könnte und den Schleier der Bedeutungslosigkeit zerreißen würde.

Mehr und mehr entspanne ich mich.

Die dünne Glocke einer kleinen, stets verschlossenen Kirche hoch oben auf dem Felsen, kündet mit blecherner Stimme die Mittagszeit an. Die vor sich hin summende Alte, auf der Holzbank gegenüber, hat die Bohnen fertig gezupft und schlurft ins Haus zurück.

Die Spieler werfen ihre abgegriffenen Karten in die Mitte des Tisches und stehen auf, Worte murmelnd, weniger miteinander, als jeder vor sich hin, in zerhackt klingendem Dialekt. Die Statisten verlassen die Bühne.

Die Mittagshitze breitet sich aus. Die Metallgitter vor den wenigen Ladentüren rasseln zu Boden. Schwermütige Ruhe legt sich vor die Haustüren. Ich überlasse mich der leise aufkommenden Trauer.

Bernd und ich, wir hatten schöne Zeiten. Würde ich sie vermissen?

Ich bezahle und wandere in der kleinen Stadt durch die engen Gassen, vorbei an geschlossenen Fensterläden, überquere die leere „Piazza Centrale" in Richtung Stadttor und besteige in der flirrenden Mittagshitze die Reste der mittelalterlichen Mauer, möchte mit diesen Steinen in vergangenen Zeiten umherstreifen, wo ungewisse Zukunft keine Rolle spielt.

Frei sein, unabhängig sein und gleichzeitig in Liebe gebunden?

Ist das möglich? Ich weiß es nicht.

Ist der stolze Ausdruck toskanischer Männer in den dumpfen Mienen und den vernachlässigten Körpern der Alten versickert?

Sind die schönen und selbstbewussten Italienerinnen in schlurfenden, laut palavernden, dicken Frauen, endgültig verstummt?

Welcher Geist ist hier verweht und hat alles zu steinernem Verharren gebracht? Ich weiß es nicht.

All dies werde ich Bernd nicht erzählen. Er würde es nicht verstehen.

Als ich Alma später fragte, was aus Bernd geworden war, sagte sie: „Juana wusste, dass sie sich von Bernd trennen würde. Sie fühlte sich plötzlich zu jung und frei, um sich für alle Zeiten als Frauchen von Bernd in der Welt, die er für sie vorgesehen hatte, einzurichten".

Und Alma kramte in einer schwarzen Stoffmappe, die auf der Fensterbank lag und aus der sie neben anderen Briefstapeln einen kleinen Brief zog und ihn vor mich hinlegte:

Düsseldorf, den 20. X. 62

Glück, sehr viel Glück wünsche ich Dir von ganzem Herzen, werde glücklich, so wie ich es bei dir sein durfte. Ich habe Dich jeden Tag geliebt und werde es auch weiterhin tun. Verzeih bitte, dass ich Dir in der nächsten Zeit nicht schreibe, es tut mir zu weh.

In tiefer Liebe einen zarten Kuss von deinem Bernd.

Alma legte den Brief wieder in die Mappe zurück. Sie achtete nicht auf meinen fragenden Blick.

„Bernd wurde mit Alkoholvergiftung in eine Klinik eingewiesen.

Juana hatte keinen Kontakt mehr zu Bernd, obwohl sie noch häufig an ihn dachte, an ihren gemeinsamen Ausflug nach München, an die Nacht im Hotel, als er ihr sagte, er wolle nicht, dass sie jetzt schon miteinander schliefen. Erst wenn sie verheiratet seien.

Wahrscheinlich hat er es später bereut." Alma lachte.

„Der Nachfolger von Bernd ließ nicht lange auf sich warten, nein richtiger: es gab einen nahtlosen Übergang von Bernd zu Hans," kicherte Alma beim nächsten Erzählabend.

Hans der Treulose

„Juana war, nach zwei Jahren Schulbesuch im Saarland, nach Düsseldorf übergesiedelt. Es war auch die Befreiung von der, als Vorbild anwesenden älteren Schwester, die inzwischen die Musikhochschule besuchte und die sich damit einen lang ersehnten Traum erfüllte.

Juana besuchte in Düsseldorf das Abendgymnasium, verlor durch den Wechsel ein Semester und fand sich wieder in der Bank neben einem jungen, gut aussehenden Mitschüler. Hans, diese James Dean Kopie, die während einer Klassenfahrt nach Berlin nicht von Juanas Seite wich. Viele Jungs aus der Klasse umschwärmten Juana auf einer Fahrt nach Rom, auf der sie als Eiskönigin gekürt wurde, weil sie sich an jeder Ecke mit köstlichem italienischem Eis verwöhnte. In diesem Jahr, auf der Fahrt nach Berlin, war Hans der Charmanteste und Intelligenteste von den jungen Platzhirschen, die um ihre Aufmerksamkeit buhlten.

Er kletterte abends über das Dach der Jugendherberge in die Mädchenräume, entschuldigte sich bei Juana und verabredete sich mit ihr in einer bunten, leise quietschenden Hollywoodschaukel im Garten. Sie unterhielten sich über die Welt ohne Gott und über die Schule und die Eltern, über ihre Ideale und die Chancen, ihre nebulösen Lebensträume zu realisieren. Die Nacht war nicht lang genug."

„Warum war Hans plötzlich interessanter nach der liebevollen Beziehung mit Bernd", unterbrach ich Alma.

„Juana war einundzwanzig, zu jung, um sich für diesen Einzigen zu entscheiden, denn sie glaubte noch an die Bindung für ein ganzes Leben in der Ehe, was der allgemeinen Überzeugung der damaligen Zeit entsprach. Juana konnte in Berlin und danach in Paris nicht ahnen, dass sie sich für die nächsten zwölf Jahre mit Hans würde einrichten müssen. Er sah gut aus, war witzig, charmant, von einer leichten Lebensart, wirkte selbstbewusst und begehrte sie, wie er so viele Frauen begehrte, um sein schwaches Selbst aufzubauen. Aber das ahnte Juana nicht. Sie war zu unerfahren und übersah bereitwillig die kleinen Störmomente, die es schon in Berlin gab. Alle Frauen waren in seinem Blick und seiner Fantasie anwesend, wenn sie jung und gut aussehend waren.

Mit Hans in Paris, entdeckte sie in einem kleinen romantischen Hotel, ihre sexuelle Lust. Er verführte sie liebevoll und geschickt und sie war begeistert. Nach mehreren Glas Rotwein in der gegenüberliegenden Bar wurde Paris zur schönsten Stadt, voller Liebe und sexueller Lust gekürt. Und beide waren glücklich.

Nach einem Jahr trennte sie sich wieder von ihm. Während sie übers Wochenende ihre Eltern in der Eifel besuchte, hatte er mit Juanas hübscher Kusine, die vorübergehend in ihrem Zimmer, Tür an Tür neben ihm wohnte, ein Techtelmechtel, genauer gesagt, er hatte mit ihr ein Verhältnis angefangen. Dann tat ihm alles leid. Die Kusine wurde vor die Tür gesetzt. Er entschuldigte sich umständlich und reuevoll bei Juana. Nach der Versöhnung wurde sie schwanger. Die Pille war im normalen Leben der Frauen noch nicht angekommen.

Juana wollte an ein gutes Ende glauben.

Sie heirateten, machten gemeinsam das Abitur, studierten, er Jura, sie Philosophie und Psychologie.

Und sie hatten eine Tochter, von beiden geliebt.

Aber zu einer verlässlichen Beziehung gehört mehr als eine Heirat wegen Schwangerschaft. Wirklich befreundet miteinander waren sie nie. Hans hatte sich während seines Studiums mit Menschen angefreundet, die sich von Juanas Freundeskreis mehr und mehr unterschieden. Die gemeinsamen Themen von Juana und Hans beschränkten sich immer häufiger auf Kind und Alltag und Geld verdienen.

Ich kann dir eine Situation schildern, die schon auf das Ende der Ehe hinweist," sagte Alma.

„Sie waren unterwegs zur Universität, wo beide einen Hilfskraftjob hatten. Sie hatten sich zu Hause schon gestritten. Vorübergehend konnte Juana den Mund halten. Es war zu eng im Auto für noch mehr Worte. Die groben Sätze aus seinem Mund füllten den gesamten

Innenraum und würden sich erst, wie sie aus früheren Situationen wusste verflüchtigen, wenn sie ausstieg.

Es begann, wie so oft, mit einer für ihn als Kritik verstandenen Bemerkung von ihr über den Weg, den er Abkürzung nannte. In dem engen Auto prasselten seine Worte wie ein Hagelsturm auf sie nieder, erkämpften sich einen Weg durch ihr leicht überfordertes Trommelfell und drangen von da rücksichtslos weiter in ihren Kopf und in ihr Bewusstsein, das sie so schnell nicht abschalten konnte, wie es ihr gut getan hätte.

Immer wieder sag ich's Dir, nichts als nörgeln kannst du, geht das nicht in deinen Schädel. Sie vergaß in diesem Moment, dass Erwiderung, Klarstellung, Rechtfertigung neuen Nährstoff für noch heftigere emotionale und verbale Attacken auslösen würden. Als sie es bemerkte, war es zu spät. Sie erstarrte am Rande des eigenen Redeflusses, zog sich wortlos in sich zurück. Ihr Blick suchte die Welt da draußen durch die Scheibe, aber sie entkam seinen verbalen Attacken nicht.

Wär ich doch dreimal stumm geblieben, dachte sie immer wieder.

Sie umklammerte etwas fester ihren gut riechenden neuen Lederrucksack, der ihr Lässigkeit borgen sollte, die ihr in dieser Situation schnell abhanden kam. Der Druck im Auto war jetzt so stark geworden, dass ihr das Atmen schwer fiel. Ihre Oberarme drückten sich seitlich gegen den Brustkorb, als ob sie sich zusammenhalten müsste. Sie hatte die Augen geschlossen und wünschte sich im Moment nichts mehr, als die Ohrstöpsel vom Nachttisch. Er hatte sich inzwischen in eine Kette von vergangenen Ereignissen hinein verbalisiert, und in der Wiederbelebung dieser Episoden stieg seine Erregung bis zum Siedepunkt. Worte zischten wie freigezwungene Moleküle durch ihre Gehirnwindungen, fanden keinen passenden Platz und hefteten sich an Bilder, die wie ein zu langsam laufender Film hintereinander auftauchten und so den Vorspann für den Verlust der Gegenwart lieferten. Sie versank mehr und mehr in die aufkommende Leere in ihrem Innern. Ein Frösteln überlief sie, als sie die Wiederholungsmuster bemerkte, die Kraft in diesen Zwängen, die nicht mehr zu bannen waren. Mir wird gleich schlecht, dachte sie.

Das Leben zwischen Entstehen und Vergehen, Erinnern und sich ständig wiederholenden, abgegriffenen Situationen, ist nicht aufzuhalten, es kennt weder Erbarmen, noch Erholung, ist sich selbst genug in der Durchdringung jeden Momentes, schluckt alle Versuche verschleierten Wollens und speit sie wieder aus.

Es waren Sätze, von denen sie nicht mehr wusste, woher sie stammten. Sie sank immer tiefer in ihren Sitz und hielt die Augen weiter geschlossen, um dem Hagel von schneidenden Wörtern Raum und Aufmerksamkeit zu verweigern. Von außen drang nichts mehr zu ihr durch. Die Zeit verirrte sich. Juana wurde in die Vergangenheit katapultiert, ihre Erinnerungen breiteten sich aus. Sie hörte den großen Bruder, wie er sie mit Worten, die er über ihr ausschüttete, klein machte, bis sie mundtot in sich versank. Sie lernte schnell, welche Macht Wörter und Sätze haben, wie sie zerstören und wieder aufbauen, wie man mit Worten verstehen, manipulieren, lügen und lieben kann.

Im Auto war es still geworden. Mit einem tiefen Seufzer erwachte sie. Ihr Köper verbündete sich mit der Gegenwart, quälte sie mit Kopfdruck und Brustschmerzen.

Das Auto hielt an, die Handbremse wurde angezogen, der Motor schwieg. Sie stieg aus und saugte die kalte Winterluft begierig ein. Die Autotür knallte sie hinter sich zu. Sie schaute sich um, als sei sie aus einem dunklen Keller ins Tageslicht aufgestiegen. Er blieb im Auto kurze Zeit bewegungslos sitzen, startete erneut den Motor und fuhr zum Parkplatz.

Ihre Zeit lief wieder im gewohnten Atemrhythmus, ihr Platz in der Unibibliothek hielt die Flügeltüren offen. Ihr Blick blieb freundlich auf der Kollegin liegen, bewegte sich weiter im Raum, umfasste liebevoll die ausgesuchten Bücher an ihrem Arbeitsplatz und fand Ruhe. *Jeder Tag ist neu auf andere Weise, lässt sich willig formen,* sang sie leise und gönnte sich einen Kaffee.

Juana traf sich immer öfter mit Freundinnen und er mit seinen Freunden und seinen neuesten Eroberungen. Dafür versteckte er in dem kleinen Auto unter dem Sitz schon mal eine Flasche Rotwein, die sie nicht finden durfte. Wenn sie eifersüchtig reagierte und ihn zur Rede stellen wollte, nannte er sie paranoid."

Alma schwieg einen Moment.

„Was kann ich dir von dieser Verbindung in Juanas Leben noch berichten?

Zwölf Jahre Ehe, sicher nicht unparteiisch von mir kurz hier zusammengefasst:

Mit Hans erlebte Juana, was es heißt, betrogen zu werden.

Mit Hans erfuhr Juana, wie sie in ihrer Verzweiflung in eine Depression rutschte.

Mit Hans erkannte Juana, dass ihr Körper mit Herzrhythmusstörungen auf seelische Verletzungen reagiert.

Hans weigerte sich, mit ihr zur Paartherapie zu gehen. Er sei ja nicht verrückt.

Hans, der Jurist, mobbte sie finanziell bei der Scheidung.

Juana trauerte, weil Trennung auch Verlust von gemeinsamer, schöner Zeit bedeutete.

Als Eltern waren sich Juana und Hans einig, beantragten und bekamen das gemeinsame Sorgerecht für die Tochter, was zur damaligen Zeit neu war, ich glaube, sie beide waren die ersten in Deutschland, bei denen das Gericht so entschied."

Alma stand langsam auf. Der Wein hatte sie schläfrig gemacht.

„Lass uns für heute aufhören, ich wünsche dir eine gute Nacht und komm nächste Woche wieder, wenn du magst. Am Wochenende möchte ich alleine sein und meine Erkältung auskurieren."

Sie hustete den ganzen Abend und ich hatte ihr angeboten, zur Apotheke zu fahren, aber sie lachte mich nur aus.

„Ich brauche nichts, geh, geh", und sie schob mich sachte zur Tür hinaus.

Tagebuch

. . . . . will ich die Scheidung? Die Unklarheit im Denken und Fühlen wird unerträglich. Ich kenne die Rolle nicht, die ich spielen muss. Die Resignation wächst. Ich werde kraftlos und müde. Diese Kraft, alles zu verdrängen, was traurig macht, ist allmählich aufgebraucht, die Verstecke alle besetzt. Das Selbst-Verständnis endet. Immerhin habe ich es nicht mehr geduldet, dass seine Geliebten zu uns ins Haus kommen.

Peter leugnet die Liebe

Als ich Alma eine Woche später wieder besuchte, fragte sie mich vorsichtig, ob mich ihre Erzählungen immer noch interessierten. Ich sagte ihr, dass ich ja mit ihrer Erlaubnis alles aufschreibe und ich die Frauen und Männer in ihren Geschichten gerne kennenlerne, wagte zu ergänzen, dass ich mir vorstellen könne, dass einige dieser Männer in ihrem Leben eine bedeutende Rolle gespielt hätten.

Sie schaute mich erstaunt und belustigt an.

„Ich will nie lesen, was du schreibst, sagte sie nach einer kurzen Pause. Es soll deine Entscheidung sein, was du weglässt oder hinzufügst. Ich erlaube mir diese Freiheiten beim Erzählen auch."

Alma schob mir einen Sessel in die Fensternische, kochte Kräutertee und stellte kleine, schokoladeüberzogene Windbeutel auf den Tisch, sowie eine Flasche Rotwein mit zwei Gläsern, als sie begann.

„Juana lebte nach der Scheidung von Hans mit der Tochter in einer kleinen Wohngemeinschaft, arbeitete nach dem Studium als Assistentin an der Universität, danach in einer Klinik mit suizidgefährdeten Jugendlichen.

Juana hatte sich seit einigen Jahren politisch engagiert. Sie traf sich mit Leuten, die scharfe SozialkritikerInnen waren und bekennende AtheistInnen, wie sie.

Peter begegnete Juana zum ersten Mal bei einer politischen Versammlung. Sie sah ihn, sah ihn nicht, sah, wie er sie anschaute, hörte von einer Kollegin, dass er verheiratet sei und erschrak, als er plötzlich neben ihr stand und sie, vielleicht zufällig, berührte, sie ermutigte, nicht aufzugeben. Juana hatte an diesem Abend eine politische Aktion angezettelt, die nur von wenigen Männern der Partei, auch von Peter unterstützt wurde: Abschaltung der frauenfeindlichen Werbung im Fernsehen am Samstagabend, für fünf Minuten. Wer das mit juristischen Scheinargumenten verhinderte, waren Männer der eigenen Partei", schimpfte Alma. „Die wollten die Frauen beim Besuch des damaligen Bundeskanzler Brandt lieber beim Kaffeekochen sehen, leisteten sich auch arrogante Unverschämtheiten beim „sich Posten zuschachern". Feministische oder Frauen unterstützende Aktionen waren noch nicht angekommen bei den Männern. Juana und einige andere Frauen verließen wütend und resigniert die parteipolitische Arena.

Nach dieser ersten Begegnung mit Peter fand Juana auf dem Nachhauseweg in ihrer Manteltasche einen Zettel.

Ich möchte dich wieder sehen. Ich bin am Dienstagabend in der Grottenschenke und warte auf dich. Peter

Was dann begann nannten sie Schicksal, höhere Gewalt, Fügung. Peter, mit dem sich Glück und Verzweiflung paarten, hatte sich seit einiger Zeit von seiner Frau getrennt, zog wieder zu ihr, trennte sich, zog erneut zu ihr. Er lebte ein Jahr allein in New York, danach wieder zu Hause mit seiner Frau, die er nicht verlassen konnte.

Dich liebe ich mehr als alles in der Welt, sagte er zu Juana immer wieder, genügt dir das nicht? Aber die Liebe gehörte ihnen nie ganz in den folgenden Jahren. Ich kann meine Frau jetzt nicht verlassen, ich fände es ungehörig, sie hat mein Studium finanziert und ich lebe immer noch von ihrem Geld. Er verstand seine Unentschiedenheit als bewusste Entscheidung, die ihn aber vor einem Selbstmordversuch in dieser, für ihn scheinbar hoffnungslosen Situation nicht bewahrte.

Juana trennte sich nach fünf Jahren endgültig von Peter, obwohl sie schon nach einem Jahr ahnte, dass es ein verlorenes Spiel war. Sie versuchte immer wieder alles, was mit ihm zu tun hatte, zu vergessen, fuhr mit einer Freundin nach Frankreich, zu ihrer behinderten Schwester nach Trier, mit einem Freund nach Irland und verausgabte sich in ihrer Arbeit in der Klinik mit suizidgefährdeten Jugendlichen. Sie überlegte, nach Italien auszuwandern, während sie mit dem Auto nach Rom unterwegs war. In Orvieto blieb sie zwei Tage, fühlte sich wohl, beobachtete belustigt das Treiben einer amerikanischen Familie beim Essen.

Die Geschichte der amerikanischen Familie habe ich hier", und Alma überreichte mir ein Notizheft auf dessen Deckel **Orvieto** stand.

Alma erzählte weiter von Peter. Ich hatte den Eindruck, dass es ihr egal war, wie spät es werden könnte.

„Warum Juana so lange die Dramödie mit Peter mitspielte, genauer, sich abhängig machte, es war kein Spiel mehr, kann ich dir nicht sagen.

Vielleicht, weil beide in ihrem Wahn die Realität immer wieder beiseite schoben. Sie waren glücklich und verzweifelt, eine Komposition von Drama und Glückseligkeit, die sie immer wieder inszenierten. Und dann, nach fünf Jahren, der letzte Vorhang:

Juana und Peter hatten sich, nach mehreren gescheiterten Versuchen, sich endgültig zu trennen, nochmal in einem Café verabredet. Sie erkannten sich schon von Weitem, lächelten sich entgegen. Eine sich immer wiederholende, beschwingte Vorfreude, als habe man sich zum Spielen verabredet. Er blieb an der Straßenecke stehen, erwartete sie verlegen grinsend, umarmte sie fest, einen Moment zu lange für ihr Empfinden, erzählte sofort ausführlich von seiner Erkrankung, die ihn fast das Leben gekostet habe. Sollte er ihr leid tun? Juana betrachtete sein vertrautes Gesicht, den bitteren Zug um den Mund, forschte nach dem Mann, den sie schmerzlich geliebt hatte und nicht durfte.

Sie hakte sich bei ihm unter und sie fanden ihr Café. Die alten, roten Polster ließen die sechziger Jahre auferstehen. Vor einem Jahr waren sie nicht so abgenutzt, die Zeit nagt nicht nur unbarmherzig an uns, spottete sie. Das Café war nur wenig besetzt und sie wählten einen kleinen Tisch mit Sofa an der Wand, setzten sich in die zu weichen Polster, nebeneinander. Die Bedienung brachte Tee für beide und für sie ihren Lieblingskuchen: Biskuitrolle. Das gedämpfte Licht erleichterte ihnen den Ausstieg aus der Gegenwart und das Eintauchen in vertraute und verlorengegangene Gemeinsamkeiten. Die wurden mit eingeübtem Interesse seinerseits und auf unbestimmte Weise ihrerseits ausgebreitet, Gefühle wurden nicht geschont.

Erinnerst du dich. . . . Und du . . .

Sie flüchteten in Episoden der Vergangenheit, als er sie das erste Mal fragte, ob er von ihr träumen dürfe und sie ihm herzklopfend erlaubte, sie zu küssen. Peter umwarb sie ausdauernd und phantasievoll. Eines Tages baute er im Keller seines Hauses ein Zelt auf, weil sie nirgendwo anders Platz fanden sich zu lieben. Das Zelt war, wie in einem orientalischen Märchen, mit weichen Teppichen und bunten Kissen ausgestattet. Er verwöhnte sie mit marokkanischer Musik, Couscous-Salat, Datteln und einem Zimt-Orangengetränk. Und wie Scheherazade verbrachte sie, Geschichten aus ihrem Leben erzählend, bangend und hoffend nicht endende Nächte mit ihm.

Von seinem Verlangen nach ihrem Körper sprach er jetzt, in diesem Café, flehend, fordernd. Seine Wörter umkreisten ein einziges Bild: Die Vereinigung ihrer nackten Leiber. Sie hörte zu, schaute weg, schaute zu ihm, verschämt wie eine junge Verliebte, log sich träumend in die auferstandene Vergangenheit. Warum scheint immer die Sonne, wenn ich an unsere Abenteuer, an unsere Träume denke, fragte er. Sie lachte und seine Augen liebkosten ihr Gesicht.

Ja, es war eine unwirkliche, den banalen Alltag vergessende Zeit, nur für uns beide, in unserem Traumland, in dem die Wünsche grenzenlos waren, sagte Juana. Es gab die verrückte Zeit in New York, in der 48. Straße in dem kleinen Appartement, das du für ein Jahr gemietet hattest, um, wie du sagtest, deiner desolaten Ehe zu entkommen. Es gab die Verschmelzung unserer Körper, wir tauchten ein in das Wünschewunderland der Liebe.

Er schwieg, nahm ihre Hand, streichelte sie zart.

Erinnerst du dich an unseren verzweifelten Versuch, im Januar in New York ein Taxi zu bekommen, um pünktlich in „La Traviata" in der Metropoliten Opera zu sein, die wir wegen Schneesturm zu Fuß erreichen mussten? Die New Yorker gaben an diesem Abend ihre Langlaufskier an der Garderobe ab. Wir staunten und dachten, hier ist alles möglich, auch für uns. Peter schwieg in die Erinnerung hinein. Ja, begann Juana, und es gab den sinnlosen Streit um Mitternacht in einer Metrostation, irgendwo in New York. Du bist wütend los gerannt, ohne dass ich wusste, wie ich zurück zu deiner Wohnung kommen könnte, wo du voller Angst auf mich wartetest, mich in deine Arme nahmst und nie wieder loslassen wolltest.

Sie schwiegen beide. Juana holte tief Luft. Dann die Leugnung, mit mir jemals in New York gewesen zu sein. Sie bemerkte den bitteren Geschmack im Mund.

Du weißt, wie schlimm es für mich war, immer noch ist, dass es keinen Ausweg gab und gibt, sagte er leise.

Juana antwortete nicht, nippte an ihrem Tee, bevor sie wieder in eine unerreichbare Vergangenheit eintauchten.

Die Wochen in Paris, wohin wir flüchteten, die Stadt, die wir unendlich verliebt Tag und Nacht durchstreiften, unsere Stadt, in der die Liebeslüge zu Hause ist.

Deine Eifersucht Peter, war grenzenlos, als du mich gezwungen hast, von den Liebhabern der Vergangenheit zu sprechen. Dein Zorn und dein Weinen verstörten mich.

Juana und Peter hatten seit einigen Minuten die Hände ineinander verschlungen, so, als ob sie alles Vergangene darin bewahren wollten.

Es gab die Vision eines gemeinsamen Lebens in Venedig. Wir verirrten uns gerne in den alten engen Gassen, schlenderten, vereint in unserem Liebeswahn durch leere, verfallene Viertel, erträumten uns den kleinen Palazzo, dessen schmutzig gelber Putz bröckelte.

Wie schön das alles war. Und nach einer Weile fügte Juana leise hinzu:

Der Traum überdauerte den Sommer nicht. Du verlangtest von mir, zu lügen, wir seien nie zusammen in Venedig gewesen. Wie beschämend.

Er saß bewegungslos, den Blick auf ihre Hände gerichtet da und schwieg.

Es gab die ständige Rückkehr in das reale, traumlose Leben, das die Oasen, in die wir geflüchtet waren, leugnete. Dann gehörten uns die Oasen nicht mehr. Sie gingen unter im Lügennebel, wie eine Fata Morgana, so nah und doch so fern.

Sein Schweigen schien das Unglück von beiden aufzunehmen.

Langsam zog sie ihre Hand aus der seinen zurück. Die aufkommende Trauer wollte sich bei Juana jetzt in Wut verwandeln, blieb ihr aber in der Brust stecken.

Warum treffen wir uns trotzdem, fragte er zögernd.

Juana schaute mit einem flüchtigen Blick in sein vertrautes und plötzlich fremdes Gesicht.

Ich weiß es nicht.

Sie beobachtete eine Fliege, die mit ihrem winzigen Rüssel an dem Kuchenkrümel auf ihrem Teller saugte, voller Zuversicht, sich hier satt zu essen. Dann setzte sie sich auf den Rand des Teeglases, spreizte ihre Flügel und putzte sie sorgfältig.

Ist die Fliege für den Abend womöglich verabredet, sagte Juana leise.

Sie erinnerte sich plötzlich an einen Traum: Sie steht am Fenster und wartet auf ihn, auf ihre heimliche Verabredung. Peter geht unten mit seiner Frau vorbei, wirft ihr einen Zettel zu, auf dem steht: KEINE CHANCE, er schaut kurz bedauernd hoch und wendet den Kopf wieder weg.

Beim Aufwachen weinte Juana immer noch.

Der Verlust ihrer Liebe hatte sich wie eine schleichende Krankheit, die nicht entdeckt werden sollte, in Träumen eingenistet und sich wie ein Schatten auf alle Verabredungen gelegt. Lange bewahrte Juana den immer wieder zurückgewiesenen Wunsch, dass sich die leidenschaftliche Liebe mit einer verlässlichen Zugehörigkeit verbinde, dass die Vertrautheit, die sie beide mit jedem Treffen wiederbelebten, endlich in eine gemeinsame Zukunft münde. Das Gedächtnis des Herzens würde, das hoffte sie, alle negativen Erinnerungen löschen. Aber sie wusste, dass sie zerronnene Träume nährte: ein Leben das nie kommen würde und das Vergangene ähnlich etwas, das nie stattgefunden hatte.“

Alma schien tief eingesunken in Vergangenem. Dann streckte sie ihren Oberkörper und sprach weiter.

„Inzwischen waren Juana und Peter die einzigen Gäste in diesem Café. Sie spürte erneut Unruhe und wusste nicht, wie sie seinen verlangenden Blicken ausweichen konnte. Nicht nur die Musik wurde allmählich aufdringlich.

Seine sich wiederholenden, drängenden Worte sind die Neuauflage vieler vorhergehender, dachte Juana, klingen wie eine alte Schallplatte, bei der man nur noch lustlos hinhören mag. Vertraute Bilder, voller Sehnsucht, die, wie schon so oft, vor ihrem inneren Auge heute wieder auferstanden waren, verblassten jetzt mehr und mehr. Das verloren gegangene Begehren nach seinem schönen Körper bedauerte sie nicht mehr. Ihr Interesse, die alte Leidenschaft wieder zu beleben, war verschollen. Er würde sich auch an diesem Abend, nach einem flüchtigen Gute-Nacht-Kuss für seine Frau, in sein Zimmer zurückziehen und sich seinen erotischen Phantasien überlassen. Jedes Treffen, so sinnlos und überflüssig, dachte sie. Sie sah auf die verschlissene Sofalehne. Ein leiser Ekel überkam sie.

Die Leere, die sich in Juana ausbreitete, kannte sie, schaffte die notwendige Distanz, die sie vor der Verzweiflung immer schützte.

Sie richtete sich kurz entschlossen aus den zu weichen Polstern des alten Sofas auf, der Gefahr ausweichend, in die depressiven Momente der Vergangenheit zu versinken. Ihre Gedanken und Empfindungen gehörten wieder ihr.

Ich möchte gehen, sagte sie, rief die Kellnerin und bezahlte für beide. Sie müsse schnell nach Hause, log sie, umarmte ihn auf der Straße flüchtig, entzog sich seinem Drängen nach intensiver Berührung.

Als sie ins Auto stieg, und er verloren auf dem Bürgersteig stand, wusste sie, wir werden uns nicht mehr sehen, auch nicht in Paris, was er vorgeschlagen hatte für Februar, sie sagte Sommer. Aber wir kommen ja doch nicht aus dem Zimmer des Hotels, hatte er schmunzelnd eingewendet.

Juana hörte und sah ihn nicht mehr.

Nach fünf Jahren hatten Juana und Peter ihre Möglichkeiten ausgeschöpft. Die Desillusionierung zu überleben, das war jetzt die Herausforderung für Juana. Die Erinnerung hütete für alle Zukunft eine in der Vergangenheit eingefrorene Zeit, die nicht wieder herstellbar war."

Alma hatte während des Erzählens Fotos auf dem Tisch ausgebreitet. Ich betrachte sie.

Ein dunkelhaariger Mann, ungefähr dreißig Jahre, mit Schnurrbart und einem schönen Lächeln, steht auf einer typisch venezianischen Brücke und schaut in die Kamera.

Der gleiche Mann an einem Tisch mit zwei Gläsern Rotwein vor einem kleinen französischen Hotel, liest in einer Menukarte.

Ein Straßenbild aus New York im Winter, der Mann mit Mütze und Mantel.

Eine junge Frau mit dunklen Haaren und Flower-Power Kleid in Venedig.

Bunte kunstvolle Graffitis in einer U-Bahn-Station in Paris.

Alma legte die Fotos, nachdem sie selbst jedes Einzelne in die Hand genommen hatte und lange betrachtete, wieder in die Schachtel zurück, machte den Deckel sorgfältig zu und stellte sie auf den kleinen Tisch in der Fensternische.

„Trümmer der Vergangenheit, sagte ich dir doch."

Sie lachte. Damit war das Erzählen heute zu Ende. Es war fast Mitternacht. Die Flasche Wein war leer. Ich umarmte sie kurz und bedankte mich.

„Ja, ja. Geh. Gute Nacht."

Alma drückte mir noch die Geschichte von Orvieto in die Hand.

Orvieto

Ich sitze auf einer Steinbank, vis à vis des Doms in Orvieto, zweiunddreißig Grad Sommer mit Wolken und gewöhne mich daran, in Italien zu sein. Zuerst einmal musste ich Probe fahren mit meinem für italienische Verhältnisse zu großen Auto durch die zu engen Gassen bis zum Hotel.

Hier auf der Piazza wimmelt es von Touristen. Der alte Mann neben mir, vielleicht achtzig, er kann zehn Jahre jünger oder älter sein, ist Einheimischer. Er schaut dem Treiben der Touris lange mit stoischer Miene zu. Mütter schieben Kinderwagen hin und her, palavern dabei mit anderen Müttern. Kleine verbeulte Autos aus den Vincolis rasen vorbei. Ich habe das Gefühl, dass der Alte lieber alleine dem Treiben zuschauen möchte, fange einige missbilligende Blicke von ihm auf. Er hat mich längst als Touri erkannt, außerdem schreibe ich etwas auf, von dem er wahrscheinlich nichts billigen würde. Ein Japaner schaut mir im Vorbeigehen über die Schulter und grinst. Was hat er denn gelesen?

Der Alte steht langsam auf und schlurft davon. Eine hübsche ca. vierzigjährige Frau und ihr männlicher Begleiter setzen sich neben mich. Sie sprechen italienisch, bewundern den Dom, planen ihren nächsten Stop auf ihrer Reise nach Süden. Wenn sie verheiratet sind, dann sind sie gut aufgehoben im Miteinander, denke ich. Ich fühle Harmonie neben mir und werde melancholisch. Meine Phantasie schweift zu ihrem Miteinander im Alltag, wie sie ihn umsorgt und er dankbar ist und sie mit

Schmuck verwöhnt, sie trägt einen kostbaren, mit kleinen Brillanten besetzten Ring und ein goldenes Kettenhalsband.

Ich brauche keinen kostbaren Schmuck. Ärger und Trotz steigen in mir hoch. Ich möchte mich in der Liebe auf einen Menschen verlassen können, mich aufgehoben fühlen, lieben dürfen, ohne Angs,t verlassen zu werden, betrogen und verleugnet zu werden.

Die Beiden neben mir schweigen. Habe ich etwa laut gedacht?

Dann gehen sie. Ich schaue ihnen eine Weile nach.

Die Sonne ist hinter dem Dom verschwunden, das Licht hat sich in ein beginnendes Abendleuchten verändert, die Hitze hat sich zu erträglicher Wärme gewandelt. Ich orientiere mich wieder, wo ich bin und in welche Richtung ich jetzt gehen möchte.

Nach kurzem Schlendern durch kleine Straßen entdecke ich in einer Seitengasse ein paar Tische, weiß gedeckt, einladend, ruhig. Ich wähle den Tisch am Rand, mit alten Häusern im Rücken und Blick auf eine kleine Piazza, bestelle Café con latte. Zum Abendessen ist es in Italien noch zu früh. Ich schreibe, träume mich in die Umgebung ein. Ein Mann, mit langen Weißbroten unterm Arm, geht gemächlich die Straße hoch und plaudert lachend im Vorbeigehen mit den beiden Männern, die, wartend auf alles und nichts, am Eingang des Restaurants stehen. Langsam kommen Leute die Gasse hoch, einige setzen sich an die freien Tische. Eine italienische Großfamilie entscheidet sich, laut schwatzend, an zwei schnell zusammengeschobenen Tischen in meiner Nähe Platz zu nehmen. Ich freue mich über die lebendige Nachbarschaft, studiere italienische Tischsitten und schaue etwas neidisch auf die fröhliche und ungezwungene Gesellschaft. Plötzlich fühle ich mich alleine, verloren, fehl am Platz. Doch dann fordert eine andere Familie meine Aufmerksamkeit. Ein Mann, zwei Mädchen, die an dem letzten freien Tisch Platz nehmen. Die Frau studiert im Stehen die Speisekarte, murmelt etwas vor sich hin und stöckelt wieder die Gasse hinunter. Die Mädchen, etwa sechs und sieben Jahre, toben um den Tisch und streiten. Amerikanisches, lautmalerisches Gezeter. Die Eine setzt sich auf den Schoß des Vaters, um gleich wieder aufzuspringen und laut mit der Schwester zu schimpfen, die sich jetzt, schmollend mit verschränkten Armen, auf einen Stuhl plumpsen lässt. Der Vater liest lange in der Restaurantkarte. Der Ober kommt zum zweiten Mal, ist überaus freundlich und schaut fragend, mit dem Block in der Hand, abwechselnd auf den Mann und die Kinder. Der Vater bestellt Cola, Cola und Bier, mit deutlich südstaatlichem Akzent, wie mir scheint. Die Kinder toben weiter, der Vater studiert eine Straßenkarte, als die Frau, mit kleinen trippelnden Schritten und gelangweiltem Ausdruck in Gesicht und Körper, die Straße wieder hoch stöckelt. Sie trägt ein leichtes, sicher gerade neu erstandenes Sommerkleid. Vorderseite und Rückseite scheinen vertauscht, der halbe kleine Busen ist sichtbar. Ihr hageres Gesicht verrät nichts, die Augen sind nur halb geöffnet. Sie nimmt weder Notiz von den Kindern, noch von dem Mann, als sie sich hinsetzt. Der Ober reicht ihr mit einer freundlichen Geste die Karte, die sie ihm, ohne ihn anzuschauen, fast aus der Hand reißt und aufschlägt, wendet sich dann mit einem etwas gereizten Ton an ihren Mann, den Blick weiter auf der Karte. Es geht um Steaks, sie bestellt nach längerem Palaver Steaks, Gemüse, Pommes frites und Wein. Dann wendet sie sich mit wenigen flüchtigen Blicken den Kindern zu, die sie schwatzend zu belästigen scheinen.

Ich fühle mich gut unterhalten.

Das Essen wird serviert. Die Frau ruft mit einem knappen „helo" den Ober zurück. Sie reagiert mit wenig verdecktem Ärger, als der Ober den Unterschied der verschiedenen Steaks nicht auf Amerikanisch erklären kann. Ein zweiter Ober kommt und befriedigt die amerikanischen Sonderwünsche, serviert bald weitere Steaks. Die Kinder schmatzen in der Zwischenzeit mit offenem Mund ihr kleingeschnittenes Fleisch, fingern den Spinat in den Mund, picken Pommes frites auf, zwischendurch laufen sie um den Tisch, streitend, lärmend.

Die Kinder fügen persönliche Fingerfertigkeiten genussvoll und mit offenem Mund redend zu den Tischmanieren der Eltern hinzu und alle scheinen zufrieden in ihrem, von außen nicht störanfälligen, eher abgeschlossenen Universum. Wenn der Ober sie fragt, ob alles recht ist oder sie noch einen Wunsch haben, gleicht das einem unbefugten Eintritt in ihre Welt. Ein Weinglas ist den Mädchen im Weg, fällt auf den mit Pflastersteinen bedeckten Boden, zerbricht in tausend Stücke.

Einen kurzen Augenblick steht die Zeit still.

Der Vater schaut die Mutter an, die schaut die Kinder an, die schauen sich gegenseitig an und dann beschuldigt jeder jeden.

Der Ober eilt mit Besen und Schaufel und mit einem sauren Lächeln herbei. Ein neues Glas Wein ist bereit. Die Geschwindigkeit der weiter tobenden Kinder und ihre Fingerfertigkeit beim Erhaschen von Pommes frites und Spinat scheinen jetzt ein wenig verlangsamt.

Ich werde weiter gut unterhalten.

Die Augenlider der Mutter sind beständig auf halber Höhe. Sie schaut mit einem kurzen Blick zur blonden Tochter, zur schwarzhaarigen, auf ihren Teller, selten auf ihren Mann, wechselt höchstens drei Sätze mit den Mädchen, beantwortet keine Fragen, während sie ihr Steak mit offenem Mund gelangweilt zerkleinert, summt jetzt eine kurze Melodie, ihre Augen auf ihrem Teller vor sich hin und her schiebend. Der Mann schweigt.

Nein, jetzt schlägt er die Route auf der A 1 nach Süden vor. Sein etwas fülliges Gesicht, unrasiert mit fliehendem Kinn, Hornbrille, studiert, nachdem er das halbe Steak auf dem Teller beiseite geschoben hat, die Straßenkarte erneut.

Der Tisch mit dem ehemals weißen Tischtuch gleicht einem Schlachtfeld, auf dem die Essensreste, zu nichts mehr zu gebrauchen, darniederliegen.

Schließlich verlassen Kinder und Eltern, nachdem der Mann einige Scheine in die Rechnungsmappe gelegt hatte, den Platz, den sie nicht wahrgenommen haben und dessen schöne Umgebung sie nichts anging.

Ich bestelle schmunzelnd eine Pizza.

Dass sie im gleichen Hotel wohnten wie ich, war eine nette Überraschung am späteren Abend und ich erwartete für den nächsten Morgen im Frühstücksraum erfrischende, amerikanische Unterhaltung.

Aber wir schliefen leider unterschiedlich lange.

Thomas und die feine Gesellschaft

Alma erzählte ein anderes Mal, nicht ohne Spott und mit Vergnügen, von Thomas, dem Professor aus der Hamburger Guten Gesellschaft. „Hab ich Dir schon von Thomas und der Meerrettichgeschichte erzählt", fragte sie mich. „Nein? Die ist nicht sehr appetitlich."
Alma verzog das Gesicht, als hätte sie etwas Schlechtes gekostet.

„Thomas, du erinnerst dich, der Soziologie-Professor, der Juanas Sätze mitschrieb, wenn sie diskutierten. Ansonsten lagen sie gerne nackt auf dem Teppich seiner vornehmen Wohnung und vergnügten sich.

Thomas Mutter hatte Geburtstag und lud zum Essen in ein edles Restaurant in Hamburgs Nobelviertel ein. Juana graute bei jedem Treffen vor der tradierten Vornehmheit und Eleganz der Hamburger Oberschicht, zu der sich Thomas Eltern zählten. Die Einladung seitens der zukünftigen Schwiegereltern kam nicht überraschend. Aber sie konnten nicht schon wieder nein sagen oder eine kaum glaubhafte Ausrede erfinden.

Also trafen sie sich am feierlich eingedeckten Tisch, umarmten sich mit Glückwünschen, lächelten höflich und nahmen den ihnen vorbestimmten Platz ein. Juanas Augen wanderten, nach dem Champagner-Aperitif, interessiert und hungrig über das üppige Buffet mit den auserlesenen Speisen, für das dieses Restaurant bekannt war. Ihren Teller füllte sie mit bunten Kleinigkeiten. Ich muss mehr als einmal heute Abend aufstehen, dachte sie schamhaft ob ihrer Gier und stöckelte vornehm zu ihrem Platz zurück. Sie hatte für diesen Abend ihre Garderobe sorgfältig ausgesucht, sich dezent geschminkt, überflog nochmal in Gedanken ihre Bildung und berufliche Karriere. Ihre vergleichsweise bescheidene Herkunft, ihr Vater war kein Geschäftsmann oder Akademiker, ihre Mutter „nur" Hausfrau, wenn auch unfreiwillig. Immerhin kann ich Internatserziehung vorweisen, dachte sie und schürzte die Lippen.

Die strenge Internatsregel, dass während des Essens in vornehmen Kreisen nicht gesprochen wird, stimmte nicht mehr. Aber sie schwieg gerne, hörte mit gelangweiltem Interesse den Gesprächen zu ihrer Linken und Rechten zu, gelegentlich den Geschichten der zukünftigen Schwiegereltern, die ihr gegenüber saßen, tauschte spöttische Blicke mit Thomas und genoss die leckeren Kleinigkeiten auf ihrem immer gefüllten Teller.

Seit wenigen Minuten fühlte sie sich merkwürdig, während sie ein Stück Toast mit Lachs und Meerrettich aß, leicht schwindlig, unbehaglich, fast wütend. Sie rutschte unruhig auf ihrem Stuhl, gleichzeitig darauf achtend, ihre Mimik unter Kontrolle zu haben. Was passiert hier mit mir, dachte sie. Sie aß langsam weiter.

Ihre Gedanken kreisten um die letzten Sätze der zukünftigen, Schwiegermutter, die die Notwendigkeit einer religiösen Erziehung betonte. Juana formulierte in Gedanken Einwände, während sie sorgfältig ein weiteres Stück Lachs mit Sahnemeerrettich garniert, in den Mund schob, um diese Köstlichkeit der Zunge und dem Gaumen zu gönnen.

Ein scharfer Geruch stieg ihr jetzt in die Nase, zog Juana plötzlich in die Kindheit zurück, zum Internat, an den langen Esstisch, neben sich still leidende Mädchen. Auf ihren Tellern Rindfleisch mit scharfer Meerrettichsoße, die den Kindern Tränen in die Augen trieb, unerträglich scharf für die zarten Geschmacks- und Geruchsnerven Zehnjähriger. Keine Chance nicht zu leiden. Dieses Leiden erlöst mich von keiner Sünde, murmelte die Kleine wütend. Das Mädchen stopfte sich den Mund voll, trotz der Schärfe an Zunge und Gaumen und lief zur Toilette, um alles wieder auszuspucken. Nochmal und nochmal. Jedes Mal musste sie den Mund im Waschraum ausspülen und spürte trotzdem noch lange die beißende Schärfe. Die auf gehobene Erziehung bedachte Nonne las während des Essens erhabene, unverständliche Texte vor und schaute nur kurz auf, wenn die Kleine wieder und wieder den Raum hastig verließ. Die anderen Mädchen hatten die List durchschaut und nacheinander taten sie es Juana gleich. Gaumenfolter nannte es der Vater, als Juana zu Hause davon erzählte.

121

An diesem Abend in dem noblen Restaurant passierte das, was sich das Mädchen im Internat erträumt hatte: Juanas Mund spuckte, nicht ganz freiwillig, in hohem Bogen und quer über den Tisch die scharfe Soße mit kleinen Stücken Lachs durchsetzt, aus. Das dunkle seidene Abendkleid der vornehmen, nun sicher nicht mehr zukünftigen Schwiegermutter, zierten weiße und rosa Bröckchen, die außerdem in Bewegung gerieten. So sicher nicht erwünscht. Eine Schrecksekunde Atempause. Juana stand schnell auf, lachte auf dem Weg nach draußen ein kaum zu bändigendes Lachen, als sie in die erstarrten Gesichter an diesem festlich geschmückten Tisch sah, an diesem besonderen Abend, in diesem noblen Restaurant.

Damit besiegelte Juana den lange fälligen Abschied von der Hamburger Vornehmheit und von Thomas. Juana gehen zu lassen, fiel ihm schwer und er bedrängte sie noch einige Monate, zu ihm zurückzukehren. Aber sie blieb Hamburg fern."

Alma lachte ihr volles dunkles Lachen, stand auf und räumte die leeren Teller und Tassen in das Spülbecken.

„Juana hätte sich mit Thomas vielleicht nicht, aber in dieser bürgerlich gesicherten Ehe bestimmt gelangweilt. Vielleicht."

Tagebuch

. . . . . . .Schön ist, dass die Grenzen nicht mehr in mir sind, sondern außerhalb. Die Mauern bedrücken mich nicht mehr, ich habe Distanz und genug Luft zum Atmen und Bewegung dazwischen. Aber ich möchte die Grenzen weiter stecken, so weit, bis sich alle irgendwann auflösen und ich keine mehr durchbrechen muss. Es scheint eine unendliche Anzahl von Hindernissen um mich herum zu geben, die bis zum Horizont sichtbar sind. Wenn ich drüber schaue, kann ich das Ende sehen und es macht mich froh, dass die Begrenzungen irgendwann zu Ende sind. Diese vielen Hürden! Aber ich muss meinen Weg gehen, ich kann ihn nicht unterbrechen, innerhalb einer Begrenzung stagnieren und festsitzen, dann erfüllt sich mein Leben nicht und ich bleibe gefangen. . .
. . .

Markus liest im Telefonbuch

Ich sah Alma zwei Wochen später an einem Samstagnachmittag wieder. Draußen lag Schnee. Ich hatte ihre Einkäufe erledigt.

Zwei Fotos lagen neben dem Tee und den duftenden Madeleines, an denen wir in Erinnerung an Proust rochen und herumalberten, bevor wir sie in den Tee tauchten. Die Fotos schob sie mir über den Tisch.

„Jedes Bild erzählt eine andere Geschichte, öffnet Türen für Gedanken und Gefühle", verkündete sie bedeutungsvoll.

Auf einem war ein großer junger Mann mit schulterlangem Haar zu sehen, der eine dunkelhaarige Frau mit Sonnenbrille und Minikleid im Arm hält. Beide lachen in die Kamera.

„Markus und Juana", sagte Alma.

Auf dem anderen Foto konnte man einen schwarzen Citroën aus den dreißiger Jahren erkennen, an dem drei junge Männer angelehnt Grimassen schneiden. Alma zeigte auf den Großen mit dem schulterlangen Haar:

„Markus, der Millionär, der im Telefonbuch las, wenn er mit Depressionen im Bett lag. Dieser liebenswerte Mann war als Kind von seiner Mutter verlassen worden, nein, sein Vater hatte die Mutter fort gejagt, als Markus fünf Jahre alt war und ihr verboten, zu dem Kind jemals wieder Kontakt aufzunehmen. Dem Fünfjährigen erzählte er, die Mutter sei gestorben. Als Markus die Geschichte später anzweifelte, war es zu spät. Warum sie verschwand, vielleicht starb, war eine Frage, die er sich nicht mehr stellte, die unbeantwortet die Gefühlswelt des Kindes beschützen und die Gedankenwelt des Erwachsenen nicht stören sollte.

Markus war stets hilfsbereit, zuverlässig, unglücklich und treu. Er half Juana bei ihren vielen Umzügen, rollte ihr Klavier über den Bürgersteig zwei Straßen weiter in die neue Wohnung. Er lud sie in seine Villa ein, die er schon vor dem Tod des Vaters alleine bewohnte, in der Hoffnung, dass Juana bei ihm einziehen würde. Am Wochenende steuerte er seinen sechssitzigen, alten Citroën mit ihr und einigen Freunden zum Schlemmen ins nahe Elsass. Er fuhr mit ihr nach Südfrankreich, als ein verlassenes Dorf zum Kauf angeboten wurde."

Während Alma redete deutete sie öfter auf die Fotos, als hätten diese sie zum Erzählen verführt.

Woher kannte ich diese Geschichte? Ich hörte jetzt genauer hin und vieles schien mir bekannt oder vertraut. Aber wieso?

Alma schwieg kurz, schien Erinnerungen zu sammeln, schaute mich an, räusperte sich und fuhr fort.

„Markus war eine verlorene Seele in seinem großen Haus, in dem er mit einigen FreundInnen versuchte, eine Wohngemeinschaft zu gründen, was an den unterschiedlichen Interessen der politisch engagierten Freunde, den oft extremen Wünschen und Vorstellungen der Achtundsechziger Rebellen, scheiterte. Aber mit Juana wollte er zusammenbleiben. Sie hätte sich keinen treueren und verlässlicheren Mann wünschen können, das wusste sie. Liebten sie sich? Er war sich sicher. Sie argumentierte, dass es nicht sein könne, weil sie das Gleiche empfinden müsse, um wahr zu sein.

Sie versuchten es trotzdem, machten Pläne für ein Zusammenleben. Er flog nach Kanada, wollte dort eine Farm kaufen, mit ihr auswandern, eigenes Land bestellen. Als er zurückkam, wusste sie: Ich kann nicht mit ihm leben. Ich liebe ihn nicht.

Als sie ging, verstand er: wie meine Mutter.

Markus legte sich mit Depressionen ins Bett, las im Telefonbuch, vernachlässigte Körper und Verstand. Er braucht eine Mutter, eine Frau, die ihn verlässlich liebt, nicht mich, dachte Juana. Die Schuldgefühle, die sie bedrängten, wurde sie aber nicht los. Und sie kümmerte sich wieder, kaufte ein, kochte, sie diskutierten, spielten Schach und fuhren mit Freunden zum Schlemmen ins nahe Elsass. Langsam kam Markus in die Welt zurück, schaute sie verliebt an, spielte Tennis mit ihr, puzzelte und bastelte an seinem alten Citroën. Juana und Markus lebten zusammen in der großen Villa, hatten guten Sex und sprachen über Zukunft.

Dann starb Markus Vater. Und Markus trauerte nicht. An der Beerdigung erfuhr Juana von einem Freund des Vaters, dass Markus Mutter lebt und in dieser Stadt wohnt. Juana unterdrückte ihre Überraschung und die aufkommende Wut, achtete darauf, dass dieser Freund des Vaters bei der Trauerfeier nicht darüber sprach.

Sollte sie es ihm sagen, die alten Geschichten aus der Vergangenheit wiederbeleben? Wie könnte er verstehen, dass diese Frau, seine Mutter, sich nie gemeldet hat? Wird er wütend werden oder wieder depressiv?

Durfte sie es ihm verschweigen?

Juana quälte sich.

Vielleicht gibt es eine Chance, die Vergangenheit abzuschließen, das eingesickerte Leid zu heilen und Frieden zu finden. Sie wünschte es ihm so sehr. Vor vielen Jahren, sagte er, habe er aufgehört, an seine Mutter zu denken. Die Vergangenheit schien für ihn in diesem Punkt auf null geschrumpft. Konnte Juana ihm glauben?

Sie zögerte einige Tage. Dann klopfte sie am Abend an die Tür. Er saß am großen Esstisch und puzzelte.

Komm schau dir das an, ist es nicht gelungen?

Ein riesiges Kunstbild war fast fertig.

Setz dich, was möchtest du trinken, ich brauche jetzt die längst fällige Puzzlepause.

Nein danke, erst mal nichts.

Sollen wir in den Garten . . . .

Juana sah ihn aufmerksam an.

Warte. Ich muss dir etwas sagen.

Markus Gesicht wurde ernst. Er hörte aufmerksam zu, wurde bleich und sein Mund zuckte leicht. Als Juana geendet hatte, saß er zusammengesunken auf seinem Stuhl, nahm seinen Kopf in beide Hände und weinte leise, war wieder das Kind, das mit fünf Jahren verlassen wurde. Juana legte ihre Hand sanft auf seinen Rücken, kämpfte mit den Tränen. Als er sich aufrichtete, schien er sich neu zu orientieren: *Selbstverständlich werde ich sie nicht treffen!*

Eine Woche später machten sich beide auf den Weg zu dem alten Haus in der Innenstadt. Die Frau am Telefon hatte Juana zögernd ihr Einverständnis zu einem Besuch gegeben. Markus war voller Zweifel und Widerstand, verwirrt und ruhelos die Tage davor. Seine Vergangenheit war in vielen hin und her springenden Bildern wieder aufgetaucht. Was würde passieren? Er hatte Angst, aber er wollte sie sehen. Er wusste auch, eine Begegnung mit einer fremden Frau, die einmal seine über alles geliebte Mutter war, konnte das Vergangene nicht auslöschen.

Die kleine Frau an der Tür reichte Juana die Hand: Guten Tag. Sie schaute kurz hoch zu Markus, gab ihm die Hand: Hallo. Kommt bitte rein. Ihre Stimme war belegt, ihre Augen leicht gerötet, hatte sie geweint?

Sie ging voraus in einen großen, wenig möblierten Raum.

Mit einer kleinen Geste wies sie auf zwei ausladende Sessel an einem niedrigen Tisch und setzte sich auf ein gegenüber stehendes Sofa. Kaffee und Kuchen standen bereit, Geschirr, Tischdecke und Servietten zeichneten das gleiche Muster, alles wirkte ein wenig steril. Licht fiel durch ein großes Doppelfenster und tauchte den Raum in eine angenehme Helligkeit.

Kaffee? Die Hände der Frau zitterten, als sie Kaffee einschenkte, Kuchen anreichte. Sie räusperte sich mehrmals.

Wohnst du in der Villa, fragte sie zögernd, als ob sie nicht sicher sei, es hören zu wollen. Das Du klang fremd, unpassend. Markus lehnte sich im Sessel zurück.

Seit einigen Jahren schon, seit . . .

Als ließe sich in den Trümmern der Vergangenheit etwas wiederfinden, was die Entfernung zwischen ihnen verkürzen könnte, begann Markus leise und stockend von sich und seinem Leben mit dem Vater und den schwierigen Zeiten im Internat zu erzählen. Die Mutter sagte nichts, auch dann nicht, wenn Markus kurze Momente schwieg. Sie sah ihn an, hörte zu, und schien doch nicht anwesend. Sie schwieg immer noch, als er zu sprechen aufgehört hatte.

Markus erzählte Juana später, er habe plötzlich das Gefühl gehabt in einer Theatervorstellung zu sitzen, eine Geschichte zu sehen und zu hören, mit der er nichts zu tun hatte.

Es war ein Fehler hier her zu kommen, dachte er.

Noch Kaffee, fragte sie. Ihre Hände zitterten jetzt stärker, als sie ohne auf Antwort zu warten, nachschenkte. Die Stille wurde nur vom Aufsetzen der Kaffeekanne auf den Glastisch gestört. Juana schaute zu Markus Mutter, wartete auf irgendetwas von ihrer Seite, trank einen Schluck Kaffee, aß von dem Schokoladenkuchen. Markus hatte den

Kuchen nicht angerührt. Juana spürte seine Nervosität, roch seinen Schweiß, sein Gesicht war rot und glänzte.

Es war ein Fehler hierher zu kommen, dachte Juana.

Ihre Gedanken hingen an Fragen fest: War irgend jemand an irgendetwas hier schuldig geworden? Warum hatte sie sich nie gemeldet? Hätte sich alles ganz anders entwickelt wenn.., wenn was? Würden sie wieder miteinander vertraut sein können? Würde er verzeihen können?

Die Fragen fanden keine Antworten, weil niemand sie stellte. Sie wurden bereits beim Hereinkommen an der Haustür abgelegt, um beim Weggehen wieder mitgenommen zu werden, wie ein alter Schirm, der geschlossen bleibt, weil es nicht regnet, den man auch vergessen darf.

Und du?

Markus hatte die Worte so schnell zu ihr hingeworfen, als hätte er keine Zeit mehr länger hier zu sitzen. Sie schaute erschrocken hoch.

Ich? Ich lebte nach der Trennung von deinem Vater in einer anderen Stadt, alleine, sie stockte kurz, bin aber finanziell gut von ihm versorgt worden, bis ich wieder in meinem Beruf als Krankenschwester arbeiten konnte.

Ihre Stimme klang rauh, ihre Mimik war undurchdringlich, bis sich ihre Augen mit Tränen füllten und ihr Mund zuckte. Sie stand auf, entschuldigte sich kurz und verschwand hinter einer Tür. Markus aß jetzt den Schokoladenkuchen, sagte leise: Das war mein Lieblingskuchen.

Wasser rauschte.

Als seine Mutter wieder auf dem Sofa saß, zeigte er auf den Schokokuchen: Der ist gut, kann ich noch was davon haben?

Sie lächelte, legte ihm ein großes Stück auf den Teller.

Den mochtest du am liebsten.

Er schaute kurz zu ihr hoch, schwieg.

Meine Mutter, deine Großmutter, versorgte ich, nachdem ich aufgehört hatte zu arbeiten, hier im Haus bis zu ihrem Tod.

Sie schien sich an etwas zu erinnern, schaute zur Kommode, wies auf ein Foto. Ich weiß nicht, ob du dich an sie erinnerst.

Ja, ja. Aber sie durfte ich nicht besuchen, weil du, du warst ja tot.

Die Frau zog sich zusammen, Markus starrte auf seinen leeren Kuchenteller.

Die Einsamkeit des Kindes und das Elend der Mutter saßen jetzt mit im Raum. Das Vergangene anzuschauen, die Einsamkeit und das Elend zu spüren, muss für beide unerträglich sein, dachte Juana, glaubte das Entsetzliche, das beiden widerfahren war, zu sehen.

Und Markus? Was sah er?

Es dauerte eine ganze Weile, bis ich glaubte, das Gesicht der Frau wiederzuerkennen, die meine Mutter gewesen war, aber ich habe sie nicht wirklich erkannt. Ich hatte während der ganzen Zeit, die wir ihr gegenüber saßen, schwiegen oder redeten, ein Bild vor Augen: die Tür zum Kinderzimmer, in dem ich warte, ist Tag und Nacht einen kleinen Spalt geöffnet. Ich weiß nicht mehr, wie viele Jahre die Tür offenstand, damit sie eintreten konnte, falls sie, vielleicht als Engel, wiederkäme, bis die Tür endgültig ins Schloss fiel.

Sie kam damals nicht zurück und heute?

Mutter und Sohn konnten die große Entfremdung nicht wegwischen. Sie blieben sprachlos, nicht sichtbar für einander.

Juana und Markus trennten sich wenige Jahre später, und Markus heiratete eine Frau aus dem Freundeskreis, und sie bekamen einen Sohn. Juana sah ihn nach vielen Jahren, nicht zufällig, in der Stadt wieder, in der er immer noch lebte. Freude, Trauer, und die alte Verbundenheit waren anwesend, bei Beiden. Juana traf sich auch mit einem gemeinsamen, früheren Freund, der Anwalt war. Der erzählte ihr, Markus habe ihr sein ganzes Vermögen vermacht, bevor sie sich von ihm endgültig getrennt hatte. Juana war erschrocken und ahnte die tiefe Verbundenheit, die Markus sich zu ihr gewünscht hatte. Dieser Freund konnte Markus davon überzeugen, dass es sinnlos sei, Juana alles zu vererben, sie komme deshalb nicht zu ihm zurück.

Juana und Markus verloren sich aus den Augen. Juana erfuhr nicht, wohin er mit seiner neuen Familie gezogen war."

Alma wies auf die beiden Fotos, als hätten sie jetzt ihre Pflicht erfüllt:

„Juana vergaß Markus nie", sagte sie leise.

Plötzlich erinnerten mich dieses Fotos an Fotos meiner Großmutter, an Geschichten, die meine Großmutter mir über Großvater erzählte hatte, dieses Auto, dieses Haus im Hintergrund, das verlassene Kind.

Konnte das sein, dass dieser Markus mein Großvater war, den ich nur als Baby kennengelernt hatte? Aber mein Großvater hieß nicht Markus. Ich war plötzlich sehr erregt, hörte kaum noch, was Alma sagte.

Waren Alma und er über längere Zeit ein Paar?

Wollte sie mir deshalb so viel aus ihrem Leben erzählen?

Alma räumte die Bilder etwas umständlich wieder in die Kiste und stellte sie in die Fensternische. Die duftenden Madeleines hatten wir aufgegessen und den mit etwas Rum gewürzten Tee ausgetrunken.

Ich stand unschlüssig an der Tür.

„Gute Nacht", sagte sie mit abgewandtem Gesicht. Hatte ich Tränen in ihren Augen gesehen?

Ich bedankte mich, nahm den Zettel, auf dem sie ihre Einkaufswünsche notiert hatte und ging.

Ich werde in den Bilderalben meiner Großmutter stöbern.

Tagebuch

Ein zufällig gewolltes Treffen, zwei Lebenslinien, die sich schneiden und wieder auseinanderlaufen, wenn die Zeit vorbei ist. So ist das im Leben. Diese unerwartete Auferstehung der Vergangenheit, wie schön und traurig zugleich . . . .

. . . .Fühlgedanken, denen ich nicht nur Gegenwart zuschreibe, die sich aus Vergangenem schon in der Zukunft eingenistet hatten. . . .

Wenn mir am Fließband der Zeit viele Möglichkeiten aufgereiht begegnen, ich nur zugreifen muss – ich muss hinschauen können und wollen – wenn ich dann wegschaue, die Nase rümpfe, die Geräusche und Gerüche nicht mag, die Schönheit und Eleganz des Bildes, der Gestaltung, der Form nicht sehe, die Hand der Berührung verweigere, die Verbindung nicht aufnehme, dann...

David träumt in Griechenland

„David aus Kalifornien", fing sie ohne weitere Vorrede beim nächsten Mal an.

„Eine kurze Episode in Juanas Männerwelt.

Juana begegnete David in Griechenland, besser, er entdeckte sie in einem Restaurant und folgte ihr durch die kleinen Gassen von Thira auf Santorin. Sie ließ sich gerne von ihm ansprechen. Die griechische Insel der weißen Häuser und Mauern, hoch über dem tiefblauen Meer, verführte beide zum Träumen. Wenn wir hier einige Wochen, vielleicht Monate bleiben, wir könnten eine kleine Arbeit finden, Geld verdienen, vielleicht sogar hier leben? Ein neues Leben beginnen?

Sie lagen schweigend auf dem Bett, glücklich, ohne Zeitempfinden.

Eine leise Trauer überzog bald Juanas Gegenwart, ein Gefühl von Verlust, breitete sich aus. Vielleicht ist alles ein wenig sinnlos, und wir verlieren immer etwas, sagte Juana. Du bist schon fast Vergangenheit, alles was mir lieb ist, vergeht, es ist kaum möglich, die Gegenwart zu spüren.

Wir können nichts festhalten, sagte er leise.

Gestern Abend war eine kleine schwarze Katze auf der weißen Mauer für kurze Zeit Juanas Freundin. Sie stand mit ihr an der Brüstung und schaute aufs Meer. Die Katze zeigte auf dem weiten blauen Hintergrund des Meeres ihre ruhige, gegenwärtige Silhouette. Die Zeit verging nicht.

Ich hätte mich runter stürzen können, in das tiefblaue Meer, es wäre in Ordnung gewesen, meinte Juana. Die Katze fand es sinnlos, das zu tun.

Jetzt konnten sie darüber lachen.

Dann tauchten die Bilder der Stadt Thira wieder vor Juanas Augen auf: Die Esel, wie Sklaven von Eselstreibern gehetzt, stolpern Treppen hoch, die faulen Touristen auf ihren Rücken, hundert Stufen hoch getragen. Es gibt keine wirkliche Verbindung der fetten Leiber zu den durchgedrückten Rücken der Esel. Stumm geworden, arbeiten die

Lasttiere ihrem Schicksal entgegen, bis sie, zu alt und schwach, irgendwohin verschwinden oder getötet werden.

Ich weiß nicht, ob und wie ich der Zerstörung, dem Elend in der Welt, der Endlichkeit ausweichen kann, sagte sie zu David.

Er legte seine Hand auf ihren Bauch.

Sie bemerkte die liebevolle Zuwendung, konnte ihn jetzt wieder anschauen, hörte seinen Atem. Sie lächelte. Es ist schön hier mit dir, sehr schön.

Als Juana wieder in ihrem Alltag verschwunden war, saß David eines Tages auf der Treppe vor ihrer Wohnung in Deutschland und wartete auf sie. Eine Woche voller Erinnerungen folgte. Dann flog er nach San Diego zurück. Sie sahen sich in diesem Leben nicht mehr. Ein anderes hatten sie nicht."

Alma schwieg, schien ihren eigenen Sätzen hinterher zu hören, als ob diese ein Echo bräuchten.

Beim nächsten Treffen erzählte sie von Tom, dem lebenlangen Freund und von Alvaro, bei dem sie fast in Spanien geblieben wäre.

Tom und der missglückte Kuss

Juanas Männerdramödien, wie Alma diese Geschichten spöttisch nannte, waren einige Zeit ihr Thema.

„Tom, er blieb ein guter Freund, ein Leben lang.

Sie lernten sich auf einer Party kennen. Juana stand hinter ihm, als er im Nebenzimmer auf dem Klavier irgendetwas Klassisches spielte. Sie war begeistert und hörte lieber ihm zu, als den langweiligen Partygesprächen. Er fuhr sie nach dem Fest nach Hause, sie umarmten sich zum Abschied und versuchten sich zu küssen, aber es schmeckte beiden nicht. Für den nächsten Abend verabredeten sie sich zum Essen und stellten fest, dass sie sich füreinander interessierten, sich aber nicht ineinander verlieben konnten. Schade, dachte sie und gleichzeitig genoss sie die neue Erfahrung, einen Mann zu mögen, sich für ihn zu interessieren, ohne mit ihm Sex zu haben. Tom war neugierig auf Juana, bewunderte ihre positive Haltung zum Leben, sie konnte depressive Stimmungen einfach wegwischen, was für ihn nicht möglich war. Er hatte seine Schwester auf dem Dachboden des Elternhauses vom Galgen abschneiden müssen, war voller Schuldgefühle, die Schwester nicht genügend unterstützt zu haben.

Wähltest du deshalb den Beruf des psychiatrischen Therapeuten? Willst du so lange therapieren, bis du deine Schuldgefühle abgearbeitet hast, sagte Juana und traf damit sein Herz und seinen Verstand.

Juana und Tom hatten viele Ideen, wie das Leben interessanter werden könnte, träumten von einem Wandertheater, das er musikalisch bereichern würde und sie würde, mit kleinen, verrückten und lustigen Theaterstücken, das Publikum anlocken. Den Zirkuswagen mit zwei Pferden zu beschaffen, wäre kein Problem. Warum taten sie es nicht?"

Alma schwieg einige Sekunden.

„Sie stritten und philosophierten darüber", fuhr sie fort, „dass jeder Mensch die Wahl habe, das Gute, das Beste in sich zu wollen, unabhängig von Bildung und Geld und Herkunft.

Der Wunsch, das Streben nach Glück sei bei jedem Menschen da, meinte Juana. Tom verneinte vehement und führte Beispiele aus seiner Praxis an, wo viele einfach nur wollen, dass z.B. ihre Frau so-oder-so sei, dass der Job erhalten bleibe, dass sie damit zurechtkommen wollen, alleine zu leben und so weiter. Vom glücklich sein sei dabei nie die Rede, und das Gute im Menschen sei ihnen egal. Juana argumentierte, dass er sie vielleicht nicht genügend unterstütze, das Glück zu wollen, etwas dafür zu tun oder zu lassen, was Tom nicht gelten ließ.

Tom wurde ein guter Analytiker, war erfolgreich und beliebt.

Diese andere Mann–Frau Beziehung gefiel beiden und bestand bis zu Toms Tod vor vielen Jahren.

Tagebuch

Seneca über den Verlust eines wertvollen Menschen:

„Statt immer wieder über den Verlust eines Menschen zu klagen, sollte man sich freuen, dass man mit ihm leben durfte." „Der Tod ist ein Geschenk, die letzte Zuflucht aller Unglücklichen." „Wie lange ich lebe, hängt nicht von mir ab. Ob ich aber wirklich lebe, solange ich bin, hängt von mir ab.".Seneca (1-66 n.Chr.)

Alvaro und Cervantes

„Juana und Tom fuhren an einem Wochende im September gemeinsam nach Spanien. Er besuchte eine Freundin, die in Madrid lebte, sie fuhr weiter in die La Mancha. Cervantes Land. Alvaro, ein Spanier und Studienfreund, den sie seit vielen Jahren nicht gesehen hatte, schrieb ihr vor wenigen Wochen eine Karte und lud sie nach Spanien ein, wann immer sie Lust habe. Sie schrieb zurück: vielleicht im September." Alma zeigte mir ein braunes Notizbuch, dessen Deckel mit arabischen Mustern verziert war und auf dem La Mancha stand. Dieses Mal wollte sie mir Juanas Geschichte vorlesen, bevor ich sie abschreiben konnte, was mir gefiel.

Ihre Stimme klang weich, fast zärtlich:

La Mancha

Fahren, fahren durch eine endlose Ebene Kastiliens und der La Mancha, kahlgeschorene Felder, herbstlich verfärbte Weinstöcke.
Cervantes Don Quijote Land.
Den touristischen Pfaden des Don Quijote und seines Knappen Sancho Panza folgen? Nein.
Das Museum mit der unvergleichlichen Dulcinea, die nie existierte, aber den Touristen in einem Haus, in einem Dorf angepriesen wird, besuchen? Nein.
Ein Ort der La Mancha, ich will mich nicht an den Namen erinnern . . . . .
So beginnt Cervantes seinen weltberühmten Roman.
Ich muss mich aber erinnern, wonach ich hier suche.
Es ist September und ich bin ohne genaueres Datum in dieser Gegend, südlich von Toledo, verabredet mit Álvaro, Álvaro Duarte.

Eine Ewigkeit haben wir uns nicht gesehen und ich bin ein wenig nervös.

Die Sonne hat mich im Visier, die Schatten machen sich rar. Die schillernde Sicht auf die Welt kommt mir irgendwie bekannt vor.

Welcher Wirklichkeit werde ich mich hier in der La Mancha überlassen?

Seit ich unterwegs bin, wechseln sich Nähe und Distanz zu allem, was mich umgibt ab, und ich scheine wenig Einfluss darauf zu haben, wie ich mich fühle.

Ich steige in der kleinen Stadt Puertollano am späten Nachmittag aus meinem Gefährt aus – meinem Rosinante, auch nicht mehr frisch, auch etwas klapprig, schaue unschlüssig die Straße hinab, hinauf, auf der Suche nach der richtigen Hausnummer. Die Aussicht ist nicht erfolgversprechend, Häuser mit geschlossenen Läden, ohne Nummern, als ob sie nicht entdeckt werden wollten. Die Siesta, das hispanische Yoga, scheint noch nicht zu Ende.

Zwei alte Männer, schweigend, auf einer Bank vor einem etwas größeren Haus mit verziertem Torbogen.

Das muss es sein.

Die beiden Alten schauen mich an, als sei ich dreist in ihre Welt eingedrungen. Ich frage sie nicht nach Álvaro Duarte. Ich gehe durch das ein wenig offen stehende Portal und bin in einem Patio, einem typisch blumengeschmückten, spanischen Innenhof. Ich höre Stimmen und klopfe an eine leicht angelehnte Tür. Das Reden verstummt, um gleich darauf wieder einzusetzen. Anklopfen ist nicht das hier Übliche, denke ich. Also rufe ich hola, perdone, hola. Eine füllige spanische Schönheit, nicht mehr jung, erscheint an der Tür, schaut mich erstaunt an.

Perdone, lo siento, disculpe – ich weiß in der Aufregung nicht mehr, was passender ist und stammele,

Álvaro Duarte?

Si, si. – La amiga de Alemana? – Si.

Bienvenido, que tal? Venga, venga.

Ein Wortschwall ergießt sich über mich, ich verstehe nichts mehr. Die spanische Schönheit umarmt mich, beso rechts, beso links, sie lacht und schiebt mich, weiter auf mich einredend, durch den Innenhof und das Portal auf die Straße, zieht mich am Arm, bis wir nach wenigen Metern vor einem hell getünchten Gemäuer aus uralten Zeiten, wie es scheint, stehen, sie mich auffordert, den eisernen Löwengriff der schweren Holztür zu drehen und einzutreten.

Álvaro, Álvaro ruft sie laut, drängt mich in einen abgedunkelten Raum und verschwindet durch die nächste Tür. Ich höre sie lachen und reden und gewöhne mich an das spärliche Licht, das durch die Ritzen der Fensterläden dringt. Ich stehe in einem großen hohen Raum mit antikem Mobiliar und mehreren Polstermöbeln um einen kleinen Tisch. Es riecht nach Rosmarin und einem Gemisch aus Oliven und Knoblauch. Mein Magen erinnert mich, dass ich nur spärlich gefrühstückt habe. Eine Männerstimme sagt, den Redeschwall der Frau unterbrechend: Vale, vale.

Alvaro kommt mir jetzt mit schnellen Schritten und offenen Armen lachend entgegen, Umarmung, beso rechts, beso links, schaut mich prüfend an, scheint neugierig zu sein, was aus der hübschen Studentin geworden ist. Ich schaue in das vertraute Gesicht des immer noch attraktiven Spaniers aus der gemeinsamen Studienzeit, mit dem ich viele Abende nicht nur diskutierend verbrachte.

Wir überspielen redend unsere Befangenheit, tauschen Informationen über die schöne Landschaft und die vielen Touristen aus, als könnten wir die lange Zeit der Trennung einfach ignorieren.

Ich kann mich jetzt auf keine alten gemeinsamen Gewohnheiten oder Gefühle verlassen, bin gezwungen spontan zu sein, was mir nicht gefällt.

Wir holen deine Sachen aus dem Auto, sagt Alvaro in nicht aktzentfreiem Deutsch und ich zeige dir dein Zimmer und dann können wir . .

Ich mache Kaffee, ruft Celia aus der Küche, seine Schwester, wie ich inzwischen weiß. Alvaro hat schon einige Tage früher mit dir gerechnet, aber es ist gut, dass du jetzt da bist, schnattert sie.

Mir scheint, sie passt sich meiner eher einfachen spanischen Ausdrucksweise an und ich bin ihr dankbar dafür.

Alvaro lässt jetzt die Herbstsonne durch die großen, bis zur Decke reichenden Fenster herein. Alles wird sonnendurchflutet und einige Bilder an den Wänden leuchten golden auf. Wir holen meinen Koffer und diverse Taschen aus dem Auto, unter den prüfenden Blicken der beiden Alten auf der Bank, die Alvaro freundlich begrüßt.

Das kleine Zimmer ist einladend, mit gemalten Girlanden an den Wänden, großblumiger Bettwäsche auf dem verschnörkelten Eisenbett, ein offenes hohes Fenster, vor dem ich die würzige, warme Luft tief einatme. Ich freue mich, freue mich vor allem auf den jetzt wunderbar duftenden Kaffee. Celia steht schon an der Haustür.

Ihr müsst heute Abend zum Essen kommen, einverstanden?

Sie schaut mich mit ihrem sicher strahlendsten Lächeln an.

Álvaro verspricht es. Dann sind wir alleine.

Alles, alles, wie mir scheint, möchten wir uns erzählen, die vergangenen Jahre ausbreiten, in diesen Raum und in diese Minuten hineinzwängen, alles in der langsam aufsteigenden Dämmerung unterbringen. Die Unzuverlässigkeit der Erinnerung ignorieren wir. Die alte Sympathie ist wieder da, wärmt mich und ich fühle mich bald so entspannt, wie schon lange nicht mehr.

Um aus der Zeitverschiebung wieder herauszufinden, erzähle ich ihm von meiner Leseleidenschaft und meiner Wiederentdeckung des Romans von Cervantes und dessen Geschöpf Don Quijote, wie ich da die Zeit vergessen und eintauchen kann in dessen schillernde Welten.

Wie ist es mit Dir, frage ich, du wohnst doch im Quijoteland, und es stellt sich heraus, dass Álvaro, wie ich, ein großer Verehrer von Cervantes und seinem Hidalgo ist.

Jeder Leser scheint Cervantes Roman anders zu verstehen, sagt er, seit vierhundert Jahren erhitzen sich die Gemüter großer Literaten an diesem Roman.

Mein kleines literarisches Gemüt, unterbreche ich ihn, erhitzt sich gerne an der Verrücktheit und Weisheit Don Quijotes.

Álvaro belehrt mich: Alles, was künftig in die Literatur einströmte, ging von Cervantes und natürlich auch von seinem Zeitgenossen Shakespeare, aus.

Dass Álvaro Spezialist für spanische Literatur ist, wusste ich nicht.

Ich freue mich schon auf hoffentlich lange und lebhafte Diskussionen und vielleicht interessante Leseabende?

Er holt eine Karaffe und zwei Gläser für den selbst gemachten Sangria, wie er betont, und schenkt uns großzügig ein.

Ich will diesen ehrenwerten Ritter auch psychologisch verstehen, ihm begegnen in seiner Verrücktheit, die mir Angst macht, mich aber auch belustigt. Es ist doch herrlich, dass Cervantes Quijote vom zu ausführlichen Lesen verrückt wird, locke ich Álvaro in die Diskussion.

Aber Quijote ist die vernünftigste Person, steigt Alvaro ein, vernünftiger als Sancho, sein Knappe, je nach Standpunkt des Lesers und seinem eigenen Verhältnis zu Narrheit und Weisheit.

Was ich mich frage, ist, sage ich nach einer kurzen Pause, warum dieser Roman so wichtig geworden ist, dass er von fast allen Literaturgrößen als das beste Buch der Welt bezeichnet wird? Glaubst du das auch?

Möchte ich ihm gefallen, ihn beeindrucken, die alte Verbundenheit über Diskussionen wieder beleben?

Álvaro schenkt uns von dem überaus guten Sangria nochmal großzügig ein und denkt lange nach, bevor er, der Dozent, ernst antwortet: Hat er nicht die wichtigsten Themen, mit denen wir Menschen uns plagen, nicht nur gestreift, sondern auf humorvolle und doch ernste Weise behandelt: Liebe, Mut, Verantwortung, Gerechtigkeit, Tod.

Ja, unterbreche ich, aber die Liebe baut er nicht auf realem Fundament, seine Dulcinea gibt es nur in seiner Vision. Und überhaupt sind Wirklichkeit und Phantasie oft nicht zu unterscheiden bei Cervantes, als sei es seine Absicht, die Welt so verzerrt zu sehen, das kann uns doch nicht guttun, ereifere ich mich.

Es geht Don Quijote vor allem darum, ewigen Ruhm zu gewinnen und dadurch Unsterblichkeit zu erlangen. Cervantes und Quijote ist es gelungen. Die Aufgabe, das so in einen Roman zu fassen ist genial und heiter gelöst.

Die spanische Religion ist seit Cervantes Roman der Quijotismus, und nicht der Katholizismus, wusstest du das? Alvaro lacht.

Ach ja? Das gefällt mir. Ich weiß über euer Land so vieles nicht, bekenne ich. Aber jetzt möchte ich mich gerne etwas bewegen. Können wir einen Spaziergang machen, bevor wir zu deiner Schwester gehen, bitte ich Alvaro und er begleitet mich, einen Weg hinunter zu einem kleinen Fluss, nicht weit von seinem Haus. Es ist immer noch warm. Wir gehen eine Weile schweigend nebeneinander. Ich möchte Alvaro wieder kennenlernen, hören, was er sagt, wie er denkt, und Cervantes Quijote ist ein Thema, das zu weiteren interessanten Gesprächen hinführen kann, glaube ich zu wissen.

Ich bin voller Bewunderung, welchen Idealen Don Quijote sich verpflichtet fühlt, beginne ich unser Gespräch wieder. Aber was ist mit den Frauen in diesem Roman? Charaktere von trauriger Gestalt, das gefällt mir gar nicht, und alle Ideen werden von Männern formuliert, ereifere ich mich wieder. Alvaro schaut mich überrascht an, als ob er mich nicht verstehen könne.

Schau dir doch die Frauenfiguren an. Ist eine darunter, mit der ich mich identifizieren möchte? Ich weiß, es ist eine Widerspiegelung der Zeit des sechzehnten Jahrhunderts, aber das macht die Sache nicht besser.

Wir schweigen und gehen langsam zurück.

Entschuldige, dass ich mich so erhitze bei diesem Thema.

„Nur Durchschnittsmenschen leben gerne bei normaler Temperatur", doziert Álvaro lachend. Ein Spruch von Cioran, glaube ich. Er bleibt stehen.

Du hast ja Recht, das Frauenbild ist so traditionell wie traurig in dieser Zeit.

Dann erzähle ich ihm, dass ich den Quijote nach vielen Jahren zum zweiten Mal lese, aber dieses Mal glaube, ihn besser zu verstehen und, dass ich eine Menge Ideen dazu habe, über die wir unbedingt reden müssen.

Alvaro schweigt.

Hörst du mir überhaupt zu, frage ich etwas zu impulsiv.

Du wirst dir die Zähne ausbeißen an Cervantes, wenn du ihn verstehen willst, sagt er langsam und schaut mich etwas mitleidig, wie mir scheint, an.

Arrogant bist du immer noch, aber nicht unsympathisch, sage ich nicht.

Wir sind wieder vor seinem Haus angekommen.

Zum Abendessen bei Celia möchte ich mich umziehen, und ich ertappe mich dabei, dass ich mich sorgfältig kleide und schminke, und ich ahne für wen, ohne mir glauben zu wollen. Meiner Klischeevorstellung über spanische Familien folgend, geht es am Abend recht laut und lustig zu. Nein, es gibt keine Paella bei Celia, aber alle reden durcheinander, und allmählich fühle ich mich so lebendig, als ob ich in einem Fluss mit vielen Strudeln genüsslich bade.

Álvaros schöne Augen scheinen immer wieder wie zufällig meinen zu begegnen. Mein Herz antwortet mit Stolpern.

Mit Anstrengung gelingt es mir, mich mit meinem miserablen Spanisch verständlich zu machen, wenn ich von mehreren am Tisch gleichzeitig angesprochen werde. Ich will mich mit diesen liebenswerten Menschen unterhalten können, leiste mir, nicht freiwillig, unter großem Gelächter, einige sogenannte "falsche Freunde", als ich das Tischtuch lobe und mit toalla übersetze, was aber Handtuch heißt, oder, als ich erzähle, dass ich oft tanzen gehe und das Wort „oft" mit espeso übersetze, was aber dickflüssig heißt.

Alvaro liebte mich für diese Missgeschicke, wie er später behauptet.

Ich genieße das Essen in der großen Familie, das laute chaotische Geschnatter und freue mich über Alvarosgute Beziehung zu allen und trinke, vielleicht zu viel, von dem wunderbaren roten Tempranillo.

Aus der Region, verkündet Celia stolz.

Nach vielen Stunden Familie schlendern Alvaro und ich in der warmen Nacht, untergehakt, lachend und palavernd, auf Umwegen durch das noch lebendige Städtchen.

Du bist eine attraktive Frau, sagt er nach einer Weile. Lebst Du alleine?

Nein, eh, ja, ich weiß es nicht genau, stottere ich.

Als ich am nächsten Morgen wach werde, liege ich vor der Couch auf weichen Polsterkissen, unter einer flauschigen Decke, ein Kissen unter meinem Brummschädel, mein Kleid auf dem Sofa, die Schuhe irgendwo. Leicht irritiert versuche ich mich zu erinnern, was mir nicht gelingt. Ich weiß nur, dass Alvaro uns, nach dem späten Bummel durch die kleine Stadt und während einiger hitziger Diskussionen zu Hause, wieder und wieder Sangria einschenkte. Beide Gläser und die leere Karaffe stehen auf dem Tisch.

Die Stille, die sich im Haus bemerkbar macht, beruhigt mich ein wenig. Ich brauche frische Luft und meine Erinnerung zurück. Das Kleid überm Arm schleiche ich in mein Zimmer, ziehe mir schnell Hose und Shirt über, suche nach den Turnschuhen und jogge um die Häuser.

Die Durchblutung der Gehirnzellen bringt mir keine Bilder zurück, als ob meine Erinnerung nicht zu mir gehören wolle.

Vielleicht will ich ja gar nicht wissen, was die Nacht weiß, beruhige ich mich.

Immer noch leicht nervös, öffne ich leise die Haustür und, ja, es duftet nach Kaffee.

Alvaro will mir heute Toledo zeigen und fragt mich unterwegs im Auto mit leiser Stimme: Weißt du schon, wie lange du bleiben willst?

Solange ich mit dir über Cervantes Roman diskutieren darf, erwidere ich so ernst wie möglich.

Das wird ewig dauern, lacht er und schaut mich so oft strahlend an, wie die entgegenkommenden Autos es ihm erlauben.

Als ich Alma fragte, wie lange Juana in Spanien blieb, sagte sie mit einem leisen Bedauern in der Stimme:

„Die schöne gemeinsame Zeit ging zu schnell zu Ende.

Juana konnte nicht in Spanien leben und er nicht in Deutschland."

Ole mit Zahnbürste

„Zum Schluss der Männergeschichten noch die Kurzepisode mit Ole, dem Schweden", sagte Alma wie nebenbei, während sie uns am späten Abend einen Tee zubereitete.

„Der stand eines Tages mit der Zahnbürste vor Juanas Tür. Er wurde schneller wieder verabschiedet, als er die Zahnbürste auspacken konnte. So ernst hatte Juana sich das mit ihm nicht gedacht, nachdem sie eine Nacht zusammen verbracht hatten.

Ich werde die Männer nie begreifen, grübelte Juana, nachdem Ole, unfreiwillig, wieder weg war. Ole sprach von der wichtigen Beziehung zwischen Mann und Frau und dass er spüre, dass sie zusammen bleiben könnten. Ist denn eine Nacht mit gutem Sex die Grundlage für eine funktionierende Beziehung, fragte Juana ihn, sie konnte ihren Unwillen nicht beherrschen. Ole glaubte, klaren Auges ihrer beider Zukunft zu erkennen und laberte Juana eine Stunde damit voll. Er versuchte, sie auf jedwede Art zu beeinflussen, auf die sie nicht beeinflusst werden wollte. Wahrscheinlich hatte er zum ersten Mal so guten Sex, dachte Juana. Dann stand sie auf und sagte zu ihm so freundlich, wie es ihr möglich war, als sie die Haustüre öffnete: Es ist vorbei. Tut mir leid.

Ole gehörte zu den Nebenfiguren des Männertheaters, indem sich Juana voller Sehnsucht und Schrecken durchlavierte.

Bis sie Simon traf. Ihm wich sie nicht aus, lief ihm nicht davon, schickte ihn nicht in die Wüste. Und mit ihm konnte sie endlich Lach- und Altersfalten zählen. Die Männerdramödie war zu Ende, der Vorhang fiel." Alma lachte und stand auf.

„Für heute ist es gut. Gute Nacht und bis bald".

Sie umarmte mich liebevoll.

Wann würde die Gelegenheit kommen, sie nach Markus, oder wie dieser Mann wirklich hieß, zu fragen. War es mein Großvater? Hatte sie gehofft, ihn hier in diesem Dorf wieder zu treffen?

Tagebuch

. . . . . .*das Leben frei leben, was auch immer das sein kann, ich muss eine Vision in die Vergangenheit schicken, ebenso in die Zukunft und die Gegenwart zur Verfügung haben.*

Der Blick in die Vergangenheit zeigt mir alle nicht gelebten Leben, alle nicht getroffenen Entscheidungen, alle Fehlinterpretationen, alle erzwungenen Lebenswege, alle aufgedrängten Umstände, denen ich mich unterordnete, freiwillig kann ich nicht sagen, weil der freie Wille nicht abgefragt wurde, weder von mir, noch von den Menschen in diesen Umständen.. . . . . Der Blick in die Vergangenheit zeigt gelebtes Leben mit Freude, Leid, Glück und Unglück, Begeisterung, Trauer, Verzweiflung – alles, was das Leben zu bieten hat. . . . .Ein Weg, vielleicht von Generationen und deren Bedingungen abhängig, voller Zwänge, Verbiegungen, Lust, Hoffnungen, Chancen und Verluste bis zum eigenen Tod.

Ein ganz normales Leben? Es ist gut zu sehen und zu verstehen, was die Zeit alles beinhaltet und doch so flüchtig, dass ich ihr nachrenne, sie nie einhole, sie nie greifen, festhalten kann.

Die vergehende Gegenwart hat das gleiche Schicksal wie die gegenwärtige Vergangenheit: sich an einer nicht vorhandenen Zukunft zu orientieren. . . . . .

Mütterfrauen

Ich war beruflich häufig unterwegs und besuchte Alma erst wieder nach einigen Wochen zu Beginn des Frühlings, neugierig, was sie mir erzählen würde. Ich hatte sie immer noch nicht gefragt, wie dieser Mann, den sie Markus nannte, dessen Geschichte ich zu kennen glaubte, mit Familienname hieß. Würde sich heute eine Gelegenheit ergeben?

Sie sah mich mit großen, braunen Augen liebevoll an und forderte mich mit einer kleinen Geste zum Sitzen auf der Terrassenbank auf. Das blaue lange Baumwollkleid mit marokkanischen Stickereien auf der Brust und an den Ärmeln, sah ich zum ersten Mal an ihr. Die grauen Haare hatte sie zu einem Pferdeschwanz im Nacken zusammengebunden. An ihren Ohren baumelten kurze silberne Ohrringe mit einem kleinen blauen Stein. Sie war barfuß und ihre Zehennägel waren sorgfältig rot lackiert. Sie sah schön aus.

Es war Sonntag und die Glocken vom nahen Kirchturm läuteten und riefen die Frommen, zu denen wir, Alma und ich, nicht gehörten, zum Dienst an Gott. Eine junge Frau in kurzem Blümchenkleid, die kleine dunkelblaue Handtasche über der Schulter, eilte die Straße hinunter in Richtung Kirche, an jeder Hand ein Kind.

Alma schaute ihr freundlich grüßend nach.

Nachdem ich Alma von meiner Reise und meiner Arbeit, die sie immer interessierte, ein wenig erzählt hatte, bat ich, nachdem eine andere Mutter mit ihrem Kind im Kinderwagen an uns vorbeigezogen war, von den Müttern ihrer Generation und dem sicher nicht geringen Unterschied zu heutigen Müttern zu erzählen. Meine Großeltern hatten mehr geschwiegen als geredet und sind tot, sagte ich, immer noch traurig über den Verlust und beobachtete Alma dabei. Sie blinzelte, räusperte sich und schwieg eine Weile. Ich schaltete mein Aufnahmegerät ein.

„Mütter", sagte sie etwas lustlos, „warum sollte ich dir von ihnen erzählen, ich weiß nicht. In unserer Gesellschaft ist Mutter-Sein kein angesehener Beruf und Geld verdienen kann man damit auch nicht."

Nachdem sie eine Weile nachgedacht hatte, begann sie.

„Von Hitler wurde die Frau, als Gebärende und Mutter, in dieser Rolle festgeschrieben. Er nannte Mutterschaft das „Schlachtfeld der Frau" und belohnte die Frauen, die mehr als drei Kinder bekamen, mit dem ´Mutterkreuz´.

Missbrauchte Frauen.

Schon Jahrhunderte davor machte die Gesellschaft das Mutterwerden zu einer Zwangsveranstaltung. Möglichkeiten der Verhütung wurden geahndet und bestraft, Abtreibung mit dem Tod. Eine aus einer Vergewaltigung entstandene Schwangerschaft brachte die Frau an den Schandpfahl. Sie, nicht der Vergewaltiger, wurde ausgepeitscht oder umgebracht. Die Frau des Herrschers, die einen männlichen Thronerben gebären sollte, wurde verstoßen, wenn sie das nicht erfüllte. Anfang des zwanzigsten Jahrhunderts war es eine Schande für die Frau, wenn sie nicht schwanger wurde, natürlich nur innerhalb der Ehe.

Du hörst", sagte Alma, „Mutter werden war und ist nicht unbedingt erstrebenswert. Heute arbeitet die Frau immer noch kostenlos als Pflegerin, Erzieherin, Krankenschwester, Lehrerin, Beraterin, Köchin in der eigenen Familie. Wieso gehen die Frauen nicht auf die Straße, um ihr Recht auf Bezahlung einzufordern", ereiferte sich Alma.

„Wenn die Mutter als ´nur` Mutter alt wird, ist sie abhängig von der Rente des Mannes, wenn sie denn einen hat oder von der Gnade der Kinder. Scheußliche Vorstellung. Warum klagen die Frauen nicht gegen den Staat, der die vielen Mutterberufe endlich bezahlen sollte, wenn er Kinder haben will. Was würde passieren, wenn die Frauen den Mutterberuf ablehnten? Und so weiter, und so weiter. Ich könnte mich lange aufregen."

Sie brachte zwei Gläser mit Apfelsaft, Wasser und einen Teller mit ihren selbstgebackenen Keksen. Die Frühlingssonne wärmte uns, die Mohnblumen im Garten hatten ihre kleinen grünen Kappen abgeworfen und reckten sich mit leuchtend roten Blütenblättern zur Sonne. Ginster, Almas Lieblingspflanze, blühte.

„Ja, vielleicht sollte ich doch erzählen", sagte sie in die entstandene Stille hinein.

„Hannah hieß sie, von ihr und ihren Müttern erzähle ich dir.

Ich bin oft überrascht von den heutigen Mütterfrauen, ihrem Schicksal, ihrem Glück und ihrer Ambivalenz, ihrer Suche nach Sicherheit, und wie sie kämpfen, sich oft überfordern, mit ihrem schlechten Gewissen ringen und gleichzeitig alles in Frage stellen, was die eigenen Mütter, Großmütter und Urgroßmütter ihnen vorlebten und was die Gesellschaft ihnen verordnet.

Hannah war sechsunddreißig Jahre Mutter, nicht unbedingt freiwillig und nicht ausschließlich in die Mutterrolle geschlüpft. Darin glich sie wenig ihren Großmüttern und Urgroßmüttern. Die Urgroßmütter dienten den Großmüttern als Vorbild, die es als ihre Pflicht ansahen, schwanger zu sein. Es gab für sie kaum eine Möglichkeit, das selbst zu entscheiden. Ihre Unzufriedenheit und die nicht ausbleibende Überforderung machten sie oft dick und krank. Mit dem Segen der Kirche und der Psychologie des frühen zwanzigsten Jahrhunderts, ließen die Frauen wiederholende Mutterschaften über sich ergehen: Es ist die Bestimmung des Weibes, war die allgemeine Überzeugung.

Nicht nur die Männer dachten so. Ich erinnere mich, dass meine Großmutter mir erzählte, wie eine Frau in der Eifel betete: *Ich habe meine Pflicht getan, oh Herr. Ich habe 11 Kinder geboren, von denen acht am Leben geblieben sind und drei in frühestem Alter starben, weil ich schon zu verbraucht war. Hab Erbarmen.*

Die Frauen nahmen seit Jahrtausenden die Rolle ein, die von Seiten der männerdominierten Gesellschaften von ihnen erwartet wurde und die sie von sich erwarteten. Und ihre Rolle als Ehefrau, die dem Mann untergeordnet war, durfte nicht in Frage gestellt werden. Sie waren, so könnte ich es ausdrücken, freiwillig hinein gezwungen. Von den Ausnahmen will ich jetzt nicht reden." Almas Groll war nicht zu überhören.

Die Ur-Ur-Großmutter

„Ich erzähle dir zuerst aus einer anderen Welt, aus dem Leben von Hannahs Ur-Ur-Großmutter. 1794 geboren, 1870 gestorben, von ihr und ihrem Mann Theodor, Bauern in der Eifel.

Die Eifler, einige reich, andere weniger, viele arm, „ein Volk, das immer nur am Rande der Geschichte Kühe gemolken hat", wie Borges in einer seiner Geschichten es über die Basken formulierte.

Sie hieß Eva. Eva und Theodor heirateten 1820. Von ihnen hörte Hannah viele überlieferte Geschichten. Eva war eine stattliche Person, die mit ihren sechsundzwanzig Lebensjahren bereits schwierige Situationen kennengelernt hatte. Von ihr wird erzählt, dass sie der Mutter auf dem Sterbebett versprechen musste, die jüngeren Geschwister wegen einer eigenen Heirat nicht zu verlassen.

Frauen heirateten in das Haus des Mannes ein, weil sie normalerweise den elterlichen Hof dem Bruder überlassen mussten.

Evas Lebensklugheit war für alle sichtbar. Mit welcher Selbstverständlichkeit und Umsicht sie die jüngeren Geschwister ins Leben begleitete und nach dem frühen Tod der Eltern Verantwortung übernahm. Sie unterstützte viele Jahre den älteren Bruder, der nach dem Tod des Vaters den Hof übernommen hatte. Diese Bauernfamilie konnte von ihrem großen Besitz gut leben.

Mehrere Verehrer wurden von Eva abgewiesen. Sie war anspruchsvoll und außerdem an das Versprechen an die Mutter verpflichtet. Trauer und Verzweiflung begleiteten Eva häufig, war sie doch bedingungslos eingebunden in die Überforderung und Gemeinheit der alltäglichen Dinge. Die Tanten und Onkel im Haus waren zu alt, um alles alleine zu bearbeiten.

1818 aber heiratete der Bruder. Er brachte eine Frau mit ins Haus. Sie übernahm jetzt Evas Platz. Die jüngeren Geschwister waren inzwischen erwachsen. Eva konnte endlich an eine eigene Zukunft denken. Sie lernte, während der schwierigen Jahre ohne die Eltern, das Leben als unberechenbar kennen, durchdrungen von einem, mit und ohne Gebete, wirkenden Schicksal, dem sie nichts entgegensetzen konnte als ihrer Hände Arbeit und die Hoffnung auf ein besseres Leben nach dem Tod.

Als sie Theodor kennen lernte, schöpfte sie wieder Hoffnung und zeigte sich ihm mit all ihren Tugenden, ihrem Fleiß und ihrer Verlässlichkeit. Dass sie schön war, wusste sie, aber würde Theodor sich nicht von ihrem Alter abschrecken lassen, sie war sechsundzwanzig und zwei Jahre älter als er.

Damals galt sie als zu alt, um Chancen auf eine Heirat zu haben.

Es gab die Heiratsvermittler, die ´Heelicht machen`, das heißt, sie spionierten die guten Partien aus und vermittelten.

Oder jemand aus der Verwandtschaft wurde beauftragt, die Verhältnisse der in Frage kommenden Familie auszukundschaften, den Leumund der Braut oder des Bräutigams zu recherchieren und in der Familie die Möglichkeit einer Heirat zu besprechen. Das konnte der Bruder des Bräutigams, der Vater oder ein Onkel sein. Wie du siehst, in jedem Fall ein Mann, aber manchmal auch ein Fremder, der dafür bezahlt wurde. Dabei war die Verbindung innerhalb der gleichen sozialen Schicht, hier ein unabhängiger Bauernstand, eine unausgesprochene Regel.

Theodor gestand Eva seine Zuneigung, nachdem sie sich auf einer Kirmes beim Tanz kennengelernt hatten. Liebe hätten beide nicht gesagt. Er sprach nach einem halben Jahr und einigen weiteren Treffen, die für beide mehr und mehr liebevoll verliefen, von baldiger Heirat, nachdem die Familien vorherige Erkundigungen mittels des ´Heelicht Mannes` eingeholt hatten.

Zwei reiche Familien kamen zusammen.

Das Fest fand im Haus des Bräutigams statt mit allen Dorfbewohnern und mit der gesamten Sippe Evas, sowie deren Nachbarn und Freunden. Es wurde geschlemmt, getrunken, gesungen und getanzt.

Das kannst du dir 1820 folgendermaßen vorstellen: Als Erstes ging das Brautpaar zum Standesamt. Das war zu der Zeit neu und die Eheschließung wurde auf Französisch schriftlich festgehalten. 1798 hatte Napoleon im ´Codecivil` die standesamtliche Trauung als Pflicht eingeführt. In der Eifel ist die Verordnung 1820 erst angekommen.

In der Kirche trugen die Frauen ein schwarzes Hochzeitskleid und einen, von den eigenen langen Haaren geflochtenen Brautkranz. Nach der kirchlichen Trauung zogen alle feierlich zum Haus des Bräutigams, die Verwandtschaft, die geladenen Gäste und die Nachbarn, sowie Dorfbewohner, auch die, die nicht zu den besten Freunden gehörten.

Dann wurde der Hochzeitsgesellschaft zuerst eine Scheibe Brot und ein 'Selbstgebrannter' vor dem Haus gereicht, als Zeichen der Verbundenheit untereinander. Die Kinder und Jugendlichen bekamen Saft und Met. Dann wurde schon bald 'zu Tisch' geladen und der Hochzeitsschmaus im Haus und bei gutem Wetter draußen serviert. Die Mägde trugen, angetan mit weißen gestärkten Leinenschürzen, alles auf, was das Haus an Gutem zu bieten hatte. Frauen aus der Nachbarschaft und Verwandtschaft hatten schon seit Tagen bei den Vorbereitungen geholfen.

Eva wurde von den beiden unverheirateten Schwestern von Theodor, Anna und Maria, im Haus willkommen geheißen und von der alten Tante Susanna mit dem üblichen Ritual eingeführt: Die neue Hausherrin wird dabei von der Schwiegermutter, hier übernahm die alte Tante Susanna die Aufgabe, unter lebhafter Anteilnahme der übrigen Gäste, mit dem Kochlöffel um den Hals, dreimal um den Kesselhaken über dem Feuer in der Küche, den sogenannten 'Hoal' geführt. Auch Mägde, die ihren neuen Dienst antraten, wurden um den Hoal geführt und ihnen damit ihr neuer Arbeitsbereich gezeigt.
Erst danach waren sie in die Hausgemeinschaft aufgenommen.

Der Hoal ist ein Relikt aus der keltischen Mythologie, der Kessel der Wiedergeburt, ein symbolischer Schoß, der über Nacht die Toten wieder auferwecken kann. In alten Matriarchaten wurden die Toten unter der Feuerstelle, wo der Hoal hing, begraben, was du bei Heide Göttner-Abendroth in ihren Büchern über Matriarchatsforschung lesen kannst.

Ob die Bauersfrauen diesen Sinn kannten weiß ich nicht.

Theodors Vater war bereits tot, die Mutter hatte nach dem Tod ihres Mannes in einen anderen Bauernhof wieder eingeheiratet. Ungewöhnlich, aber klug, denn es gab oft Eifersüchteleien und Kompetenzgerangel zwischen Schwiegermutter und Schwiegertochter.

Als Eva, mit einer guten Mitgift ausgestattet, ins Haus einzog, lebten im Haus: die Geschwister von Theodors Vater, Susanna achtundsechzig, Michael vierundsechzig und Pitt zweiundsechzig, alle unverheiratet. Außerdem die beiden Schwestern von Theodor, Maria achtundzwanzig und Anna dreißig, beide unverheiratet. Heute unvorstellbar, dass eine solche Großfamilie friedlich zusammen leben konnte. Ich weiß aber nicht, ob es in dieser Familie vielleicht auch Streitigkeiten gab.

Eva und Theodor bekamen neun Kinder, von denen nur vier überlebten. Nach dem ersten Kind, ein Jahr nach der Hochzeit, es lebte nur einen Tag, wurde alle zwei Jahre ein Kind geboren. Wenn Eva die Kinder ein Jahr stillte, war sie vor erneuter Schwangerschaft geschützt, das wusste sie. Willentliche Verhütung einer Schwangerschaft kannten die Frauen immer schon, das wurde aber von der Kirche als eine schwere Sünde verkündet. Verzicht auf Sexualität war eine kaum erträgliche Alternative. So hofften beide, dass Gott sie nicht immer während ihrer Liebesnacht entdecken würde und Eva nicht bei jeder liebevollen Umarmung gleich schwanger werden würde!

Warum der kleine Peter, so hieß das erste Kind, nach dem Großvater benannt, einen Tag nach der Geburt starb, wer weiß. Hatte sie zu früh geboren, da die Arbeit auf dem Feld und im Garten begonnen hatte und sie sich nicht schonte? Zum Trauern blieb nicht viel Zeit, der Alltag musste bewältigt werden. Da sie den kleinen Peter nicht stillte, wurde sie kurze Zeit später wieder schwanger. Aber sie freute sich, trotz der Trauer um das erste Kind.

Zur Kartoffelernte ging sie nicht mit aufs Feld, schonte sich über den Winter. Sie verrichtete die leichteren Arbeiten im Haus, mit Unterstützung der Magd und den Schwägerinnen, wie Kochen, Verarbeiten der Gartenernte, Einkochen von Obst und Herstellen von Säften aus Beeren, auch Spinnen und Weben gehörten dazu.

Wenn du Lust hast", sagte Alma nach einem prüfenden Blick zu mir, „ schauen wir mal für einen Tag in die Zeit um 1830, damit du dir vorstellen kannst, wie der Alltag der meisten Frauen auf dem Land, wenn sie nicht verarmt waren und nicht der reichen Oberschicht angehörten, aussah. Wir besuchen das Bauernhaus der Ur-Ur-Großeltern von Hannah, Eva und Theodor, und schauen uns in der Familie ein wenig um, ohne sie zu stören.

Schließ die Augen und höre zu", sagte Alma mit einem schelmischen Blick und verschwand nach einer kurzen Pause mit mir ins neunzehnte Jahrhundert.

„Es ist ein kalter Morgen im März, noch ist es dunkel, als Theodor im kühlen Hausflur seine, vom Vater übernommenen, alten Lederstiefel überzieht, um in den Stall zu gehen. Die grauen dicken Wollstrümpfe darunter wärmen gut. Um Eev, wie er liebevoll seine junge Frau nennt, die wieder im achten Monat Guter Hoffnung ist, nicht aufzuwecken, verlässt er die Schlafstube leise. Eva hört bald die alte Susanna die Stiegen hinunter schlurfen. Tante würde sofort in den Stall gehen und die Kühe melken, was seit fast vierzig Jahren zu ihren Aufgaben gehört und dessen sie nie überdrüssig wird. Wenn eine neue Magd auf den Hof kommt, zeigt sie ihr, wie man ihre Kühe melken muss, lässt sie aber nur im Notfall an die Euter. Eifersüchtig überwacht sie das Pflegen der Kühe und der Kälber. Maria hilft der gebrechlich werdenden Tante, trotz deren Proteste. Die eher mürrische Maria verlor ihre heitere Stimmung schon vor vielen Jahren. Ihre Verlobung musste sie lösen, als sie an Tuberkulose erkrankte. Sie wurde nach einem Jahr wieder gesund, eine große Ausnahme in der damaligen Zeit, aber ihr Bräutigam war inzwischen mit einer anderen Frau verlobt. Arme Maria.

Mit diesen Gedanken schläft Eva wieder ein.

Eine Stunde später müht sie sich aus dem dicken Federbett. Sie will für ihren Mann, für die Schwägerinnen Maria und Anna, für Oheim Michael und Oheim Pitt und der alten Tante Susanna das Frühstück zubereitet haben, wenn diese die Kühe, Pferde, Ziegen, Schafe, Schweine, Kaninchen, Enten und Hühner versorgt haben und mit der Stallarbeit fertig sind.

Es ist frostig im Schlafraum, und sie zieht ihr helles selbstgewebtes Wolltuch fest um die Schultern über das weiße dichte Baumwollnachthemd mit den eingenähten Spitzen, schlüpft in die Fellpantoffel und geht die schmalen knarrenden Stiegen hinunter.

In der großen Küche hat die Magd das offene Holzscheitfeuer bereits angefacht, und das Wasser im Kessel ist schon warm. Takenplatten leiten die Wärme des offenen Feuers in der Küche zur Stube. Takenplatten sind gusseiserne Platten, die in Bauernhäusern bis ins 19. Jahrhundert in eine Aussparung der Feuerwand zwischen Küche und Stube eingemauert wurden. So ist es auch dort behaglich warm. Eva zieht, nachdem sie sich in der Küche über der

Keramikwaschschüssel mit warmem Wasser gewaschen hat, ihren langen schweren, selbst gewebten dunklen Rock über, wobei sie die Taillenbänder schon oft erweitern musste, um den Bauch mit dem heranwachsenden Kind nicht zu sehr einzuschnüren, dazu ihre Strickjacke, von Tante Susanna für sie gestrickt, über dem gestreiften Blusenhemd. Wolltuch und Nachthemd wird die Magd mit nach oben nehmen, wenn sie die Betten lüftet.

Jetzt kann Eva ihre Tagesarbeit beginnen.

Wir hatten letztes Jahr viel Glück, denkt Eva, während sie der Magd in der Küche hilft, das Frühstück vorzubereiten. Die sechs neu geborenen Kälber waren durchgekommen. Mit unseren Milchkühen, Glanvieh, das sehr robust ist, hatten wir genügend Milch zum Verkauf und genug übrig für uns. Dieses Jahr, so Gott will, wird ebenfalls ein gutes Jahr. Ochsen, Pferde, Pflug, Wagen und Kutsche, darum kümmert sich Josef, der neue Knecht, den wir auf dem Gesindemarkt in Prüm für uns verpflichten konnten.

Evas Gedanken mäandern durch ihre kleine, große Welt.

Eine Muttersau hatte sieben Ferkel geworfen, und alle gedeihen gut. Vier andere Schweine sind im Eichenwald. Der Schweinehirt treibt sie bald zurück und das größte werden wir zu Ostern schlachten. Zwei werden neben zwei Rindern und zwei Kälbern zum Viehmarkt nach Schönecken gekarrt und hoffentlich zu einem guten Preis verkauft werden.

Eva fühlt sich neben Theodor für alles verantwortlich, und die beiden Oheime werden, ebenso wie Tante Susanna, nicht mehr lange für die schwere Stall- und Feldarbeit eingeteilt. Ich werde die Pflege für die Alten übernehmen, da die beiden Schwestern von Theodor für die Stallarbeit am Morgen und Abend zuständig sind.

Ich muss mit Theodor sprechen, wann wir eine weitere Magd anwerben können. Bald muss auch gewaschen werden. Das Wetter scheint stabil.

All dies geht Eva durch den Kopf, während sie den Frühstückstisch in der großen Stube für zehn Personen vorbereitet, zwei Schüsseln mit Dickmilch aus der Vorratskammer auf den Tisch stellt, Butter und Marmelade, sowie etwas Honig aus dem Steinguttopf für die Kinder.

Acht Eier und einige Scheiben Schinkenspeck, mit den am Vorabend gekochten Kartoffeln, bringt sie der Magd in die Küche zum Braten in der großen Eisenpfanne. Dann holt sie einen Laib Brot vom Brotregal an der Kellertreppe, schneidet fast den halben Laib auf, nachdem sie ein Kreuzzeichen unter das Brot mit dem Messer zeichnete und legt die Scheiben in einen Brotkorb. Große Teller und Tassen aus dem Wandschrank und Besteck aus der Tischschublade werden verteilt.

Nach und nach finden sich alle in der warmen Stube ein, suchen ihren Platz auf der langen Bank und den Stühlen. Das Tischgebet ist kurz und wird von der alten Susanna gesprochen, besser gemurmelt. Knechte, Mägde und die Familie frühstücken immer gemeinsam, was nicht in jedem Bauernhaus üblich ist. Stallschuhe und Stiefel stehen im Flur. Alle löffeln die Dickmilch direkt aus den Schüsseln, Brote werden auf dem Holztisch dünn mit Butter bestrichen. Auf die Teller werden die Kartoffeln mit Eiern und Speck verteilt.

Dann besprechen sie gemeinsam, was an diesem Tag zu tun ist. Theodor wird heute mit dem Knecht zum Viehmarkt fahren, Ferkel verkaufen, die auf dem Pferdewagen in einer Kiste transportiert werden und zwei Jungstiere am hinteren Wagen anbinden und ebenfalls zum Verkauf anbieten. Sie hoffen auf ein gutes Geschäft. Die beiden Söhne Peter und Gerhard dürfen mit und lernen früh, wie verhandelt und verkauft wird.

Die zweijährige Katharina wird währenddessen von Eva mit Milchbrei gefüttert. Sie ist ein ruhiges Kind. Nach dem Frühstück, beim Spinnen und Weben der Frauen, darf sie zuschauen und ihren Gesängen lauschen. Katharina lernt alles von den Tanten und der Mama, was sie später als Frau und als gläubige Christin brauchen wird.

Die alte Susanna, die ihr Herz Gott geweiht hat, trägt immer ein Lächeln im Gesicht. Sie ist nach der Stallarbeit in ein sauberes dunkles Kleid geschlüpft, gestreifte Schürze darüber, hat die grauen Haare zu einem Knoten im Nacken gebunden und ist bis zum Abend ohne Pause mit irgendeiner Arbeit beschäftigt. Ob in der Futterküche, in der sie für die Schweine die Eimer mit Fressen zurechtmacht oder im Haus kehren, putzen, kleine Wäsche waschen und bügeln und jeden Tag das Essen für die zehnköpfige Familie mit der Magd zubereiten. Mit Eva bespricht sie beim Frühstück, was heute gekocht wird.

Tante Susanna übernimmt die Großmutterstelle für die Kinder, und sie ist in ihrer bescheidenen, liebevollen Fürsorge für Eva wie eine Mutter. Am Abend sitzt die kleine Katharina neben den Brüdern auf dem Kinderschemel und schaut andächtig zu, wenn sich alle nach dem Abendessen in der großen Stube zum Gebet versammeln, die Männer und Knechte schweigend mit gefalteten Händen. Die Frauen beten den Rosenkranz laut vor. Tante Susanna nickt regelmäßig dabei ein. So geht, bis auf wenige Ausnahmen, jeder Tag zu Ende.

Und wir beide verabschieden uns wieder so unauffällig, wie wir gekommen sind, aus dem neunzehnten Jahrhundert."

Ich konnte mir alles so gut vorstellen, als sei ich dabei gewesen. Das gefiel mir, und ich machte nur zögernd die Augen wieder auf.

Alma schwieg eine kleine Weile, bevor sie weiter redete.

„Ich erinnere mich, dass meine Großmutter mir zeigte, wie damals Aufbewahrung von Gemüse für den Winter aussehen konnte, aber das weißt du wahrscheinlich von deinen Großeltern."

Als ich verneinte, erzählte sie.

„Die Verarbeitung des Gemüses und aller Früchte, sowie deren Vorratshaltung, war für die Wintermonate wichtig, alles Frauenarbeit. Einfrieren und Transport von Früchten und Gemüse in Dosen aus anderen Ländern, während des ganzen Jahres, wie wir das heute kennen, gab es ja nicht. Also mussten die Bäuerinnen eigene Techniken der Aufbewahrung und Haltbarmachung von Gemüse und Früchten erfinden. Sie hatten es von ihren Eltern und deren Eltern gelernt. Zum Beispiel wurde Sellerie, Kohlgemüse, Möhren, Lauch, Rote Beete und Kräuter mit den ganzen Wurzeln ausgerissen und im Garten wieder Kopf an Kopf eingesetzt und abgedeckt, was ´einschlagen` genannt wurde. Auch konnte man im Keller in einem Holzkasten, der mit Sand und Erde gefüllt war, das Gemüse einschlagen, Hauptsache, es war dunkel. Weißkohl und Stangenbohnen wurden eingesäuert in Fässern und blieben so haltbar. Aufbewahrungsorte für die Vorräte waren der Keller, der Dachboden und das Spindchen, eine große Vorratskammer, meist direkt neben der Küche. Männer und Kinder betraten es nie, höchstens zum Naschen.

Ich glaube, dass heute wieder einige Frauen so arbeiten, aber sicher weniger aus Notwendigkeit, als aus Interesse an diesen alten Methoden.

Weißt du, dass heute noch milchsäurevergorene grüne Bohnen mit Salzkartoffeln und in Butter gerösteten Zwiebeln ein Festessen für mich ist? Das konnte meine Großmutter so wunderbar schmackhaft zubereiten."

Alma strahlte.

„Dann gab es noch die großen Waschtage der Bauern, die nur zweimal im Jahr abgehalten wurden. Alle, Männer, Frauen und Kinder, mussten helfen. Sie gingen an den Bach im Dorf, einmal im Frühling, wenn der Bach nicht mehr zugefroren war und einmal im Herbst, bevor er zufror. Der Knecht fuhr die schweren Tröge mit dem Ochsenkarren zum Bach und holte sie wieder ab. Sie wuschen an mehreren Tagen Bettwäsche, Decken, Tischwäsche, Kleider, Unterwäsche, Strümpfe, Vorhänge, Handtücher und so weiter.

Ein Großereignis. Regnen durfte es an diesen Tagen nicht. Zum Bleichen und Trocknen wurden die ausgewrungenen weißen Leintücher und Tischtücher auf einer Wiese hinterm Haus ausgebreitet. Die Kinder hielten abwechselnd bis zum Abend Wache und passten auf, dass keine Tiere über die Wäsche liefen. Katzen, Hühner, Hasen und Vögel wurden verjagt.

Die Mütterfrauen und die Tantenfrauen konnten und wussten so Vieles."

Alma schwieg, schaute sich erstaunt um, als käme sie gerade von woanders her und lachte.

„Jetzt bin ich von unserem Besuch im Bauernhaus der Ahnen etwas abgekommen, habe ich zu viel erzählt?"

Als ich verneinte und sie bat weiterzuerzählen, sagte sie fast entschuldigend:

„Es ist nicht überraschend, dass die Frauen keine Zeit hatten, um über ihr Leben ins Grübeln zu geraten, eine oft schwierige und zermürbende Situation, aus der sie nur unter großen Nachteilen für sich selbst hätten aussteigen können.

Alles ist, wie schon gesagt, freiwillig erzwungene, wichtige Frauenarbeit gewesen und für das Überleben der Familien unverzichtbar. Eva war wahrscheinlich stolz auf ihre Arbeit.

Ob sie von einem anderen Leben manchmal träumte?

Hätte sie eine Chance gehabt?

Niemand im ländlichen Bereich, bis auf wenige Ausnahmen, kam in früheren Jahrhunderten auf die Idee, dass weibliche Wesen, außer Haus- Garten- Stall- und Feldarbeiten, andere Talente hatten. Der Schulbesuch war minimal. Nachdem die Eifel preußisch wurde und damit die Schulpflicht eingeführt wurde, kam es in den beiden folgenden Jahrzehnten mehrmals zu heftigen Protesten der Landbevölkerung gegen den Schulbesuch der Kinder. Sie wurden als Arbeitskräfte dringend gebraucht. Die Bildung von Mädchen war noch weniger wichtig. Förderung besonderer Qualitäten? Nur im vorgegebenen Rahmen von Kochen, Nähen, Spinnen, Weben von kunstvollen Tüchern oder Decken erwünscht. Der Rahmen war zu eng für ein anderes Leben.

Fleiß und Frömmigkeit standen als höchste Ziele der Frau gut zu Gesicht. Die Frauen hatten keine Wahl und die Kirche, sehr mächtig, hatte großes Interesse am Erhalt dieser Strukturen."

Alma wurde nachdenklich und schwieg.

Frau sein ist ein Fehler

„Frau sein", schimpfte sie bei unserem nächsten Treffen, „hieß bis Mitte des zwanzigsten Jahrhunderts, sich damit abfinden zu müssen, kein Mann zu sein. Es war nicht allzu lange her, dass der große Heilige Thomas von Aquin unwidersprochen schreiben konnte, ich zitiere:

Die Frau ist ein Missgriff der Natur. . . .eine Art verstümmelter, verfehlter, misslungener Mann.

Das ist Missbrauch von Wörtern, abgesehen von der unglaublichen Dummheit dieses berühmten Heiligen", schimpfte sie.

„Der gute Sigmund Freud war, neben der Kirche, nicht unschuldig an der diskriminierenden Sicht auf die Frau."

Sie kramte nach einer Notiz aus ihrer schwarzen Stoffmappe und las vor: "Frauen lehnen Veränderungen ab, empfangen passiv und fügen nichts Eigenes hinzu", schrieb er 1925.

„Das ist Freud original", betonte sie.

„Du kennst Orpheus und Eurydike, oder die Rolle der Frauen in Wagneropern, in La Traviata, und so weiter, in fast alle Opern ist das Thema, ich zitiere:

Die vornehmste Mission der Frau besteht darin, die Erlösung des Mannes zu ermöglichen, indem sie sich selbst ausradiert.

„Ja toll, so soll es sein", spottete Alma.

„Selbst die Frauen von Thomas Mann, privat und in seinen Büchern, sind nicht mit den gleichen Rechten wie die Männer ausgestattet."

„Und das Leben von Hannahs Großmutter", fragte ich. „Sie war doch die Enkelin von Eva und Theodor?"

„Hannahs Großmutter, ich glaube 1873 geboren, konnte nur über eine Ehe mit einem Nicht-Bauern aus dem kleinen Dorf flüchten, in der Hoffnung auf ein abwechslungsreicheres und interessanteres Leben in der Stadt. Das Glück ließ sich aber in der Stadt bei ihr nicht blicken. Ihr Lebe-Mann und zwei Kriege verscheuchten es.

Die beiden Söhne von Hannahs Großmutter studierten, die Tochter, Hannahs Mutter lernte, gegen ihre Interessen und Fähigkeiten, nähen und bekam, traditionsgemäß, eine wertvolle Aussteuer, die der Krieg fast vollständig zerstörte.

Dass die Großmutter nicht auf die Idee kam, ihre Tochter, Hannahs Mutter, studieren zu lassen und die dann nicht zwingend hätte heiraten müssen, ist doch bemerkenswert, findest du nicht? Sie selbst war doch unzufrieden mit ihrer Ehe und der Abhängigkeit von ihrem Mann, aber das übertrug sie nicht auf die Situation der eigenen Tochter, die sich bis zu ihrem Lebensende darüber beklagte.

In den gutbürgerlichen Kreisen, in den gebildeten, begnügte man sich oft genug damit, den Töchtern Hausarbeit, Handarbeiten und Nähen beizubringen und sie auf die Rolle der Hausfrau einzustimmen, wenn das

Studium der Söhne die elterlichen Mittel erschöpfte. Oft waren sie Dienstmagd in reichen Häusern, dann Ehefrau und Mutter, die fast jedes Jahr schwanger war oder die unverheiratete Frau. Sie blieb Dienstmagd für Fremde oder für die Familie der verheirateten Brüder, ein Leben lang. So sah das 19. Jahrhundert für die meisten Frauen aus, und so im 20. Jahrhundert, bis nach den zwei Weltkriegen. So erging es Hannahs Mutter, obwohl genug Geld da war. Hier war die Tradition ausschlaggebend.

Aber wen interessiert das denn heute noch", sagte Alma mit resignativer Stimme.

„Ich weiß, dass Hannah davon träumte, in ein unabhängiges Leben einzusteigen, von dem sie nicht so genau wusste, wie anders das sein könnte, als das, was sie jetzt lebte.

Sie gehörte zur ersten Generation von Mädchen und Frauen, die selbst entscheiden konnten, wohin sie gehen und was sie tun möchten. Wusstest du, dass nur drei Prozent der Mädchen aus Arbeiterfamilien in den sechziger Jahren in Deutschland Abitur machten? Hannah gehörte dazu. Aber wo waren Vorbilder?"

Alma verstummte, als ob sie nachdenken müsse, weiter zu reden oder einen Punkt zu setzen.

„Es kann sein," sagte sie, „dass, wenn du über Mütterfrauen schreibst, man meint, man mit einem oder zwei n, wie du willst, das sei lediglich Frauenliteratur.

Sind denn alle Geschichten und Romane, die von Männern und ihren Lebenswegen und Heldentaten künden nur für Männer geschrieben, nur Männerliteratur?

Sicher nicht", sagte sie betont langsam und deutlich. „Aber ich will mich nicht mehr aufregen. Wir haben lange genug für eine Gleichbewertung von Frauen und Männern gekämpft. Jetzt seid ihr dran."

Alma schaute mich prüfend und herausfordernd an.

„Es ist schon so viel darüber lamentiert und diskutiert worden und was hat es den Frauen gebracht?

Wenn ich genau hinschaue, war der Radius der meisten Mütterfrauen in den vergangenen Zeiten doch sehr eng und schwieriger zu durchbrechen als heute."

Revolte

„Als Hannah zum ersten Mal ungewollt schwanger wurde", begann Alma beim nächsten Mal, „die Pille gehörte nicht so selbstverständlich zur Ausstattung einer jungen Frau wie heute, sagte ihr Freund Hans lapidar, dann heiraten wir eben, was Hannah in den sechziger Jahren hoffen musste und als Entgegenkommen von dem Mann verstehen sollte".

„Und Abtreibung?"

„Ein heimlich gemachter Vorschlag vom Vater an den Sohn. Der lehnte ab. Ob er aus Angst vor Strafe ablehnte, weiß ich nicht. Abtreibung konnte bis 1969 mit Zuchthaus bis zu zehn Jahren bestraft werden, selbst nach einer Vergewaltigung, aber das weißt du sicher.Da gab es schlimme Frauenschicksale."

Alma kramte einen Zettel aus der schwarzen Stoffmappe.

„Isolde Kurz geboren 1853, gestorben 1944, schrieb Anfang des 20. Jahrhunderts:

. . . *nicht dem gemeinen Los der Weibheit verfallen, die Frau ist zu gut für den Alltag der Ehe, den niederen Dienst der Fortpflanzung.....*

Und später schrieb diese aufmüpfige Dame, die nie geheiratet hatte oder Mutter war, über sich und ihr Leben: *Ich wollte mich selber erfüllen bis zur letzten Möglichkeit.*

Hannah identifizierte sich mit solchen Sätzen, wurde abwechselnd wütend und traurig. Die Ausweglosigkeit konnte sie fühlen. Aber Hannah wollte das Kind. Mit dem Mann war sie sich nicht so sicher. Sie willigte in eine Heirat trotzdem ein, weil eine ledige Frau mit Kind der Schande näher war, als der Akzeptanz in der damaligen Gesellschaft.

Die Jahre nach dem Krieg, ich glaube, das kannst du dir nicht vorstellen, sie waren so verlogen. Die moralischen Zungen plapperten. Voreheliche Sexualität, vor allem für Frauen, war tabu und doch wurden viele Ehen geschlossen, nur weil die Frau schwanger war. Wer urteilte denn über diese Frauen? Die Kirche, ein Männerverein, die Gerichte, ein

Männerverein. Die patriarchalische Gesellschaft dachte nicht daran, ihre Ideen zu überdenken. Die übertünchte politische Fassade glänzte.

Und überall steckten noch die Nationalsozialisten mit ihren perfiden Frauen- und Mütter-Vorstellungen.

Natürlich trugen sie ihre Überzeugungen, die nicht abgelegt werden konnten wie die Uniformen, in die Familien. Das alte patriarchale Gehabe etablierte sich weiter. Die Achtundsechziger-Revolution hat sich, neben vielen anderen überfälligen Veränderungen, auch daraus entwickelt.

Die sogenannte Entnazifizierung sollte alle reinwaschen, ein Stück Papier, ein Witz. Viele der tief in die NS-Vergangenheit verstrickten Mitläufer und Täter machten unbehelligt nach 1949 Karriere oder stiegen in alte Positionen wieder ein. Mit Persilscheinen, reingewaschen von Schuld, die ihnen von mutmaßlichen Opfern für die beurteilende Kommission ausgestellt wurde, gingen sie in die Politik, Justiz, Verwaltung, Polizei und an die Universitäten zurück. Oft unter falschem Namen und unter Mithilfe der Netzwerke alter Kameraden oder sogenannter Seilschaften. In den fünfziger Jahren waren mehr als zwei Drittel der leitenden Mitarbeiter des Bundeskriminalamtes ehemalige Mitglieder der SS. Kannst du dir das vorstellen?

Hannahs Vater, der kein Parteimitglied war, wurde von seinem Chef beneidet: *Sie haben es gut, brauchen sich nicht zu rechtfertigen.*

Hinter den Mauern der bald wieder aufgebauten Häuser tobte die Unzufriedenheit, sowohl der Frauen als auch der Männer. Männer, die aus einem Krieg zurückkehrten, der ihnen das Heldentum beschmutzt hatte, die sich, beschädigt an Leib und Seele, nicht mehr an vorhergehenden Strukturen und Werten orientieren konnten und neue nicht kannten. Sie verfielen in Schweigen oder in despotisches Verhalten. Der beschädigte Mann übernahm im Haus wieder die alte Vormachtstellung. Die vor oder während des Krieges geborenen eigenen Kinder waren ihm fremd. Gehorchen sollten sie, still sitzen. Sie störten mit ihrem Lachen und ihrer Unbeschwertheit. Die Prügelstrafe war Alltag. Die Jugend durfte keine Fragen stellen. Sie wurde mit einer wegwerfenden Handbewegung zum Schweigen gebracht. Die Verbitterung über den Verlust von allen Idealen und Zukunftshoffnungen verbreitete im Haus eine düstere Stimmung, der sich alle anpassen mussten.

Die Ehefrau wollte sich nicht mehr so fügen, wie der Mann es wollte und brauchte. Sie hatte für die Kinder und die Alten, die zu Hause geblieben waren, gesorgt, Essen organisiert, Kohlen geschleppt, Kleider genäht, Trost gespendet, eigene Ängste unterdrückt bei Fliegerangriffen, alles nach der Zerstörung wieder aufgeräumt, verletzten und verschütteten Nachbarn geholfen und , und. . . .

Und jetzt? Den Frauen war es nach dem Krieg überlassen, die Scherben in den Familien, die im ganzen Haus verstreut Verletzungen verursachten, wieder zu kitten. Flickwerk, das auf gesellschaftlicher und politischer Ebene eine Entsprechung fand.

Nicht alle Frauen konnten sich wehren, viele hatten keine Wahl. Sie flüchteten in Vergessen, in Konsum und die weniger Robusten in psychosomatische Erkrankungen.

Auf literarischer Ebene kannst du diese verzweifelte Situation der sensiblen Frauen zum Beispiel bei Ingeborg Bachmann nachlesen. Sie glaubte, durch Liebe alle Verletzungen heilen zu können und scheiterte."

Almas Stimme hatte jetzt den Ton und die Geschwindigkeit eines Reporters, der über die katastrophalen gesellschaftlichen Missstände berichtet.

„Ich glaube, die Verlogenheit dieser Zeit auf allen Ebenen, privat in den Familien und öffentlich auf den Abgeordnetenbänken, in den Gerichten und Hörsälen, in denen ehemalige Mitläufer oder Aktivisten saßen, war die Basis für die Studentenrevolte. Dieser Sturm trieb die alte Ordnung, wie welke Blätter, durch die Gassen. Die Jugend fing an zu fragen, ließ sich nicht mehr vom Schweigen und Redeverbot der Väter abhalten. Sie wollten alles genau wissen:

Was hast du getan gegen die Greuel der Nazis, wieso konntest du Hitler vertrauen, wo sind heute die Nationalsozialisten, wo sitzen sie? Wo warst du im Krieg eingesetzt, hast du von den Konzentrationslagern gewusst?

Die mehr und mehr aufgedeckten Ungeheuerlichkeiten erschütterten die jetzt heranwachsende Generation. Die Fassaden innerhalb der Familien und in der Gesellschaft bröckelten."

Almas Worte belebten ihre Mimik, ihre Augen blitzten. Ihre Begeisterung bezüglich der Revolte schien geweckt.

„Aber ich möchte mich und dich damit nicht langweilen, das kannst du nachlesen in den unzähligen, ach so wichtigen Büchern über die nicht immer gelungene Aufarbeitung der grandiosen Enttäuschungen nach dem Zweiten Weltkrieg und die wichtigen Worte über den orientierungslosen, politischen Neustart. Schluss damit!"

„Und Hanna", fragte ich.

„Hannah war schwanger, verheiratet und ohne eigenes Geld. Sie schlüpfte mangels Alternativen in die tradierte Mutterrolle. Die Rolle der Ehefrau gab ihr die notwendige, gesellschaftliche Anerkennung. Vielleicht wollte sie ihr Leben bei ihm, dem Ehemann, in Sicherheit bringen?

Hannahs Abhängigkeit und Unselbständigkeit wurden ihr mehr und mehr bewusst. Von allen Seiten fühlte sie sich eingezwängt in ein Leben, das sie immer weniger mochte. Ihre Träume, die Welt zu umrunden, versanken im Alltag, ihr Wunsch, im Ausland nach dem Abitur zu studieren, verflüchtigten sich. Sie landete beim Windeln wechseln, Stillen und Baby beruhigen. Hannah fühlte sich an Kind und Ehe gefesselt und pflegte verzweifelt Gedanken wie: Ich stecke in einer Falle. Was übersehe ich, was mache ich falsch? Wie befreien sich andere Frauen, die es ja gibt, aber wo? Wer könnte mir raten oder helfen? Es war für Hannah ein täglicher Kampf.

Aber es gab auch glückliche Zeiten der Nähe mit diesem Kind, wenn sie stillte, und das wunderbare Baby sie dann, satt und zufrieden, mit großen Augen anlachte."

Alma schien mit diesem Baby anwesend.

„Es kam Hannah manchmal wie ein Wunder vor, dass dieses Kind, unbelastet von schlechten Erfahrungen, seinen Lebenswillen so deutlich machte und durchsetzte. Es schrie einfach nach dem, was es brauchte, es traf seine Entscheidungen zielgenau, und keine Zweifel hielten es auf oder störten es.

Hannahs Entscheidungen liefen zu oft auf unsicheren Füßen, mit einem verschleierten Blick in die Zukunft. Immer wieder aufsteigende Unruhe begleitete ihren Alltag. Und sie grübelte erneut: Wann habe ich diese kindliche Sicherheit, die Gewissheit, wie das Leben für mich befriedigend sein kann, verloren und warum? Fragen, die ihr niemand beantwortete. Dann drückte sie ihr Baby fest an sich, als käme sie dadurch der Antwort näher und das Baby könne Fehlendes ersetzen.

Die Orientierung an Großmüttern und Urgroßmüttern taugt nicht für mich, sagte Hannah einer Freundin, meine Augen schauen gegen eine trübe Wand oder verlieren sich in düsteren Verzweigungen."

Alma stand auf, goss uns Tee nach, schaute um sich als suche sie etwas und setzte sich wieder, sprach weiter.

„Genüge ich als Mutter, war eine der auftauchenden Fragen, die Hannah nicht beantworten konnte. Wie sollte sie auch. Die eigene Mutter diente nicht als Vorbild. Die hatte fünf Kinder, von ihr kam der Satz: Wenn es die Pille zu meiner Zeit gegeben hätte, gäbe es euch Kinder alle nicht. Den Frauen und Männern, die später Abtreibung fast als Pflichtprogramm ansahen, verkündete Hannah gerne etwas pathetisch: Mein Kind ist ein Geschenk an das Leben und an die Welt.

Hannah erinnerte sich an eine Mutter, die unzufrieden und nervös ihren täglichen Pflichten hinterherlief, häufig kopfwehkrank im Bett lag und für die Kinder nicht verfügbar war. Sie fuhr zum Bummeln in die Großstadt, um aufsteigenden depressiven Stimmungen zu entkommen.

Dabei hatte sie doch die Pflicht, diesen Versuchungen zu widerstehen", spottete Alma. „Sie gab die Kinder öfter bei ihrer eigenen Mutter ab, ging ins Kino oder ins Café, traf sich mit Freundinnen, um ihr nicht zu änderndes, trauriges Los, wie sie es sah, zu vergessen.

Hannahs Großmutter kannte diese Unzufriedenheit Mutter und Ehefrau zu sein nicht oder durfte sie nicht kennen. Die Großmutter lernte von ihrer Mutter und Großmutter, von denen ich dir erzählte, dass der Haushalt Sache der Frau war und der Beruf Sache des Mannes, und dass sich die Frau nur zu Hause in ihrer Eigenschaft als Gattin und Mutter verwirklichen kann. Hannahs Großmutter, die von einem größeren Lebensraum träumte, nahm ihr gottgewolltes Schicksal, wie sie es selbst formulierte, schließlich an.

Hannah mochte sich die Verzweiflung dieser Großmutter nicht vorstellen, als vier ihrer sieben Kinder im Säuglingsalter starben. Sie sah dann das Baby an und war ein wenig zufriedener, küsste und streichelte es. Und sie erinnerte sich wieder an die Geburt ihres Kindes, diese körperliche und psychische Urerfahrung, die sie niemals hätte missen wollen. Eine Aufgabe im doppelten Sinn: Einerseits sich dem, was während der Geburt geschieht, zu überlassen, dem Schmerz ausgeliefert, sich aufgeben zu können und andererseits die Aufgabe, dem Kind auf seinem Weg in die Welt behilflich zu sein. Sie bereute die Entscheidung nie.

Doch das flackernde Licht am Horizont der Zukunft, das Hannah eine andere Freiheit versprach, verlöschte nicht."

Alma schwieg. Ich schaute in ihr schönes altes Gesicht und wünschte mir in diesem Moment, dass ihr Erzählen und meine Besuche bei ihr nie ein Ende nehmen.

„Vielleicht willst du ja mal Kinder – mit dem passenden Mann versteht sich", brummte Alma. Ich glaube, mein Gesicht wurde warm.

„Weißt du", sagte Alma nach einer Weile und lachte in die Sätze hinein, „als Hannah in den wilden Siebzigern mit den aufgeschlossenen Weltverbesserern überlegte, in eine Wohngemeinschaft zu ziehen und ein grünschnäbeliger Langhaardackel sie fragte: Bist du bereit, deine bürgerliche Mutterrolle aufzugeben, antwortete sie ernüchtert und ohne Zögern laut und deutlich: NEIN.

Damit war dieses doch so fortschrittlich anmutende Projekt gestorben, und sie und ihre FreundInnen probten neue Stücke auf der Bühne des achtundsechziger Experimentiertheaters. Homosexuelle und lesbische Beziehungen tauchten im FreundInnenkreis auf.

Die Forderung nach ehelicher Treue, die immer schon eher die Frauen betraf als die Männer, war in den Siebzigern auf der Werteskala der Frauen weit nach unten gerutscht.

Auch Hannah und ihr Mann tauchten vergnügt planschend im See der sexuellen Befreiung unter und nach wenigen Jahren frustriert wieder auf.

Die Sehnsucht nach Liebe und Verlässlichkeit, vor allem bei den Frauen, wartete am Ufer und ließ sich nicht mehr verjagen oder austricksen. Das hatte auch damit zu tun, dass die Frauen für die Kinder alleine zuständig waren. Die Scheidungen waren in Mode gekommen. Allein erziehende Väter kannte man nicht."

Alma wedelte mit den Händen und sprach mit sich selbst:

„Hatten wir uns getäuscht mit unserer Vorstellung von sexueller Freiheit und freier Liebe, wie Simone de Beauvoirs sie uns vorlebte?

Ja.

Vieles uns nur großkotzig ausgedacht?

Nein.

Wir suchten und probten Alternativen, für alles oder fast alles, was uns als verschlissen und verlogen daherkam.

Ehrliche Erneuerungsversuche.

Der Muff von tausend Jahren nicht nur unter den Talaren und frisch aufgebügelten Politikerroben, sondern auch unter den Bettdecken. Sie mussten ordentlich gelüftet werden. Wir, wir alle waren so in Aufbruchsstimmung, dass wir natürlich über die Zielgerade hinausschossen. Die Vorgaben der vorhergehenden Generationen konnten wir nicht nutzen, und auch nicht darauf aufbauen, was die Bettdecken und die Rollenverteilung in der Gesellschaft und in der Familie betrafen.

Ich denke mit Vergnügen daran zurück", lachte Alma. Ihre Stimme hatte den hellen Klang einer jungen Frau, als sie weitersprach.

„Hannah fuhr mit Mann und Kind, mit wackeligem VW und Zeltausrüstung, sechs Wochen in den Ferien, mit einem befreundeten Paar nach Kalabrien, wo Beziehungsklärung stattfinden sollte. Auf den Urlaub folgte die Scheidung. Natürlich zahlten alle einen Preis."

Alma schaute mich herausfordernd an, um nach einer langen Pause leise zu sagen:

„Ihr verdankt unseren Kämpfen und Albernheiten eine Menge mehr Freiheit. Stimmt's?" Ich stimmte ihr gerne zu. „Aber, ich will nicht die Fahne für eine Zeit schwenken, die längst gekommen ist."

Sie schwieg, als ein junges Pärchen die Straße hinauf spazierte, an Almas Gartentor kurz anhielt und ihr zuwinkte. Alma winkte, ohne aufzustehen, und wandte sich mir mit leicht hochgezogenen Augenbrauen wieder zu.

„Jetzt mag ich nicht mehr weitererzählen, es ist vorbei, es war eine turbulente Zeit. Alle haben nach den auffallend vielen Scheidungen, die zur damaligen Zeit im Vergleich zu heute eher ungewöhnlich waren, mehr oder weniger getrauert und dumm geschaut. Gleichzeitig zeichnete sich die Chance für etwas Neues schon ab, wie bei einem Handel, der zum Abschluss gekommen ist und bei dem das Produkt jetzt seine mögliche Anwendung finden kann.

Aber davon ein anderes Mal, wenn du wieder kommst. Ich bin in letzter Zeit ein wenig erinnerungsmüde. Ich weiß, du willst das Leben dieser Frauen weiter mit mir verfolgen, und du weißt inzwischen, dass sie mein Leben zum großen Teil spiegeln und doch so verschieden von mir sind, dass sie mich selbst noch überraschen können."

Alma stand auf, ich folgte ihr mit dem Geschirr in die Küche, packte mein Aufnahmegerät ein und dankte ihr für die Zeit, die sie mir geschenkt hatte.

„Geh jetzt, geh!" Sie umarmte mich kurz und schob mich sanft zur Tür hinaus.

Alma gönnte sich einige Zeit Alleine sein, und ich schrieb und arbeitete und wartete, dass sie mich, über den Gartenzaun winkend, wieder zu sich bitten würde.

Tagebuch

Mit der Vergangenheit die Gegenwart einer Zukunft leben ist Gleichzeitigkeit und Freiheit. Stimmt das?

Heute Morgen, als ich aufwachte, habe ich versucht, meine Träume zu erinnern. Es kamen nur bruchstückhafte Erinnerungen hoch, ein Gefühl von, wie ich es nenne, Existenzangst, auch als Einsamkeit zu beschreiben. Ich stelle mir vor, dass es kleinen Kindern so geht, wenn sie von der Mutter alleine gelassen werden. Ein wenig Hilflosigkeit war dabei.

Wahrscheinlich ist das Gefühl zum ersten Mal nach meiner Geburt entstanden. Es ist alt und tiefsitzend und schnell untergetaucht ins Unbewusste. Ich war wieder an der Oberfläche und – wie ich jetzt erkenne - ohne Kontakt zu diesem Gefühl aus dem Unbewussten. Ich weiß nicht recht, wie der Kontakt sich überhaupt anfühlt, die Schwelle, die Brücke oder Verbindung von Bewusstsein und Unbewusstsein.

Wie ist die Struktur des Beziehungsgeflechtes, in dem ich stehe, die ich mir schaffe, die sich aber aus nicht angeeigneten Momenten entwickelte und die weiter wächst?

Das zweite Leben der Hannah

„Hannah war seit fünf Jahren von Hans geschieden. Ihr Baby, von dem ich dir letztes Mal erzählte, war inzwischen eine junge Siebzehnjährige. Sie lebten in einer Wohngemeinschaft mit einer Frau und einem kleinen Jungen. Hannah verabredete sich gelegentlich zu einem sexuellen Abenteuer, sie musste keine Rücksicht auf einen Ehemann nehmen. Ihr Beruf machte ihr Freude, sie spielte Tennis, reiste, ihre Freundschaften pflegte sie. Sie traf sich gerne mit dem liebenswerten und verrückten Psychiater Roland aus München der mit ihr, nach seiner Scheidung, leben und arbeiten wollte, was sie nicht wollte. Von ihm habe ich dir nichts erzählt oder? Egal.

Hannah war nicht unzufrieden, aber diese Sehnsucht, wonach, wusste sie auch nicht, blieb. Sie fühlte sich einsam.

Hier die Geschichte, quasi eine Einführung von Simon in Hannahs Leben."

Alma las vor. Ich glaube, es war ihr wichtig.

Grenzland

Sie war so anders und wir, ihre Freunde, verstanden sie nicht wirklich. Sie gehörte zu uns, eine schöne Frau, die wir gerne einluden und die selten mit uns kam. Ihr, die ihre Einsamkeit zu verteidigen wusste, zu begegnen, kostete Mühe und führte bei einigen zu Ungeduld und Abkehr. Niemand wollte sich ihr aufdrängen, wenige bemühten sich um sie. Sie rieben sich leicht wund an ihrer rauhen Wand. Wer wollte das schon. Ihr Grenzland war geschützt, niemand sollte die Tür öffnen, der nicht eingeladen war. Und sie lud selten ein. Das machte einigen

Verdruss. Weiß sie nicht, dass wir sie gerne haben? Denkt sie, dass niemand eintreten will, hat sie Angst, dass wir Schaden anrichten, ihr Lebensraum stehlen?

So sprachen ihre Freunde. Sie wussten es nicht. Sie standen manchmal vor der Grenze, an der Mauer mit kleinen Lücken und riefen: Komm mit uns. Sie antwortete nicht. Doch gelegentlich kam sie durch das schön geschwungene Eisentor, das sie sorgfältig auf- und zuschloss, mit. Sie drängelten sich dichter aneinander, wenn sie sie in ihre Mitte nahmen. In der Weite ihrer Einsamkeit konnte man sich verloren fühlen.

Sie hörten sie manchmal in ihrem Grenzland lachen oder weinen, schauten ihr durch die Mauerlücken heimlich zu, wenn sie tanzte und sang, und dann war es wieder still, sie drehte sich um und verschwand für viele Wochen. Alles erlosch.

Eines Abends, bei einem ihrer seltenen Treffen mit den Freunden in einem Café, stand dieser Mann plötzlich vor ihr, schaute sie erstaunt an, als kenne er sie schon lange und habe sie endlich gefunden, blieb ihr den ganzen Abend nah. Die Freunde schien er nicht zu bemerken. Dieser Fremde war ihr auf verblüffende Weise ähnlich mit seiner leisen Stimme, seinem bescheidenen Auftreten. Sie redeten und schwiegen miteinander, lachten in einer Vertrautheit, die alle überraschte. Ihre Wangen waren gerötet, auf ihrem Gesicht zeigte sich Neugier und Freude. Sie schenkte ihm ihre ganze Aufmerksamkeit. Die Freunde waren nur noch Nebenfiguren aus einer anderen Welt. Ihre Erscheinung, nach wenigen Stunden neben diesem Fremden, war so bunt, als habe sie ihr Selbstbildnis mit Temperafarbe neu gemalt und alle schwarz-weiß Bilder, die sie so schätzte, verbannt.

Als sie auf dem Nachhauseweg vor dem Eisentor ankamen, fragte der Fremde, ob sie ihm den Eintritt in ihre Welt erlaube. Sie erschrak, schaute irritiert zu Boden, dann wieder auf das Tor und die Mauer, sah Lücken darin, die ihr früher nicht aufgefallen waren. Sie ahnte die Gefahr, der sie sich aussetzen würde, wenn sie die Öffnung zu ihrem Grenzland preisgibt. Warum füllten sich ihre Augen jetzt mit Tränen, warum wurde es so still? Das schöne Eisentor war nur angelehnt. Alle konnten es sehen. Die Freunde standen stumm, nahmen ihre Blicke zurück.

Ihre Augen wandten sich dem Fremden zu, der seinen Blick nicht zurücknahm, auf ihre Antwort zu warten schien.

Und sie deutete langsam auf die Mitte der Innenfläche ihrer Hände, wartend, ob er sie verstand. Er zögerte, sah auf ihre Hände, behutsam berührte er die Innenflächen mit seinen Fingerspitzen, legte seine Hände auf die Ihrigen, umfasste sie mit einer Sanftheit, die sie zittern machte. Sie ließ ihre Augen mit seinen zusammenwohnen, konnte ihre Empfindungen in diesen Augen-Blicken nicht zurückdrängen, die Wünsche berührten einander, während die Zeit in den Weiten ihres Grenzlandes stillstand.

Als es für die Freunde schon unerträglich wurde, weil niemand sich bewegen konnte oder etwas sagen konnte, führte sie den Mann durch das jetzt weit geöffnete Tor. Sie drehte sich noch einmal zu den Freunden um, überrascht, als sie bemerkte, dass in deren Augen Tränen schimmerten, die den ihren verwandt waren.

Die Freunde verschluckte die Dunkelheit. Und ihr fernes Lachen klang wie verhallendes Echo.

Alma schwieg.

„Eine schöne und seltsame Geschichte. Darf ich sie mitnehmen", fragte ich.

Alma nickte. Ihre Wangen schimmerten rosa, als sie weiter sprach.

„Und dann veränderte sich alles.

Hannah und Simon trafen sich an den folgenden Wochenenden im Elsass. Hannah war mehr und mehr fasziniert von diesem Menschen. Simon und sie verliebten sich beängstigend schnell. Sie hatten wunderbaren Sex und diskutierten und lachten und sehnten sich schon beim Abschied wieder nach dem jeweils anderen. Die Männer der Vergangenheit, sie waren nicht mehr wichtig, verschwanden im Orkus der Geschichte, verblassten zu reglosen Statuen.

Ich will ein Kind mit dir, sagte Simon eines Tages. Sie lebten seit einem Jahr in einem kleinen Schweizer Dorf zusammen. Es ging ihnen gut miteinander. Sie erschrak über diese klare Botschaft und die damit verbundene, verantwortliche Bindung an Simon und an ein zweites Kind.

Hannah grübelte, träumte in der Nacht von Zügen und unübersichtlichen dunklen Wegen.

Viele Gedanken liefen kreuz und quer in ihrem Kopf.

Sie verwirrte sich mit Ängsten, überlegte alternative Lebenspläne, schwieg. Im Auf und Ab der psychischen Zustände gewann sie nur langsam wieder an Stabilität.

Sie träumte in einer der folgenden Nächte von einem Papierdrachen am Himmel, an den eine Frau und ein Mann gefesselt wunderbare Landschaften überflogen. Als sie aufwachte, wusste sie, dass sie diesen Mann heiraten würde und kaufte sich noch am gleichen Tag ihr langes Hochzeitskleid aus rostfarbenem Satin.

Und dann wurde sie mit diesem Drachengefährten getraut, ohne rostfarbenes Hochzeitskleid, da Hannah im neunten Monat schwanger war, was jetzt von beiden so gewünscht war. Die standesamtliche Trauung fand im gemütlichen Wohnzimmer des Angestellten der eidgenössischen Behörde in dem kleinen Schweizer Dorf statt. Der alte, nette Herr wies Hannah, sich fast entschuldigend, auf das Schweizer Gesetz hin, nach dem die Frau für alles zuständig sei, was im Haus notwendig zu erledigen ist, und der Mann zuständig für alles außerhalb des Hauses und ergänzte dann etwas verlegen, dieses Gesetz würde in Kürze geändert werden.

Ich weiß bis heute nicht, ob das Gesetz geändert ist", sagte Alma lachend und fuhr fort.

„Das Leben mit Simon und den beiden Kindern wurde Alltag. Hannah und Simon waren gerne Eltern. Ängste und Unsicherheiten wurden durch manchmal heftige Diskussionen und immer wieder mit Liebe besiegt. Hannah arbeitete als Psychologin, Mutter, Ehefrau, Hausfrau. Sie war mit Simon oder alleine oder mit einer oder beiden Töchtern in Spanien, Italien, Frankreich, Griechenland, Namibia, Costa Rica unterwegs.

In Costa Rica reisten Hannah, Simon und die beiden Mädchen für zwei Wochen in diesem wunderbaren Land umher. Hannah war mit einem Guide, mit dem sie sich angefreundet hatten, im Corcovado Dschungel unterwegs. Die beiden Mädchen waren bei Simon in Heredia geblieben.

Eine wunderbare Zeit."

Alma schwieg und schien in der Vergangenheit gegenwärtig.

Dann hob sie plötzlich warnend den Zeigefinger und sagte mit wichtiger Miene:

„Aber, das musst du wissen: Das Alter von Kindern zwischen vierzehn und achtzehn, zuerst Hannahs ältere Tochter und später die zweite, ist wie eine Baustelle mit dem Schild, BETRETEN VERBOTEN. Rauchen, Partys, Verlieben, Dramen, Bier, Pille, Sex sind die wichtigsten Begleiter dieser Phase. Schule oder Ausbildung laufen, wenn Eltern und Kinder Glück haben, erfolgreich nebenher.

Eine kleine lustige Geschichte will ich dir erzählen, aus der Zeit, als Hannah mit ihrer älteren Tochter noch alleine lebte. Sie war fünfzehn geworden.

Wie das so ist mit Fünfzehnjährigen, die freiwillig eine Schulpflicht absolvieren müssen. Die Begeisterung hielt sich in engen Grenzen, wenn es Montagmorgen war und der Wecker nervte.

Auch für die Mutter.

Hannah hatte verschlafen und zog schnell den braunen, wenig eleganten Velourbademantel über, schlüpfte in die altersschwachen Pantoffel und rührte schon mal den Kakao an.

Tochter, höchste Zeit, aufstehen, komm schon, der Kakao ist fertig, rief sie. Danach rüttelte und schüttelte sie die Tochter, als müsste diese aus einer Ohnmacht aufwachen. Da sie nicht ohnmächtig war, knurrte und brummte sie: Lass mich nur noch fünf Minuten. Sicher hatte sie gestern Abend bis in die Nacht hinein Musik gehört. Auf dem Boden lagen Schallplatten von „Jethro Tall" und der Gruppe „Augenweide" neben Klamotten im Indien Look. Eine Augenweide war das für Hannah nicht. Aber indische Kleider waren ihr im Moment egal. Sie musste sich etwas ausdenken, damit dieses Kind schnell aufstand.

Hey, die Katze versucht, den Vogelkäfig aufzumachen, komm schnell.

Was? Mit einem Satz war die Tochter aus dem Bett.

Die Katze hatte sich davon gemacht, der Vogel flatterte lustig zwitschernd im Käfig. Ihre wunderbare Tochter verzieh der Mutter großzügig.

Die Zeiger der Uhr waren gnadenlos. Noch drei Minuten bis zur Busabfahrt, die Haltestelle, Gott sei Dank, in der Nähe. Hoffentlich hat er heute mal Verspätung, betete Hannah laut. Die Erwachsenen sollten lernen, mehr zu genießen, die Busfahrer könnten doch auch mal fünf Minuten länger im Bett bleiben, schimpfte ihre fast erwachsene Tochter und kippte im Stehen den letzten Schluck Kakao hinunter, rannte die Treppe runter, rannte sie nach zehn Sekunden wieder hoch.

Der blöde Busfahrer hat nicht mehr angehalten, obwohl er mich gesehen hat, fauchte sie die Mutter an. Fahr mich, mach schon, wir können ihn überholen, schnell, wir schreiben Mathe in der Ersten.

Der Schlüssel lag, ungewöhnlich, am richtigen Platz. Sie hasteten zum bunten „R-Vier", orange zum größten Teil, blauer Kotflügel, weiße Tür, geliebt und zuverlässig, vor der Haustür.

Die Jagd begann. Das Aufheulen des Motors, das Kräftemessen zwischen R-Vier und Bus kam der Verfolgungsjagd in „Bad Boys" durch San Franzisco schon ziemlich nahe. Sie schafften es nach drei Kilometern, den Bus zu überholen und rasten mit Vollgas in die Hauptverkehrsstraße auf die angepeilte Bushaltestelle zu.

Aber was war das, oh Gott nein, der Motor, er tuckerte, stotterte, verstummte, rollte langsam aus. Sie standen still. Fünfzig Meter vor der Haltestelle. Mitten auf der von Autos und Menschen belebten Straße.

Der Tank, leer!

Mein Gott wie peinlich, stöhnte die Tochter.

Keine Chance, etwas anderes zu wollen als aussteigen, Kofferraum auf, Ersatzkanister raus, Ärmel des Morgenmantels hochkrempeln um den durstigen Liebling unter den spöttischen Augen grinsender Passanten, denen Hannahs wärmende Pantoffel und der braune Velourmorgenmantel nicht entgangen waren, zufriedenzustellen.

Die Tochter rannte, ohne sich zu verabschieden oder sich noch einmal umzuschauen, der peinlichen Mutter davon und erreichte in letzter Sekunde den Bus.

Ähnlich peinliche Situationen erzählte später die jüngere Tochter bei Familienfesten, als die Mutter Essen in einem Restaurant zurückgehen ließ, das abscheulich schmeckte, mit der Bemerkung:

Wenn ich es schon bezahlen muss, dann muss ich es nicht auch noch essen.

Mütter können ja so peinlich sein."

Alma lachte, stand etwas mühsam aus ihrem Sessel auf und räumte alles vom Tisch. Helfen durfte ich ihr heute nicht.

„Ich muss in Bewegung bleiben", betonte sie.

Ich sollte jetzt gehen, dachte ich, packte mein Aufnahmegerät ein.

Alma ging nochmal zu ihrer schwarzen Stoffmappe.

„Möchtest du die Geschichte aus Costa Rica mitnehmen?"

„Ja, gerne."

„Bis nächste Woche", sagte sie müde.

Eine kurze Umarmung. Dann schloss sie die Tür hinter mir.

Im Corcovado-Dschungel von Costa Rica

Seit kurzem ist im Corcovado-Dschungel ein Tourguide nicht mehr Vorschrift, lese ich. Ich freue mich. Von der überwältigenden Natur im Urwald träume ich schon lange, ohne andere Touristen und ohne den ausgetretenen Pfaden eines Guide folgen zu müssen. Allerdings haben viele mich gewarnt, dass jedes Jahr mehr als 50 Menschen in den Urwäldern verloren gehen, keiner weiß so genau, wie und warum, und, ich lasse mich warnen. Roberto, ein costa-ricanischer Freund, will mich begleiten. Wir, Simon und ich, waren in verschiedenen Regionen Costa Ricas öfter mit ihm unterwegs: Im Tortugero, dem Nationalpark an der nicaraguanischen Grenze, mit einem Boot auf weitverzweigten Kanälen durch dichten Urwald.

Er schwankte mit uns in 1800 m Höhe über die Hängebrücke im Nebelwald von Monteverde im Landesinneren.

Er war es, der mir ein exotisches Getränk in einer Bar an der karibischen Küste empfahl, agua de sapo, das mir zwei Tage Übelkeit und Erbrechen bescherte. Der europäische Magen scheint für einige exotische Köstlichkeiten aus Costa Rica wenig geeignet.

Ich bin schließlich einverstanden, nicht alleine den Dschungel zu durchstreifen.

Roberto und ich bereiten uns auf die Wanderung im Dschungel vor.

Der Corcovado ist der letzte große zusammenhängende tropische Regenwald und der biologisch vielfältigste/ artenreichste Platz der Erde, lese ich im Costa Rica Führer. Begeistert und abenteuerlustig machen wir uns auf den Weg in den Süden, zur Halbinsel Osa, die fast ganz von Urwald bedeckt ist.

Wir müssen, wie man uns an einer Rangerstation am Rand des Dschungels erklärt, vor dem Ende unserer Route eine Flussmündung durchqueren, was nur bei Ebbe möglich ist, also die angegebenen Zeiten genau einhalten. Bei Hochwasser warten Haie und Krokodile auf uns am Ufer – wunderbare Aussichten! Auch intensiv nach Zwiebeln riechende Peccaries, eine Art Wildschweine, die meist in großen Gruppen umherstreifen, werden uns begegnen und uns angreifen, wenn sie sich bedroht fühlen. Da helfe nur die Flucht auf einen Baum. Auch Schlangen und Myriaden von Insekten und wilden Bienen wollen nur ungern von uns Eindringlingen in Ihrem Refugium gestört werden, unterrichtet man uns.

Und was tun bei einem Schlangenbiss, denke ich, frage aber nicht mehr nach. Ich will nicht als Angsthase gelten.

Klingt so schon nach ausreichend Abenteuer und scheint, bei aller Liebe zur ursprünglichen Natur, nicht so harmlos, wie ich mir das vorgestellt hatte.

Trotzdem, wir packen unsere Rucksäcke, vor allem Insektenspray, genügend Wasser, die tropische feuchte Hitze wird uns viel Schweiß kosten, gesalzene Kekse, Nüsse und Süßes zum Lutschen ein, Stirnlampen sollen wir nicht vergessen, wird uns gesagt, warum wir die brauchen, ist mir nicht einsichtig.

Um acht Uhr am anderen Morgen gehen wir von der Rangerstation, mit Plan und ohne Guide, voller Abenteuerfreude los.

El sonido de la selva, der Klang des Urwaldorchesters, das sich zusammensetzt vor allem aus Insekten und Vögeln, den Aras, wilden Papageien, den Brüllaffe; es ist so laut, dass wir manchmal Schwierigkeiten haben uns zu verständigen.

Wir bleiben immer wieder auf unserem Pfad stehen und staunen, was sich, nur für uns, wie ich mir gerne einbilde, vor unseren Augen und Ohren entfaltet.

Die kleinen Kapuzineraffen schauen, hoch oben auf den Zweigen der Urwaldriesen turnend, interessiert, wer sich da unten herumtreibt.

Peccarias, die nach Zwiebeln stinkenden Wildscheine, haben uns, zum Glück, noch nicht aufgespürt.

Ein Ozelot jagt, keine zwanzig Meter von uns entfernt, eine Art Kaninchen. Wir haben Glück, sagt Roberto, denn einen Ozelot bekommt man höchst selten zu sehen.

Schlangen scheinen vor uns zu flüchten, weil wir energisch auf den Pfaden rumstapfen.

Die Insekten mögen unser Spray nicht, damit geht es uns nicht so schlecht, wie ich befürchtet hatte.

Aber wir erinnern uns, nach einigen Stunden Umherstreifen und Bewundern der ungewöhnlichen Pflanzen- und Tierwelt, um sechs Uhr wird es in Costa Rica dunkel und im Urwald wegen des dichten Blätterdaches noch früher, und wir haben nicht vor, im Urwald zu übernachten. Wir müssen die Flussmündung vor Dunkelheit erreichen.

Unser Schritttempo hat sich jetzt verdoppelt.

Aber die Zeit läuft uns davon, sie scheint andere Wege zu bevorzugen als wir.

Trotz ausführlichem Plan wissen wir, nach weiteren, anstrengenden vier Stunden Wanderung und wunderbaren Pausen unter dem Blätterdach der Baumriesen, nicht mehr, wo es weitergeht.

In einer Stunde ist es dunkel und wir sollten vorher bei Ebbe den Fluss erreicht und durchquert haben, den wir aber nicht finden!

Haben wir uns etwa verlaufen?

Leise Angst schleicht sich in meine Gedanken, breitet sich im ganzen Körper aus. Mein Gehör schärft sich, meine Augen versuchen, die aufkommende Dämmerung zu durchdringen. Die Gerüche der modrigen, feuchten Pflanzen um uns bedrängen meine Nase. Alle Sinne laufen auf Hochtouren. Robertos Miene zeigt keinerlei Verunsicherung oder Angst, was meine Angst nicht schmälert.

Als die kurze Dämmerung uns erreicht hat, kommen unsere Stirnlampen zum Einsatz, und wir müssen jetzt entscheiden, wie und wo es weitergeht, was wir tun können. Roberto ist der Mutigere, scheint seine aufkommende Verunsicherung gut unter Kontrolle zu haben. Er ist Costaricaner und tröstet mich mit leisen spanischen Worten, die man Kindern sagt, wenn sie sich in der Dunkelheit fürchten.

Im Licht der Stirnlampen huschen Insekten und Vögel vor uns her.

Das Gekrächzte der grellbunten, jetzt eher dunklen Araspapageien und das laute Singen und Zwitschern der exotischen Vögel verabschieden den Tag oder locken die Nacht.

Skorpione laufen am Boden. Fette Kröten springen über den Weg und schreien. Murcielagos, meine Lieblingssäugetiere, die Fledermäuse, schwärmen aus und ich versuche, um mich abzulenken, große und kleine zu unterscheiden, schließlich war ich im Fledermausmuseum in Monteverde und habe sie zu meinen Lieblingssäugetieren ernannt.

Brüllaffen scheinen in der Nähe zu sein. Sie sind harmlos, wie ich weiß, aber mit ihrem seltsamen Brüllen hören sie sich für europäische Ohren, besonders in der Dunkelheit, überaus bedrohlich an.

Laute und leise zischende und scharrende Geräusche, die ich nicht zuordnen kann, scheinen sich zu vermehren. Alle Geräusche haben sich auf merkwürdige Weise verstärkt. Irgendwann übertönt mein lauter Herzschlag mein überspanntes Gehör und ich lege erschöpft meinen Rucksack auf die dunkle feuchte Erde neben Robertos Rucksack.

Was können wir tun, frage ich mit zittriger Stimme.

Es sieht so aus, dass wir doch übernachten müssen, sagt er und packt ein kleines Zelt und zwei Folien, Überlebensdecken, aus seinem Rucksack aus.

Das reicht für uns beide, sagt er ruhig. Hat er sowas immer unterwegs dabei, denke ich? Rechnet er mit Katastrophen? Ich frage nicht, aber beruhigen kann mich das alles nicht.

Das Zelt wird auf dem schmalen Pfad aufgebaut.

Damit wir gefunden werden, falls jemand, hoffentlich, nach uns sucht, jagen sich meine Gedanken.Am liebsten würde ich mich in eine Baumgabel legen oder hängen, um den Wildschweinherden, den

Schlangen und den Schreckgespenstern der Dschungelnacht zu entgehen, sage ich leise, schon etwas panisch.

Du willst mit den Brüllaffen in den Bäumen gemeinsame Sache machen, lacht Roberto, die Wildschweine sind abends müde, beruhige dich, das kleine Zelt schützt uns gut.

Und er schichtet Laub aufeinander, um den feuchten Boden abzudecken und zu polstern.

Die beängstigenden, unbekannten Geräusche während der tiefen Dunkelheit in der Nacht locken mich in Bilder und Empfindungen hinein, sodass ich Traum und Wirklichkeit bald kaum noch unterscheiden kann. Das leise Schnarchen von Roberto vermischt sich mit dem Schreien von Nachtvögeln und dem Knacken und Scharren rund um unser Zelt. Ein schwarzer Puma schleicht sich in meinen Traum und starrt mich mit großen gelben Augen an. Lauernde Krokodile am Rand eines Flusses sperren träge ihr Maul auf. Ihre Schuppenpanzer blitzen im gleißenden Sonnenlicht.

Ich stehe starr vor Erstaunen und Angst an einem Flussufer.

Wo ist Roberto?

Ich weiß, wenn ich jetzt unsichtbar werde, kann ich den Fluss durchschwimmen und zu der kleinen Hütte am anderen Ufer gelangen. Ich könnte vielleicht über den Fluss fliegen, denke ich. Auf jeden Fall muss ich aber vorher in die Traumwelt gelangen, in der doch, wie ich weiß, so etwas möglich ist.

Aber ich kann mich nicht von der Stelle bewegen.

In welcher Welt treibe ich mich gerade rum?

Plötzlich bekomme ich einen Stoß von hinten und schreie, weil ich in den Fluss falle. Ich werde durchgeschüttelt, schreie und rudere hilflos mit den Armen, fürchte zu ertrinken oder von den Krokodilen entdeckt zu werden.

Jetzt höre ich meinen Namen aus weiter Ferne, Roberto steht am anderen Ufer und ruft meinen Namen, noch mal und noch mal. Todo bien, todo bien. Alles gut, alles gut!

Ich kann die Augen öffnen.

Roberto neben mir, schüttelt mich und ruft, als sei ich woanders als in diesem Zelt. Ich könnte ihn umarmen vor Glück.

Es ist bereits hell, so gut es eben im Dschungel geht. Wir machen uns, nach Wasser und Keksen, voller Zuversicht und neuem Mut wieder auf den Weg. Wir folgen einfach dem Pfad weiter, sagt Roberto.

Ich vertraue ihm.

Nach zwei ewig langen Stunden erreichen wir einen Fluss, an dessen Ufer eine kleine Hütte steht. Die kenne ich, sage ich zu Roberto und erzähle ihm meinen Traum. Nach weiteren zwei Stunden Aufenthalt in der Hütte, wir müssen Ebbe abwarten, können wir den Fluss, der fußtief ist durchwaten. Krokodile und Haie meiden uns und wir sie.

Der Pfad wird breiter. Und der Urwald lichtet sich.

Als wir bei der Rangerstation ankommen, hatte uns niemand vermisst, sie glaubten, wir seien gestern zu einer anderen Station gewandert. Wahrscheinlich wollten wir das auch.

Gehen so Menschen im Urwald verloren, fragten wir uns.

Ich finde ein Gedicht zwischen den Blättern:

Costa Rica
Das eingegrenzte Paradies,
an dessen Tore Engel neben Teufeln Wache halten.
Ich bin willkommen.
Der Wind streicht durch die Zeit, die in der Hitze zögernd schwer vergeht.
Die Steine schlucken zu viel Sonne für meine nackten Sohlen.
Palmen, Guanacaste, Indiodesnudo bleiben aufrecht, wenn die junge Erde bebt.
Avocadobäume tragen reiche Früchte, beugen sich dem Wind.
Faultier, Affe, Leguan, Murciélago und Krokodile,
Tapir, Ozelot und Gürteltier, der Urwald nährt sie alle.
Ich sehe Menschen ohne Hoffnung am Tor des Paradieses.
Mit scheuem Blick verweigern Engel Zutritt, und Teufel kennen kein Erbarmen mit Menschen ohne Zukunft
im eingegrenzten Paradies.
Costa Rica

Während ich alles aufschreibe, wächst die Sehnsucht in mir nach diesem wunderbaren Land.

Tagebuch

..... Die vergehende Gegenwart hat das gleiche Schicksal wie die gegenwärtige Vergangenheit: sich an einer nicht vorhandenen Zukunft zu orientieren. Die Vision in die Zukunft, aus der Gegenwart entstanden, bevor die Zukunft beginnt, kommt dort nie an, ist für immer gegenwärtig, wie das Bewusstsein nur gegenwärtig erfahren werden kann. Ich kann Bewusstsein denken, dass ich es in der Vergangenheit hatte, in der Zukunft haben werde, aber ich kann es nicht erinnern, nicht im Voraus erfahren.

Ich bin nicht die, die ich sein könnte, weil ich bis in die nicht auffindbare Gegenwart die bin, die ich wurde. Wenn ich mich frage, ob ich die bin, die ich sein will, kann ich nicht antworten, weil ich die nicht werden konnte, die ich nicht bin. Ich bin die, die ich bin.

Werde ich die werden, die ich sein könnte?

Die Verweigerung, die Begrenzung, die Freiheit, dem eigenen Leben sich versagen, trotzig entgegenstemmen, rational untermauern, was wir scheuen, was wir mit Angst unterlegen, die Sprache, ein Puzzle aus Wörtern, zusammengesetzt zu dem Bild, das schon immer vorhanden war, entstanden aus zufälligen, erzwungenen, emotionalen Kombinationen von Wörtern, Gedanken, Wahrnehmungen, Sichtweisen, Situationen – kurz Erfahrung genannt?

Dem Leben sich versagen? Jedes Tun ist Auswahl und damit Begrenzung. Dadurch versage ich mich allem, was dieses Tun nicht umfasst. Herkömmlich, so wie es daherkommt, das Leben, die Meinungen, das, was sich materialisiert hat, herkömmlich, versage ich mir, weigere ich mich, das anzunehmen, was in meiner Begrenzung mir nicht entspricht, nicht zu mir gehört.

Wie ist mein Beziehungsgeflecht?

Die Beziehung zu einem Mann, den ich nicht lieben durfte, - die Beziehung zu einem Beruf, den ich mit vielen ungelösten Fragen ausübte, - die Beziehung zum Alltags–Ich, den Freunden, der Familie, den Büchern, meiner Wohnung und zuletzt die Beziehung zu mir in all diesen Beziehungen.

Kaum überschaubar, kaum zu verstehen.

Die Außer-Haus-Frau

Alma erzählte mir während ihrer sicher anstrengenden Gartenarbeit im Sommer und Herbst wenig. Ich fing an, ihre Geschichten zu vermissen und freute mich, als sie mir eines Tages wieder zuwinkte und mich zum Abendbrot einlud.

Ich glaube, wenn Alma in die Vergangenheit eintauchte, tat sie es auch, um sich von den Geschichten, die sich in ihrem Kopf tummelten, zu befreien, als ob die vielen Geschichten sich gegenseitig behindern oder miteinander konkurrieren würden.

Sie erzählte mir über viele Tage immer wieder von Greta, der Psychologin, deren Leben sie so gut zu kennen schien. Entsprach alles so, wie sie es mir erzählte, der Wahrheit? Ich weiß es nicht.

Sie sagte öfter:

„Ob sich alles genauso ereignete, ist nicht wichtig. Unsere Erinnerungen sind so zuverlässig wie die Zeitabläufe, die wir subjektiv erleben".

Bevor sie mit der Geschichte von Greta begann, schaute sie mich prüfend an. Ich wusste, dass sie wissen wollte, ob ich weiterhin alles aufschreibe. Nachdem ich es ihr zugesichert und das Aufnahmegerät angeschaltet hatte, setzte sie sich in ihren bequemen Sessel am Fenster und begann.

„Greta, wie ich sie nennen will, hatte ihr Studium in Psychologie abgeschlossen und es schmeichelte ihr, die Stelle einer Assistentin am kriminologischen Institut der Universität in einer Großstadt angeboten zu bekommen, frisch diplomiert und ahnungslos, was sie dort arbeiten sollte.

Als sie sich nach zwei Jahren genug Kenntnisse über Untersuchungen im Strafvollzug und Poppers „Logik der Forschung" erworben hatte und nicht länger alleine am Schreibtisch sitzen und theoretische Abhandlungen über Sinn und Unsinn der Resozialisierung erarbeiten wollte, bewarb sie sich als ´Klinische Psychologin` in einem Krankenhaus für Kinder und Jugendliche.

Greta hatte sich nach dem zweijährigen Umweg über eine mögliche Universitätskarriere für den Beruf der Psychotherapeutin entschieden. Warum? Sie wusste es nicht so genau. Sie sei in diesen Beruf hinein geschlittert, ohne zu wissen oder zu ahnen, was sie erwarten würde.

Ihr Interesse an klinischer Psychotherapie erklärte sie später einmal so: *Aus einem vielleicht unbewussten Bedürfnis heraus, mich nicht mehr so hilflos bei Problemen zu fühlen, die ich als Kind bei familiären Streitigkeiten unerträglich fand und die sich ja bis in die eigenen Erwachsenenstreitigkeiten hineinziehen. Ich wollte Lösungen finden und anderen Menschen helfen. Psychotherapeutische Behandlungen von Kindern und Jugendlichen.*

Also Klinikarbeit. Während des Studiums hatten die StudentInnen wenig Praxisbezug zum Klinikalltag. Vielleicht ist das heute anders, ich weiß es nicht", bemerkte Alma.

„Psychotherapie. Was für eine seltsame Beschäftigung. Diese Fragen diskutierte sie mit FreundInnen und KollegInnen, in den siebziger Jahren, in der die gesamte Psychologie in Frage gestellt wurde:

Helfen ist ein Grundbedürfnis des Menschen in Gemeinschaft, dem konnten alle zustimmen.

Aber muss man das Helfen zu einem Beruf machen, den man sich bezahlen lässt?

Probleme, die zum Beispiel in der Familie auftreten, außerhalb der Familie mit einer fremden Person lösen zu wollen, ist doch etwas befremdlich.

Was stimmt mit unseren Familien nicht?

Und nicht zu vergessen: Wir nehmen unsere ganze Familie ja mit in eine neue Beziehung.

Warum schauen wir uns unsere eigene Rolle in der Familie, unsere Beziehung zu Vater, Mutter, Geschwistern nicht gründlich an und durchleuchten sie, bevor wir eine eigene Familie gründen?

Oder Menschen, die im Beruf versagen, sollten sie mit Hilfe der Psychologie wieder fit gemacht werden?

Wie können Psychofachleute politisch korrekt arbeiten?

Ist diese Arbeit gesellschaftlich relevant?

Erziehung anstatt Beziehung ist die alte Norm und wir wollen uns diesem Diktat nicht mehr anpassen.

Beziehung anstatt Erziehung ist unser Credo.

Dies und noch mehr diskutierten sie. Die Diskussionen konnten sich bis in die Nächte erstrecken. Ihre Köpfe rauchten.

Greta bewarb sich in einer Klinik für Kinder und Jugendliche. Es entsprach nicht der Norm in dieser Zeit um 1972, dass eine Psychologin in einer Kinder- und Jugendklinik eingestellt wurde. Sie betrat absolutes Neuland, auf dem die Ärzte ihr nur wenige Zentimeter Platz ließen.

Und sie war voller Ideale und ein wenig naiv.

Alles in dieser Klinik, in der sie sich vorstellte, roch steril und langweilig. Wo waren das Kindergeplapper, die laute Musik der Jugendlichen, die bunten Bilder an den Wänden und die Atmosphäre von Leichtigkeit im Umgang mit den Patienten und im Umgang miteinander?

Die Oberschwester bat Greta an ihrem ersten Arbeitstag in die Wäschekammer, um ihr einen passenden weißen Kittel auszusuchen.

Sie sind die neue Psychologin? Dann kommen sie doch gleich mal mit zur Anprobe.

Anprobe?

Ja, sie brauchen doch einen Kittel oder wollen sie in Straßenkleidung arbeiten?

Ja, ich weiß nicht.

Was haben wir denn da! Die Oberschwester schob die aufgereihten unterschiedlichen Kittelmodelle auf den Kleiderbügeln hastig hin und her und murmelte dabei: Sekretärinnen, Schwestern, Praktikanten, das geht ja alles nicht, Ärzte, Oberarzt, Chefarzt, geht nicht. Aber was nehmen wir denn dann? Sie war ratlos. Alle Kittel hatten ihre Erkennungsmerkmale. Was also tun? Die Oberschwester sah, während sie immer nervöser wurde, ständig in dem großen Spiegel in ihr ratloses Gesicht, sie konnte selbst nicht glauben, was sie hier erlebte. Keiner der nach Hierarchie aufgereihten Kleidungsstücke wollte sich als geeignet zeigen. Den Psychokittel gab es nicht. Die Hierarchie hatte ein Leck!

Ich glaube, ich möchte überhaupt keine dieser Uniformen, denn nichts anderes ist das doch, sagte Greta leicht genervt.

Diese Psychologin verweigert sich. Das geht aber überhaupt nicht. Aber selbst entscheiden, in welcher Bekleidung sie den Kindern und Jugendlichen begegnen könnte? Nein!

Die Oberschwester meinte, ein Gespräch mit dem Chefarzt, sei unumgänglich!

Wie Greta bald bemerkte, betrachtete die Oberschwester immer noch, während sie sprach, ihr Gesicht im Spiegel.

Ob sie Patientin bei mir werden wird, lachte Greta lautlos.

Als Greta kurz darauf dem großen, schlanken Professor gegenüber saß, sah sie in kleine wässrige Augen, die aus einem hoch bis zum Kinn zugeknöpften, schneeweißen Kittel herausschauten und sie distanziert musterten.

Ja, so muss es sein, dachte sie, zugeknöpft bis unter die Augen.

Da der Professor keine Lösung für ihre, während der Arbeit mit Kindern und Jugendlichen doch so wichtige Uniformierung wusste und sie wiederholte, ein weißer Kittel komme für sie nicht in Frage, schwieg der oberste Kittelträger. Und die Psychologin rutschte in den Augen von Sekretärinnen, Schwestern, Praktikanten, Ärzten, Oberarzt und Chefarzt schnell nach unten auf der Hierarchieleiter oder richtiger: Sie gehörte einfach nicht wirklich dazu. Ihr fehlte die Anerkennung über die Uniform.

Ich werde mir über andere Merkmale einen Platz in der Klinik schaffen, dachte sie und zog von dannen.

Kein guter Start, würde ich sagen", lachte Alma", aber das war Greta egal."

Die Psychologin kämpft

„Der Psychologin wurde, ob zur Strafe für ihre Verweigerung einer Verkleidung, wie sie es sah oder aus tatsächlichem Platzmangel, nur ein kleiner Raum im Untergeschoss zugewiesen, gerade groß genug für den Schreibtisch und zwei Stühle. Sie machte sofort am nächsten Tag einen Termin mit dem obersten Kittelträger, der die Dienstaufsicht, aber zum Glück nicht die Fachaufsicht über sie hatte, woran sie ihn, im Laufe der Jahre, einige Male erinnern musste.

So geht es nicht. So kann ich nicht arbeiten. Wie und wo soll ich mich mit Kindern oder mit Jugendlichen treffen, mit ihnen spielen, malen und Tests durchführen, mit den Eltern sprechen?

Wir müssen alles, was sie brauchen in der Verwaltung beantragen, das ist nicht so einfach, fertigte der oberste Kittelträger sie schnell ab.

Der Ärger zog wieder in ihre Stimme, als sie dem Verwaltungschef gegenüber saß und ihren Vertrag von zunächst drei Monaten Probezeit unterschreiben sollte.

Ich brauche wenigsten drei weitere Stühle, einen zweiten Tisch, Spielmaterial, die Liste habe ich mitgebracht. Dringend brauche ich einen verschließbaren Schrank für alle Unterlagen und noch dringender ein zusätzliches Spielzimmer.

Alles muss beantragt und vom Chefarzt genehmigt werden, sagte der Verwaltungschef.

Aber ich fange heute an zu arbeiten oder bekomme ich jetzt schon Urlaub?

Nach einer Woche hatte Greta alles zur Verfügung. Als Erstes wurden ihr ein zweiter Raum, den sie sich nach Bedarf einrichten konnte, diagnostisches Material und Spielsachen genehmigt. Beliebt hatte sie sich dadurch nicht gemacht, aber das war ihr egal.

Nach der Probezeit und ihrer Erfahrung im Umgang mit Schwestern und Ärzten, den Erfordernissen in der Behandlung der Kinder und Jugendlichen, sowie der Struktur der Klinik, stellte sie eine Liste zusammen, was sie ändern wollte und, was sie glaubte, was dringend geändert werden müsste. Sie verteilte die Liste an Ärzte und Schwestern:

- jederzeit Besuchsmöglichkeit der Eltern (bisher nur einmal pro Woche)
- Fortbildung der Ärzte in Psychosomatik und in Gesprächsführung (für Elterngespräche)
- Fortbildung der Schwestern in Entwicklungspsychologie
- Umgang der Schwestern mit den Kindern thematisieren
- wöchentliche Stationsbesprechungen mit Schwestern und Stationsarzt

- Visiten ohne weiße Kittel der Ärzte,für die Kleinen weniger Angst machend

- Mitsprache der Psychologin bei der Medikation psychischer Erkrankungen

- freie Zeit für Supervision, die von der Klinik bezahlt wird.

Sie war ja so naiv, einige sagten, sie sei anmaßend. Aber sie ließ sich nicht entmutigen.

Nicht bei allen, denen sie die Liste gab, konnte sie mit Zustimmung rechnen, das wusste sie.

Ihr Supervisor unterstützte sie, so gut er konnte.

Was Greta an beruflicher Kompetenz mitbrachte, waren Theorien aus der Entwicklungs- und Persönlichkeitsforschung und ein wenig Erfahrung mit Kindern in der Erziehungsberatungstelle der Universität. Aber das war zu wenig für das, was sie als klinische Psychologin von sich verlangte. Sie brauchte eine gute, psychotherapeutische Zusatzausbildung. Um sich zu informieren, besuchte sie an Wochenenden Angebote von verschiedenen psychotherapeutischen Schulen. Es gab Ausbildungen in Gesprächstherapie, Psychoanalyse, Gestaltpsychotherapie, Psychodrama, Kathatymes Bilderleben.

Aber welche Methode war geeignet?

Hier in den Betten lagen Kinder, die verzweifelt nach ihren Eltern weinten, Kinder, die Schmerzen hatten, Kinder, die in ihrer Angst ganz still wurden, Kinder, die das Heimweh plagte, adipöse Kinder, die auf Obstdiät gesetzt wurden und rebellierten, Kinder, die misshandelt oder missbraucht worden waren, Kinder, denen die Hoffnungslosigkeit in den Augen stand, Kinder, die an Krebs erkrankt waren und wussten, dass sie sterben würden und, und.

Wie sollte sie den Jugendlichen, die einen Selbstmordversuch hinter sich hatten, die Welt, der sie entfliehen wollten, wieder als lebenswert und sinnvoll nahe bringen?

Wie sollte sie den verzweifelten Eltern eines achtjährigen Jungen, der den Kopf in den Gasbackofen gesteckt hatte, sich auf diese Weise umbringen wollte und nur durch Zufall von seinem älteren Bruder rechtzeitig gefunden wurde, die Verzweiflung des Jungen verständlich machen. Alle hatten die von ihm, im Elternschlafzimmer nicht besonders gut, versteckten Zettel mit seinem Hilferuf, übersehen.

Wie sollte sie den Schwestern, ohne deren Kompetenz in Frage zu stellen, erklären, dass es wichtig ist, die Kinder nicht nur physisch, sondern auch emotional zu versorgen, obwohl sie kaum Zeit, neben der medizinischen Pflege, dafür aufbringen konnten oder wollten?

Die Verwaltungsarbeit . . .die medizinische Versorgung . . . Betten machen . . Nachttische abwaschen . . . das war auch wichtig.

Wie sollte sie dem Chefarzt und den Schwestern, die Angst vor Mehrarbeit hatten, beweisen, dass die Kinder schneller gesund werden, wenn die Eltern jeden Tag kommen dürfen und nicht nur einmal in der Woche, wie es der Vorschrift entsprach? Die Untersuchungsergebnisse zu diesem Thema waren eindeutig, und trotzdem beriefen sich die in den siebziger Jahren sehr konservativen Ärzte auf die bisherige Regelung. Was die kleine, unbedeutende Psychologin auch immer als Argument vorbrachte und mit Forschungsergebnissen belegte, die Herren in Weiß wussten es besser. Von Seiten der Ärzte oder Schwestern konnte sie nicht auf viel Verständnis oder Unterstützung hoffen. Die psychologische Mitbehandlung von Kindern und Jugendlichen in einer normalen Klinik war in dieser Zeit deutschlandweit eine Ausnahme.

In den morgendlichen Besprechungen der Ärzte berichtete Greta von den Nöten und Bedürfnissen der Kinder.

Fassen Sie sich bitte kurz, wurde sie ermahnt.

Sie war manches Mal verführt, etwas als besonders dramatisch vorzutragen, um mehr Interesse bei den Ärzten an ihrer Arbeit und der Situation der Kinder und Jugendlichen zu wecken. Die medizinische Diagnose ergänzte sie, wenn es ihrer Meinung nach notwendig war, mit einer psychologischen Sicht der Erkrankung.

Körper und Psyche sehe ich als nicht getrennt voneinander an, betonte sie immer wieder. Die Ärzte wirkten leicht genervt.

Sie wagte es, den Chefarzt bei der Visite, zu der sie mitgehen durfte, nicht mit seinem Titel ´Professor`, sondern mit seinem Namen anzusprechen. Er bat sie unter vier Augen, ihn bei den Visiten mit seinem Titel anzusprechen. Und sie, was tat sie? Sie lachte ihn aus.

Die beiderseitigen Sympathien schrumpften auf ein Minimum, aber er ließ sie in Ruhe arbeiten und sie vermied es zukünftig, ihn bei Visiten anzusprechen."

„Greta zeigte viel Mut", bemerkte ich Alma gegenüber, was sie mir bestätigte.

Alltag in der Klinik

„Gretas kleine Erfolge in der Behandlung von Kindern und Jugendlichen wurden mehr und mehr bekannt, ihre Unterstützung der Schwestern im Umgang mit den Kindern immer wieder gesucht und geschätzt.

Sie beantragte eine Ausbildung in Gestaltpsychotherapie, die auf der Psychoanalyse aufbaut und im Hier und Jetzt den Schwerpunkt setzt, eine Methode, für die sie sich nach Wochenenderfahrungen mit anderen Therapieformen entschieden hatte. Gestaltpsychotherapie passte sowohl zu ihrer Persönlichkeit und überzeugte sie mit dem Kontaktmodell im Umgang mit Menschen und dem zugrundeliegenden Menschenbild. Überraschenderweise übernahm die Klinik die gesamten Kosten der dreijährigen Ausbildung. Sie musste sich aber verpflichten, fünf Jahre in dieser Klinik zu arbeiten."

Alma stand mühsam auf, holte aus ihrem Regal ein Buch und schob es mir über den Tisch: „Stephen Schoen, Geistes Gegenwart. Philosophische und literarische Grundlagen einer weisen Psychotherapie." „Lies darin, wenn du mehr über Sinn und Möglichkeiten der psychotherapeutischen Arbeit wissen willst".

Ich durfte das Buch mitnehmen.

Beim nächsten Mal begann sie mit der Frage: „Konnte eine psychotherapeutische Ausbildung Greta in ihrer Arbeit unterstützen? Ja! Sie wurde sicherer in der Kommunikation mit den Ärzten, die sie deshalb noch nicht als ebenbürtige Kollegin behandelten oder sich auf eine fachliche Diskussion über psychische Belange der Kinder und Jugendlichen einließen. Die Konsiliarscheine der Stationsärzte wurden weiterhin, ohne persönliche Ansprache, unter ihrer Tür durchgeschoben. Sie sollte Intelligenz und Entwicklung der Kinder und

Jugendlichen testen, mit den Eltern reden und einen Bericht schreiben. Aber die ärztlichen Diagnosen standen bereits fest. Diese Arroganz erschwerte immer wieder die Zusammenarbeit.

Und Greta kämpfte weiter.

Eines Tages wurde diese merkwürdige Psychologin, auf die einige Ärzte aufmerksam geworden waren, von den Stationsärzten zur morgendlichen Kaffeerunde eingeladen. Sie erzählten ihr bald, wie unsicher sie sich oft im Umgang mit den Kindern und Jugendlichen fühlten und wie die Eltern darauf bestanden, sofort eine Diagnose ihres Kindes zu bekommen.

Manche Eltern brachten Freitagnachmittag ihr Kind mit 'Bauchweh` in die Klinik, um das Wochenende ungestört zu verbringen oder ohne das Kind zu verreisen.

Greta wurde immer öfter von den Ärzten zu den Elterngesprächen hinzugezogen. Sie war zumindest bei den Stationsärzten jetzt akzeptiert.

Und die Schwestern holten sich Rat und Unterstützung, und so entstand allmählich eine vertrauensvolle Zusammenarbeit.

Ich will dir einige Beispiele aus der praktischen Arbeit erzählen", sagte Alma nach einer langen Pause.

„Ich habe Gott gesehen und mit ihm gesprochen, sagte ein fünf Jahre altes Kind leise der Psychologin erst, nachdem sie die Eltern, die sich für dieses Kind zu schämen schienen, gebeten hatte, draußen zu warten. Aus der Krankenakte hatte sie erfahren: Die Eltern hatten mit dem Kind zuerst geschimpft, es dann der Lüge bezichtigt und ihm Schläge angedroht, wenn es weiter so etwas erzählen würde. Als der Junge mit Fieber und Bauchweh reagierte, brachten die Eltern ihn in die Klinik.

Greta hatte keine Scheu, Geschichten für ihre kleinen Patienten oder für die Eltern zu erfinden, wenn sie das als hilfreich ansah. So hatte sie diesem Jungen erzählt, dass sie ebenfalls als Kind mit Gott gesprochen habe und es manchmal heute noch tue. Sie sei aber nicht sicher, ob sie dann Gott gesehen habe. Den Aufenthalt des Kindes in der Klinik nutzte sie, um Gespräche mit den Eltern über die wichtige Funktion der Fantasie eines Kindes zu führen und erzählte ihnen die gleiche Geschichte, wie dem Jungen und, dass es in diesem Alter normal sei, Geschichten zu erfinden und daran zu glauben.

Dass sie den Dialekt der Region sprechen konnte, erleichterte ihr den Zugang zu den Eltern.

Wenn die Psychologin gebeten wurde, mit einem Kind einen Intelligenztest für die Schule durchzuführen, tat sie es erst, nachdem sie das Kind und seine Probleme ausführlich kennengelernt hatte, mit dem Lehrer gesprochen und die Krankenakte gelesen hatte. Ihr abschließendes Urteil richtete sich nach den Interessen des Kindes und wie es am besten gefördert werden konnte, wobei der numerische Wert des IQ eine Nebenrolle spielte. Die Lehrer fühlten sich unterstützt und folgten ihren Vorschlägen.

Eines Tages kam ein Anruf von einer Station, auf der ein vier Jahre alter Junge sich nicht beruhigen lassen wollte, sich unter seinem Bett verkrochen hatte und nur schrie, was auch immer die Schwestern ihm versprachen oder androhten. Ob die Psychologin wüsste, was man machen könnte mit dem Kind. Greta wusste es auch nicht, kam aber, schickte alle aus dem Zimmer und setzte sich auf den Boden neben das Bett, unter das der Junge sich geflüchtet hatte, sodass das Kind sie sehen konnte. Sie schwieg und schaute das Kind nicht an.

Du darfst weiter schreien, du bist nicht alleine mit deinem Geschrei, ich bleibe hier. Das war die unausgesprochene Botschaft in diesem Zimmer.

Das Kind reagierte nach vielen Minuten. Greta summte leise ein Kinderlied vor sich hin. Sein Schreien verstummte.

Nach weiteren Momenten der Stille sagte sie: Wenn du willst, kannst du unter deinem Bett hervorkommen. Ich freue mich, wenn du dich neben mich setzt. Und nach weiteren Momenten der Stille. Ich erzähle dir eine Drachengeschichte, wenn du willst.

Sie schwieg wieder und blieb sitzen. Nach einigen Minuten rutschte das Kind zögernd unter dem Bett hervor. Sein als Selbstschutz gewähltes Gefängnis zu verlassen, kostete es sicher viel Mut. Greta deutete lächelnd, nachdem das Kind sie aufmerksam beobachtet hatte, auf den Boden neben sich. Vorsichtig kroch es näher und setzte sich neben sie. Greta begann:

Es war einmal ein kleiner Junge, der einen Drachen mit seinem Schreien verjagte. So ähnlich wie du schrie er. Der Junge war mutig und lief nicht davon . . . . .

Als die Geschichte zu Ende war, konnte Greta das Zimmer mit dem Kind an der Hand verlassen und es der Schwester wieder anvertrauen, mit der Bitte, das Vorgefallene nicht mehr zu erwähnen. Sie beschrieb den Schwestern ihr Vorgehen im Umgang mit der Angst des Kindes und erzählte ihnen die Drachengeschichte, die für das Kind so wichtig war. Sie verstanden, dass das Schreien für das Kind die beste Möglichkeit war, die Angst in dieser fremden Umgebung zu bekämpfen.

Bei einer magersüchtigen Jugendlichen machte Greta Besuche in deren Elternhaus, um das Umfeld kennen zu lernen und um zu verstehen, welche äußeren Faktoren eine Rolle spielen könnten. Heilung bei Magersucht ist unmöglich, hörte sie immer wieder von Kollegen, aber das wollte sie zunächst nicht akzeptieren. Nach vielen Supervisionsstunden und Literatur über diese seltsame und gleichzeitig faszinierende Erkrankung, wurde sie bescheidener in ihrer Erwartung auf andauernde Heilung.

Ich glaube nicht, dass Greta immer wusste, was richtig oder falsch war, aber ihr Interesse an den Kindern und Jugendlichen und ihre Motivation sie zu unterstützen waren ehrlich.

Sie betreute ungefähr zwanzig Jugendliche pro Jahr, die wegen eines Selbstmordversuches eingeliefert wurden. Dass es immer ein Hilferuf der einzelnen Jugendlichen und keine leere Provokation oder nur vorgespielte Not war, wie manche Ärzte und Eltern glaubten, egal wie oberflächlich oder ernst der Versuch ausgeführt wurde, lernten alle. Gespräche mit den Eltern, alleine und gemeinsam mit den suizidgefährdeten Jugendlichen, wurden zur Pflicht. Wenn Eltern sich weigerten, drohte ihnen eine Mitteilung an das Jugendamt.

Den Sohn eines iranischen Arztes der Klinik, der nach der Trennung der Eltern mit Waschzwang reagierte, behandelte sie erfolgreich.

Das Vertrauen der Ärzte und Schwestern in die Arbeit der Psychologin wuchs. Sie erkämpfte sich ein Mitspracherecht, wenn es zum Beispiel um die Einweisung einer von ihr betreuten selbstmordgefährdeten Jugendlichen in eine geschlossene Abteilung der Psychiatrie ging. Dafür wurde sie von dem behandelnden Arzt schon mal nachts aus dem Bett geholt.

Erwähnenswert ist noch, wie erschüttert Greta war, als sie bei krebskranken Kindern die Erfahrung machte, dass diese erst, wenn die Eltern nicht mehr an ihrem Bett saßen oder sich im Zimmer aufhielten, bereit waren zu sterben. Trost für die Eltern gab es nicht. Greta konnte nur die Empfehlung aussprechen, nicht zu verstummen in ihrem Leid. Wenn die Eltern Gespräche oder Betreuung wollten, stellte sie sich zur Verfügung.

Greta erfuhr in ihrer Arbeit von Seiten der kleinen und großen Patienten und Patientinnen viel Liebe und von den Eltern Dankbarkeit.

Die Ärzte gewöhnten sich an ihre Anwesenheit und ihr Mitwirken und fühlten sich immer wieder entlastet.

Nach fünf Jahren verließ Greta die Klinik. Sie hatte in allen Punkten ihrer Liste kleine Erfolge zu verzeichnen, nur bei der Mitsprache der Medikation zeigten sich die Ärzte unbeugsam. Die Pharmafirmen brachten den Ärzten weiterhin für Kinder mit psychischen Problemen ihre Pillen.

Greta und ihre Zweifel

Nach Verlassen der Klinik machte Greta ein Jahr Praxisvertretung für eine Kollegin in München. Auf diese Weise sammelte sie Erfahrungen für eine eigene psychotherapeutische Praxis.

Greta wurde trotz oder auch wegen ihrer Kritik und häufigen Zweifel am Sinn der psychotherapeutischen Arbeit, eine erfolgreiche und anerkannte Therapeutin mit eigener Praxis in einer Stadt im Rheinland, verdiente gutes Geld und hätte damit zufrieden alt werden können.

Das war sie aber nicht!"

Alma schwieg erschöpft und schien in Gedanken weit weg zu sein, bevor sie weitersprach.

„Ich glaube, in diesem Beruf kann es passieren, dass man übersättigt ist von den Tragödien, Problemen, Geschichten, die sich doch mehr oder weniger ähneln. Die Individualität in allen Ehren, aber wir Menschen reagieren und agieren in sehr ähnlicher Weise im Umgang miteinander, zumindest im europäischen Kulturraum.

Nach jedem Urlaub traf sich ein befreundeter Kollege mit Greta zum Essen, bevor sie ihre Praxistüren für die Patienten und Patientinnen wieder öffneten. Sie waren sich, wie nach jedem Urlaub, einig, sich nicht ständig für die Bedürfnisse anderer Menschen zur Verfügung stellen zu können. Vielleicht hatten sie Sorge, dass die Probleme anderer ihre Ohren verstopften und ihnen allmählich in den Kopf wuchsen, dass ihre Sichtweise sich verengen könnte und sie zu Fachidioten werden könnten. Und dass sie in der Begegnung mit anderen Menschen nur noch Probleme sähen. Sie bezeichneten ihre Tätigkeit schon mal als Prostitution."

Alma schien zu überlegen, was noch gesagt werden sollte und zog das Mikrophon des Aufnahmegerätes etwas näher zu sich heran, nachdem sie sich im Sessel weit zurückgelehnt hatte.

„Natürlich hatte Greta ihren Beruf geliebt, den Kontakt mit den unterschiedlichen Menschen, die sie mit Mitgefühl und fachlicher Kompetenz begleiten durfte, dass sie Jugendlichen Orientierung geben konnte, dass sie die emotional Hungrigen mit deren eigener Liebesfähigkeit konfrontierte, dass sie Wege aufzeigen konnte, wie eigene Ressourcen und Kompetenzen entdeckt und wiederbelebt werden können und, und . .

Sie war damit erfolgreicher, als sie sich anfangs vorstellen konnte.

Natürlich zweifelte sie, ob das, was sie da tat in Ordnung war, auch für sie selbst. Sie konnte sich, aufgrund der eigenen frühen Erfahrungen in ihrem Leben, in einer überhöhten Weise verantwortlich machen und zu viel von der eigenen Persönlichkeit zur Verfügung stellen, wie es für die Patienten vielleicht nährend war, aber sie, sie wurde dadurch nicht ausreichend genährt. Die ständige innere Bereitschaft für authentische Begegnungen und die notwendige Aufmerksamkeit für die Prozesse waren oft ermüdend. Ihr Engagement zehrte bei schweren Fällen an ihren eigenen Ressourcen. Ihre Welt reduzierte sich manchmal auf psychische Probleme und Dramen der Patienten.

Das konnte auf Dauer nicht gesund sein. Regelmäßige Supervision war notwendig.

Durch das Christentum ist in unserer Kultur das Kreuz zum hochverehrten Symbol geworden und damit dem Leid ein hoher Wert zugekommen. Und die Auferstehung, das Glück, das Leid überwinden zu können ist in den Hintergrund gerückt, ereiferte Greta sich in Diskussionen mit Kollegen und Kolleginnen."

Alma schaute mich fast herausfordernd an, als sie leicht spöttisch sagte: „Wenn ich manchmal den Leuten zuhöre, wie sie ihre Leidens- und Krankengeschichten voller Inbrunst erzählen, wie sie Aufmerksamkeit und Bewunderung dadurch zu erlangen hoffen und oft genug bekommen, dann möchte ich Greta Recht geben mit ihren Zweifeln.

Natürlich wusste die Psychologin, dass diese Arbeit wichtig war und sie ihre Fähigkeiten sinnvoll einsetzte, wenn sie zum Beispiel einem Arzt, der wegen einer falschen Diagnose den Tod einer Frau mit verschuldet hatte und der sich umbringen wollte, aus seiner tiefen Depression heraushelfen konnte durch ihre wache Präsenz und ihre hartnäckige Forderung, den Kontakt zu ihr über die Augen aufzunehmen und zu halten. Im weiteren Verlauf der Therapie gelang es ihm allmählich, mit seiner Familie und Umwelt wieder in Beziehung zu treten. Später verkündete er allen, die es hören oder nicht hören wollten, auch den Zweiflern im Arzt-Kollegenkreis, sie sei die einzige ernst zu nehmende Therapeutin in der Stadt.

Eine andere Patientin: Seit vierzig Jahren hörte die Frau auf das, was ihre Mutter sagte und seit einem Jahr auf ihre eigene Stimme. Oft dachte die Frau, die Mutter habe recht und sie nicht, und nach der Therapie dachte sie öfter, sie habe recht und die Mutter nicht, was zugleich ihrer Ehe gut tat.

Ist das nicht schön", lachte Alma.

„Natürlich glaubte Greta zu wissen, beziehungsweise konnte sie am Ergebnis erkennen, vielleicht nicht immer, wer weiß das schon, wann sie Fehler gemacht hatte. Schlimm war es, wenn sie den Fehler nicht wieder beheben konnte.

Zum Beispiel merkte sie zu spät, dass ein junger Mann sich in sie verliebt hatte und nach einigen Tagen mit seinem eingeengten Blick, der sich in psychotische Richtung entwickelte, in der Praxis mit einer roten Rose auftauchte. Ich brauche keine Therapie! Ich brauche deine Liebe, verkündete er.

Dann kniete er sich vor Greta und beschwor sie, sich von ihrem Mann zu trennen, der sie doch nicht lieben würde. Er hatte sich die Zeichnungen von Gretas Mann, die im Behandlungsraum hingen, lange angeschaut und glaubte, dessen mangelnde Liebe darin erkannt zu haben.

Die schwere Kränkung, wahrscheinlich die Wiederholung eines früheren Dramas, ihn abweisen zu müssen und ihn nicht weiter behandeln zu können, sondern ihn zu einem Kollegen zu überweisen, diese Kränkung konnte Greta nicht verhindern. Was ihr dabei Angst machte, war die hohe Aggressivität, die, in der Kränkung verborgen, spürbar wurde.

Natürlich fühlte Greta sich emotional aufgewühlt, geriet an ihre Grenze, zum Beispiel bei einer magersüchtigen, erwachsenen Frau, als es unumgänglich war, eine Zwangseinweisung zu erwirken, eine junge Frau, die sich nur noch von Kaffee und Zigaretten ernährte und so dünn und zittrig war, dass sie sich kaum auf den Beinen halten konnte, die vielleicht noch ein oder zwei Wochen gelebt hätte, die trotzdem nicht in die Klinik wollte, sondern ambulant beraten werden wollte. die dann mit Gewalt von zwei Pflegern abgeführt werden musste.

Auch die folgende Geschichte brachte ihr schlaflose Nächte.

Eine Frau kam in ihre Praxis, die ihr Leben als sinnlos bezeichnete. Ihr Mann habe sie gedrängt, eine Therapie zu machen. Sie selber sei nicht so überzeugt, dass ihr das helfen könne.

Greta sagte ihr, dass sie zwei Wochen im Urlaub sei und in der Zeit könne sie sich überlegen, ob sie eine Therapie beginnen wolle. Als sie aus dem Urlaub zurück war, kam der Ehemann wütend in die Praxis und sagte in vorwurfsvollem Ton, seine Frau habe sich zwei Tage nach dem Erstkontakt erhängt. Was denn hier vorgefallen sei?

Greta hatte sich über mehrere Wochen gefragt, ob sie den Suizid hätte verhindern können, ob sie die Situation hätte erkennen müssen.

Aber diese Frau hatte keinerlei Signale, die auf Selbstmord hinwiesen, gezeigt, sie schien zwar antriebsarm, aber nicht depressiv, versuchte Greta sich zu beruhigen.

Trotzdem, trotzdem!

Greta konnte sich, nach mehreren Gesprächen mit einer Supervisorin, von ihren Schuldgefühlen langsam lösen.

Es gab immer wieder Situationen, die sie an sich und ihrer Arbeit zweifeln ließen. Die eigenen Grenzen kennen lernen war schmerzlich und notwendig zugleich. Sie musste lernen, dass ihre Ausbildung als Gestalt-Psychotherapeutin nicht für alle Störungen ausreichend war. Es folgten weitere Ausbildungen in anderen Therapieformen, zum Beispiel in Körpertherapie, Hypnotherapie. Sie spezialisierte sich auf Traumarbeit und lehrte viele Jahre als Dozentin und Supervisorin für Auszubildende.

Sie hatte durch ihre Arbeit in der Klinik wahrscheinlich dazu beigetragen, dass in den siebziger und achtziger Jahren die Notwendigkeit der psychologischen Mit-Behandlung von Kindern und Jugendlichen, bei körperlichen und psychischen Erkrankungen ärztlicherseits mehr und mehr als notwendig anerkannt wurde.

Das gefiel ihr.

Aber alles verändert sich, wie du weißt", sagte Alma mit einem leichten Seufzer.

„Greta wurde älter, die Kinder erwachsen, neue Träume stiegen am Horizont auf. Andere Berufsbilder drängten sich ihr auf, wenn sie sich morgens vor der Praxisarbeit eine Extrastunde Zeit gönnte und z.B. archäologische Bücher studierte von Marija Gimbutas oder sich in jüdische Literatur vertiefte.

Andere Welten taten sich auf, die von ihr entdeckt werden wollten."

Es vergingen einige Wochen, bis Alma nach einer schweren Grippe das Bett wieder verließ und weitererzählen konnte. Sie wirkte erschöpft und ich war beunruhigt. Aber davon wollte sie nichts hören.

Über mehrere Tage erzählte sie mir von Greta und ihrem Abschied von Psychotherapie.

Abschied von der Psychotherapie

„Greta war nach mehr als dreißig Jahren psychologischer Arbeit reif für Neues. Sie beschrieb ihren Zustand einer Freundin gegenüber so: Ich fühle mich nur zur Hälfte identisch mit mir. Die eine Hälfte ist zufrieden und ausgefüllt, die andere unbelebt, wie ein ungeschriebenes Buch, das auf Inhalte wartet. Ich bin neugierig, wer ich, außer einer engagierten und jetzt müden Psychologin, sonst noch bin, was das Leben noch von mir möchte oder ich von ihm.

Als Greta sich von der psychotherapeutischen Arbeit langsam verabschiedete, hatte sie keine Ahnung, was sie mit der vielen Zeit, die ihr jetzt zur Verfügung stehen würde, anfangen sollte.

Ein anderes Leben konnte beginnen, ja. Aber welches und wie und wo?

Eine Einladung zum Klassentreffen in Laubach kam. Sie nahm sich jetzt Zeit für solche Besonderheiten.

Erika, die Freundin aus Kindheitstagen schrieb:

KLASSENTREFFEN AM 28. AUGUST 16 UHR
IM GARTEN VON RENATE

Greta entschied schnell, sich das ganze Wochenende frei zu machen. Sie würde bei Erika übernachten. Ja, doch, überlegte sie, ich will zu diesem Klassentreffen in Laubach, dem entlegenen kleinen Grenzdorf, meinem Heimatdorf, sieben Kilometer hinter dem großen Wald, der die Bewohner von der übrigen Welt zu trennen scheint, außer im Westen. Hier grenzt Laubach an Poulan auf der französischen Seite.

Sie freute sich.

Poulan war nicht mehr als eine Ansammlung von schmutzigen, heruntergekommenen Häusern mit einer großen Chemiefabrik.

Aber ja, die Abwässer fließen immer noch in den kleinen Bach, der bei Überschwemmungen seine giftige Schlammfracht in unsere Gemüsegärten leitet, und der Rauch aus den Schornsteinen verpestet uns die Luft. Die Krebsrate in dieser Region ist hoch, erzählte die Freundin erregt. Sie selbst war betroffen.

Greta reiste zurück in die Kindheit hinter dem Wald, zurück zu den Schülerinnen und Schülern der Volksschule, die sie nur vier Jahre besuchte, zurück zu dem vertrauten und zugleich fremd gewordenen Dorf. Die Vertrautheit half ihr zu lächeln, zu sprechen . . .aha . . .und ja . . entschuldige bitte, ach die bist du . . ja, wir hatten doch früher . . erinnerst du dich an. . . .

Greta war mit fünfzehn Jahren aus diesem Grenzdorf, das nach dem Krieg französische Besatzung war, weggezogen. Sie hatte nur ein einziges Klassentreffen vor vielen Jahren besucht, an das sie sich kaum erinnern konnte.

Es war jetzt der Blick des Kindes, der durch die Straßen von Laubach streifte, die Häuser entlang, der die Menschen von damals suchte und das Vertraute in den Gesichtern wiederfinden wollte. Sie erinnerte die Unbeschwertheit des Kindes und die Sehnsucht der Jugendlichen, endlich die Welt erobern zu können.

Greta bemerkte überrascht, dass das Kind die Kinder in den Straßen sucht, die Jugendliche in den jungen Gesichtern, als sei die Zeit stehen geblieben. Sie musste sich erschrocken eingestehen, dass sie niemanden wiedererkannte und wusste plötzlich, sie schaut in die vergangene Zeit. Eine leichte Melancholie überfiel sie.

Sie parkte ihr Auto vor dem Haus der Freundin. Es roch immer noch nach der Schusterwerkstatt, als Greta den Flur betrat.

In dem Haus mit dem kleinen Balkon zur Straßenseite, den ein französisches, schmiedeeisernes Gitter ziert, wohnt Erika seit ihrer Geburt und mit Ehemann Alwis seit ihrer Hochzeit vor fünfzig Jahren. Die sechsundneunzig Jahre alte Mutter von Erika bewohnt die untere Etage, direkt neben der Werkstatt. Seit mehr als hundert Jahren gibt es hier eine Schusterwerkstatt. Seit dreißig Jahren ist der Schuster tot, den Greta als Kind so gerne besuchte, auch ohne Schuhe zur Reparatur zu bringen, einfach nur, weil alles so anders als bei ihr zu Hause war. Sie kam oft zum Spielen in dieses Haus. Alles war Greta noch so vertraut wie früher.

Vielleicht ist er ja, wenn ich jetzt die Tür zur Werkstatt öffne, da oder der immer freundliche Schuster ist nur mal kurz nach draußen gegangen, die Pfeife auszuklopfen?
Die Neunjährige öffnet vorsichtig die Tür.
Guten Tag. Sie packt die Schuhe der Mutter aus der Tasche.
Neue Sohlen? Du kannst sie am Freitag wieder abholen.
Der große Mann lächelt Greta an und nickt ihr zu. Sie darf noch bleiben. Sie setzt sich auf einen kleinen Hocker vorm Fenster und schaut sich andächtig um. Die Einrichtung ist so interessant, die großen und kleinen Maschinen, eine surrt leise, fertige Frauen- und Männerschuhe, Paare und einzelne, stehen auf den Regalen, Frauenschuhe oben, Männerschuhe unten, Kinderschuhe daneben. Kleine Namenszettel kleben an den Absätzen, können abgeholt werden. Die unfertigen stehen im untersten Regal. Feines und gröberes Leder an den Wänden und auf großen Rollen an der oberen Wand, große und kleine Leisten überall auf den Maschinen verteilt, Maschinenöl, Pfeifentabak, Kleber, Gerüche, die Greta nur von hier kennt. Zu Hause drängte sie darauf, dass nur sie die Schuhe zur Reparatur in die Werkstatt bringen darf. Sie schaut, scheu und neugierig, dem Schuster eine Zeitlang bei der Arbeit zu, atmet den Ledergeruch ein.
Ich muss jetzt gehen. Ich will nach oben zu Erika zum Spielen, sagt die Kleine zu Erikas Papa.

Greta schloss die Werkstatttür, durch die der Schuster schon lange weggegangen war, etwas wehmütig wieder zu.

Die Freundinnen umarmten sich, redeten, redeten.

Ein Stockwerk höher hatte Alwis, für das zweite Frühstück, den Tisch in der Küche gedeckt, französische Baguette aus Poulan besorgt, aus dem kleinen schmutzigen Chemiedorf gleich hinter der Grenze.

Die deidsche Baguette schmecke net, versicherte Alwis. Erika goss frisch aufgebrühten Kaffe ein, erzählte, dass die Werkstatt bald an ein Museum abgegeben wird und dass sie aus diesem Dorf wegziehen, sobald die Mutter tot sei.

Am Nachmittag beginnt das Klassentreffen. Greta freudig erregt, durch dieses Dorf wieder mit der Freundin gehen zu dürfen. Sie lasen sich Zeit.

Ei hugge eisch (setzt euch), wer will dann Sekt, rief Renate, die Gastgeberin in diesem Jahr, in breitem saarländischem Dialekt, eine kleine untersetzte Frau mit graubeigem Dauerwellenkopf, geblümter Bluse und dunklem Gabardinerock. Sie wies auf Plastikstühle, auf denen sorgfältig nach Farben verteilt und zur Tischdecke passend Kissen lagen. Einige Frauen waren bereits anwesend, als Erika und Greta durch die kleine Gartentür kamen.

Ach, gummo doo, es Greta, scheen dass de ach mol do bischd. Kumm doher, näwe misch, (schau mal da, die Greta, schön daß du auch mal da bist, komm hierher, neben mich) rief eine mollige Frau und strahlte Greta an.

Erika, wer ist das, flüsterte Greta zur Freundin. Es Christel, flüsterte sie zurück. Greta folgte der Einladung in die Mitte der langen, aus ungleichen Einzeltischen zusammengeschobenen Tafel, die im Hinterhof eines alten Hauses aufgestellt waren.

Greta möchte viel von den Frauen sehen und hören, die an diesem Nachmittag langsam wieder zu den Schülerinnen werden, die sie kannte. Frauen fast siebzig, unabhängig, im Austausch von Alltagsbanalitäten. Die Falten im Gesicht dieser freien Alten waren freundlich gezimmert. Die getönte Kurzhaarlockenfrisur betonte ihre gleichbleibende Einmaligkeit. Eine aufmüpfige blonde Strähne fiel in das Gesicht von Christel, deutete den Abschied von jugendlicher Schönheitsvorschrift an.

Erika beeilte sich, neben Greta Platz zu nehmen.

Alle schwatzten durcheinander von gestern, morgen, damals und heute. Ich verstehe wenig, sagte Greta leise zur Freundin und lächelte in alle Richtungen. Sie hörte trotzdem gerne zu, verstand immer besser, wenn Geschichten von früher, garniert mit Spott oder Häme, serviert wurden. Sie beteiligte sich allmählich mit eigenen Kindheitsanekdoten. Zum Beispiel, wie ihre Schwester und sie bei Josef zwei Schürzen voll Bonbons kauften, weil sie fünf Franken unterm Schrank gefunden hatten und die Mutter nichts davon wissen durfte und Josef sie nicht verpetzte. Und wie sie total aufgeregt war, wenn im Schulbus zur weiterführenden Schule Rudi Kuhn, ihr großer Schwarm saß und wenn dann ein Platz neben ihm frei war, kaum auszuhalten diese Aufregung.

Und dann, ja, natürlich, Bilder wurden ausgepackt.

Wäscht (weißt) du noch, gummo do (schau mal hier), es Ingrid, unn ich, zei mol. (die Ingrid und ich, zeig mal). Kommunionkinder vor dem großen Kirchenportal mit Pastor, ach, das war doch der, wisst ihr noch, der die Kinder, wenn sie während der langweiligen Predigt tuschelten, der sie vor allen Leuten an die Kommunionbank zitierte und sie nach der Messe in der Sakristei ohrfeigte. Am liebsten Mädchen mit dem aufmüpfigen Blick, wie du Greta.

Dieser selbstherrliche, falsche Heilige, schimpfte Greta. Und da, das ist doch, jaa, jaa . . .und wer ist das?

Ach, die ist schon lange tot, hatte Krebs, die auch, und das?, weiß ich nicht, wer issen das?

Die Hausherrin, erinnerte sich an viele Details, obwohl sie, wie Greta sich erinnerte, in der Schule kaum etwas zum Unterricht beitragen konnte. Sie glänzte mit einem ständig fragenden Blick und saß mit offenem Mund, meist schweigend, in der letzten Bank.

Wie wenig sich doch verändert hat, dachte Greta, als sie in die Runde schaute.

Die schulische Einteilung in dumm und schlau war von Lehrern schnell getroffen und von Kindern übernommen worden. Greta schämte sich ein wenig, nach diesen Beurteilungen in den Gesichtern der Frauen zu forschen. Die meisten der ehemaligen Schülerinnen waren sich noch so ähnlich.

Wie sehen sie mich? Niemand stellte eine Frage an sie, alle wussten, sie hatte studiert.

Greta glaubte, die heimliche, immerwährende Übereinkunft der Frauen dieses Dorfes zu erkennen: Einfach weiter machen, so wie schon immer, nur nicht auffallen, nicht aus der vorgeschriebenen Rolle ausbrechen, auch wenn sie langweilt und deprimiert, besser den ungeschriebenen Regeln, von wem auch immer vorgegeben, folgen.

Aber ja doch, alles in bester Ordnung!

Und dann, hinter den Türen wuchern die Katastrophen, was Greta aus den Erzählungen von Erika weiß: Krebserkrankungen, Alkoholismus, Depressionen und Schulden wechseln sich ab. Nur wer wegzieht aus dieser versteinerten, giftstaubigen Ansammlung von Häusern und Menschen hat die Chance, sich zu befreien.

Die Gesichter der ehemals lustigen, frechen, liebenswürdigen Kinder, wirkten hier auf Greta, als hätten sie die dunklen Spuren ihrer unterschiedlichen Erfahrungen alle mit dem gleichen Eisen geglättet.

Oh Gott! Rosa Schaumwein wurde von Robert, dem Hausherrn, eingeschenkt. Was soll ich, was könnte ich tun, fragte sich Greta verzweifelt, mit dem Glas in der Hand. Erika lachte, verstand und zwinkerte ihr zu. Sie schob beide Gläser langsam in die Mitte des Tisches, ohne dass Robert es bemerkte und goss Mineralwasser in frische Gläser.

Renate hatte wunderbare Salate vorbereitet, mit Plastikfolie sorgfältig abgedeckt, auf Sideboard und Couchtisch der sechziger Jahre im Wohnzimmer abgestellt. Außerdem war Renate herzlich, ein Wort, mit dem sich die Saarländer selbst gerne beschreiben.

Die Stimmung war oder erschien locker.

Greta saß etwas angespannt zwischen den palavernden Frauen auf dem unbequemen Gartenstuhl. Sie tauchte immer wieder in die Gesichter der ehemaligen Kinder ein, erkannte, erkannte nicht, erinnerte sich an freche Jungs, denen sie mit dem großen Bruder drohte, wenn sie angepöbelt wurde, der sie rächen würde, was er nie tat.

Ach, ja wo waren eigentlich die Jungs, die Männer, fragte eine.

Wen gab es denn da überhaupt noch? Und Männer in dem Alter, worauf muss ich mich da einstellen, dachte Greta, während sie Karla zuhörte, die über ihren letzten Urlaub ohne Ehemann berichtete. Es war nicht notwendig oder erwünscht, die Erzählung zu kommentieren, außer einem kurzen aha.

Einige Wörter waren, wie Greta erstaunt feststellte, zu breit für Karlas Mund, sie wurden geschickt auf O-Laute zurechtgestutzt.

So gesihn woas jo gudd, schbin allän gefahr, ohne Monn. (So gesehen war es ja gut, dass ich alleine gefahren bin, ohne Mann).

Greta schreckte auf, als alle Frauen laut AAHH riefen. Durch die Gartentür kamen drei Männer, die sich grinsend umschauten, Hände schüttelten. Einer von ihnen schaute Greta, die, wie die anderen Frauen zur Begrüßung aufgestanden war, neugierig an, während er sich ihr langsam näherte, seine Arme ausbreitete, lächelte und „Hallo Greta" rief. Die Umarmung konnte sie, wenn auch zögernd, erwidern. Während er sprach, forschte sie in seiner Mimik, suchte und erkannte den rotznasigen Jungen aus der Nachbarschaft, Günther. Aus dem Jungen von damals war ein freundlicher, etwas scheuer alter Mann mit weißem Schnurrbart geworden. Gretas Augen suchten nach mehr Vertrautem, aber Worte drängten sich in den Vordergrund.

Wie geets da donn, scheen dass de do beschd, (wie geht's dir denn, schön, dass du da bist), lachte er sie an.

Dann schüttelte ihr ein anderer Mann die Hand, den sie keiner Erinnerung zuordnen konnte, auch nicht, als sie seinen Namen hörte. Er rief laut lachend: Aah, unser Iwerschlaues ist jo aah do (unsere Überschlaue ist ja auch da).

Oh ja, erinnerte sich Greta. Von vierzig Kindern der vierten Volksschul-Klasse durften nur zwei Mädchen, Greta und die Tochter des Zahnarztes, die Aufnahmeprüfung zum Gymnasium machen. Kein Junge war nach Meinung der Lehrer für weiterführende Schulen geeignet. Die Kränkung von damals scheint bis heute nicht verwunden, dachte sie und schaute suchend zur Gartentür.

Julius, ihre Kinderliebe, den sie hier zu treffen hoffte, war nicht dabei. Er hatte im zweiten Schuljahr für sie die Hand gehoben: Wer ist die Beste in Französisch? Es war fast wie eine Liebeserklärung. Sie hatte das Buch „Les petits chats timides" gewonnen.

Heute hätte ich mich bei ihm bedanken können, sagte sie zu Erika.

Er wurde Polizist, du weißt nicht, dass er seit vielen Jahren tot ist?

Schade.

Die Männer setzten sich ans Ende der langen Tafel, die Bierflaschen waren schnell offen und saugten sich an den Lippen fest. Eher verlegen und wortkarg schauten sie gelegentlich zu den laut schwatzenden, lachenden Frauen. Das änderte sich im Laufe des Nachmittags nicht.

Greta bemühte sich, den Dialekt des Dorfes zu verstehen und sich darin zu üben, erkannte langsam die Sprache ihrer Kindheit wieder, die ihr bald mit Lust von der Zunge ging, vertraut und doch fremd.

Späße und alte Geschichten standen Spalier, alles war allen längst bekannt, aber sie lachten immer wieder gerne darüber.

Klassentreffen sind doch etwas Sonderbares, dachte Greta und amüsierte sich. Dorfklatsch von heute machte bei den Frauen die Runde. Das interessierte Greta nicht und sie setzte sich zu den Männern. Einer reichte ihr eine Flasche Bier und entschuldigte sich, das habe er vorhin nicht so gemeint.

Was denn?

Das Iwerschlaue, awer du warscht jo doch es Beschde, (die Überschlaue, aber du warst ja doch die Beste)

Ja, ja, macht nix.

Sie wollte mit Günther, dem rotznasigen Nachbarjungen reden, über seine Brüder und seine Familie, das Unbeschwerte von früher vielleicht wiederbeleben?

Sie spürte Sehnsucht nach der vergangenen Welt der Kinderspiele. Spielen und alles vergessen, spielen konnte die Angst des Kindes vertreiben, die am Abend in ihm hochkroch, wenn der Vater wieder nicht nach Hause kam.

Wie geht es dir Günther? Und deinem Bruder Bernd?

Sein Sohn taugt nichts, war schon im Gefängnis?

Dein Bruder Josef ist ja seit vielen Jahren tot, ich weiß.

Weißt du noch . . , aber ja doch Günther, deine Mutter brüllte um fünf Uhr in der Früh: *Frrieda*, dass alle Nachbarn wach wurden. Die Kuh sollte sich zum Melken richtig hinstellen in dem zu engen Raum, der als Stall diente.

Sie lachten, entspannten sich.

Greta half Günther früher bei den Schulaufgaben. Französisch zu lernen war im Saarland unter französischer Besatzung Pflicht. Für einige Kinder der Volksschule war es nicht leicht, für viele Eltern auch nicht. Gretas Mutter war zwei Jahre in Paris, sprach fließend Französisch, lehrte es ihre Kinder.

Greta erwähnte es nicht.

Und Klaus, der 1957 zur Fremdenlegion ging? Klaus starb jung, wie die meisten der Angeworbenen. Sein Vater schlug ihn mit dem Schürhaken.

Und Martina mit den roten Lackschuhen und den zu hohen Absätzen? Erinnerst du dich? Im Dorf war sie das „Franzosengretchen". Auf Martina konnte die eine oder andere Frau im Dorf schon mal neidisch werden.

Günther lachte verschämt bei dem Wort Liebschaften.

Aber wir Mädchen bewunderten sie.

Was die sich getraute.

Ach, sie lebt noch?

Günther erzählte bald von seinem unheilbar kranken Sohn, seiner krebskranken Frau. Sein Gesicht wirkte angestrengt und traurig. Greta erschrak. Sie wollte bei diesem Klassentreffen solche Geschichten nicht hören, aber Günther tat ihr leid und sie blieb eine Weile aufmerksam.

Der Duft von gegrilltem Fleisch stieg ihnen schon seit einiger Zeit in die Nase. Die Männer gingen zum Grill mit der Bierflasche in der linken, stocherten mit rechts fachmännisch in der Glut, wendeten die Steaks zu spät und verteilten die leicht verkohlten, fetten Fleischstücke auf Platten. Greta setzte sich wieder zu den Frauen.

Berge von verbrutzelten Würsten und Fleisch lagen, auf mehreren Platten verteilt auf dem Tisch. Gott sei Dank, die Salate wurden aufgetragen. Der Hausherr schenkte roten Wein ein. Nach dem ersten Schluck konnten Brigitte und Erika ihren Abscheu nicht mehr verbergen.

Das doo han isch gewisst, denne drink isch net, (das wusste ich, den trink ich nicht) flüsterte Erika nicht leise genug und wartete auf die Gelegenheit, in der Küche den Wein in den Ausguss zu kippen. Brigitte und Greta folgten mit ihrem Glas, unauffällig, plaudernd. Ihr Wissen über die besten französischen Weine verkündete Brigitte zu laut. Wieder zurück bemerkten die Frauen den Hausherrn, der rot vor Zorn, oder war es Scham, die zweite Flasche Rotwein unüberhörbar heftig auf den Tisch stellte und für den Rest des Abends verschwunden war. Renate, seine Frau, wusste nicht, was los ist, runzelte die Stirn, griff sich eine weitere Wurst und plapperte, wenn der Mund mal leer war, munter weiter.

Rezepte der vorzüglichen Salate wurden ausgetauscht, die Männer wurden politisch.

Greta zwang sich doch zu einer Wurst, log, dass sie Schweinefleisch nicht verträgt, die Wurst sei heute die Ausnahme und nahm sich nochmal von den verschiedenen Salaten.

Die drei Männer hielten sich wieder an ihren Bierflaschen fest, nahmen einen Schluck und noch einen, unterdrücktes Rülpsen. Einem fiel das Fußballspiel von heute ein, und sie waren wieder in lebhaftem Austausch rund um den rauchenden Grill.

Nach einigen zwielichtigen Anekdoten wanderte die Erinnerung zu den Trümmergeschichten der Kindheit.

Lehrer Maurer. Alle konnten etwas beitragen. Er war einer von denen, die brutal zuschlugen, erzählte Brigitte, egal wohin, der so lange an den Ohren zog, bis sie blutig waren.

Greta erzählte, dass ihr Vater, ein sanfter ruhiger Mann, diesem Lehrer Prügel angedroht hatte, falls er seinen Sohn noch einmal anrühre. Er hatte mit seinem Schuhabsatz das neunjährige Kind misshandelt.

Ein anderer Vater, erzählte Erika, habe den schmächtigen Lehrer tatsächlich einmal hochgehoben und gegen die Klassentür geworfen, habe es etwas genützt?

Aber, fuhr sie fort, Lehrer Maurer wäre gerne Rektor geworden und es wurde ihm ein Jüngerer vor die Nase gesetzt. Genüssliche Zustimmung in der Runde, auch bei den Männern.

Lehrer Maurer war einfacher Soldat und nach dem Krieg sofort als Lehrer wieder eingesetzt worden. Er brachte die Brutalität des Krieges mit in die Schule. Die Wut, die Verbitterung und Enttäuschung über den verlorenen Krieg wurden verdrängt, die beschämende Niederlage sollte schnell vergessen, das Leben wieder normal sein im Dorf.

Dann waren auch diese bekannten Geschichten zu Ende.

Der Hausherr blieb verschwunden, Renate, seine Frau, hoffte auf anerkennende Bemerkungen über das gelungene Fest. Greta dachte seit längerer Zeit an den Nachhauseweg und flüsterte mit der Freundin. Sie verabschiedeten sich Hände schüttelnd, einige Frauen wurden umarmt. Greta umarmte Günther und sagte, dass sie sich auf nächstes Jahr freue. Danke Renate für deine Mühe und das gelungene Fest.

Der Termin für nächstes Jahr stand bereits fest und findet sicher nicht im Garten von Renate statt, da waren sich alle hinter vorgehaltener Hand einig.

Greta und Erika bummelten auf dem Nachhauseweg Arm in Arm, als seien sie nie getrennt gewesen, durch das wenig erleuchtete Straßendorf, lachten und lästerten. Greta fragte immer wieder, wer wohnt denn da heute . . ., da wohnte doch Magdalena, . . tot und hier war doch das Geschäft von Josef, dem die Mutter immer die Hosen zuknöpfen musste.

Die beiden Frauen sangen, kicherten wie die Kinder von damals durch die laue Nacht. Greta blieb diese Nacht bei Erika und schlief neben ihr im Ehebett. Es es sowieso leer, weil Alwis schon long owe schlooft, der schnarscht ma sevill, sagte Erika lachend, (Es ist sowieso leer, weil Alwis schon lange oben schläft, der schnarcht mir zu viel).

Als Greta sich am nächsten Morgen verabschiedete, schlüpfte sie im Erdgeschoss noch schnell zu Erikas Mutter hinein. Die erinnerte sich gut an das Kind. Greta sah in ein ausgemergeltes Gesicht mit Lachfalten und dunklen wachen Augen. Und Greta erzählte ihr von den schönen Erinnerungen, die sie an ihren Mann hat, den Schuster, der immer freundlich zu ihr war, und dass es noch genauso riecht und so aussieht, wie vor sechzig Jahren. Die alte Frau lachte, sagte ja, ja, das ist alles lange her und ihre Augen schimmerten feucht. Einige Worte des Abschieds wurden gewechselt. Sie wird nicht mehr lange leben, dachte Greta und sie umarmte sie behutsam, ein letztes Mal.

Sie verließ traurig und auch erleichtert das Dorf, das hinter sieben Kilometern schönem Laubwald wieder in die Vergangenheit zurücksank.

Das nächste Klassentreffen fand sich nicht in Gretas Kalender.

Vielleicht in zwei oder drei Jahren wieder, dachte sie auf dem Nachhauseweg."

Alma schwieg.

Es war dunkel geworden. Ich schaltete mein Aufnahmegerät aus. Den Tee aus Thymianblättern hatten wir schon lange ausgetrunken.

„Gute Nacht meine Liebe." Eine kurze liebevolle Umarmung folgte. „Gute Nacht Alma und vielen Dank."

„Wie ging es mit Greta weiter, nachdem sie ihre Arbeit als Psychologin beendet hatte", fragte ich Alma beim nächsten Mal und sie erzählte:

„Nach zwei Jahren Suche und Orientierung zeigte sich ein neuer Weg am Lebenshorizont. Dschani, Janet, Juana, Hannah und Greta, sie fanden sich und ihren Lebensweg in Gedichten und Geschichten, so wie ich dir von ihnen erzähle und du sie in eine Schreibform zwängst."

Ich schrieb und schrieb und brauchte einige Zeit, bis ich die Geschichten korrigiert und abgeschlossen hatte und vor mir ausgedruckt liegen sah. Damit kam ich zu Alma, um mir von ihr ein JA für eine eventuelle Veröffentlichung zu holen. Sie sah mich erstaunt an, sagte nichts und goss uns einen Kräutertee auf. Dann setzte sie sich in den abgenutzten Sessel in der Fensternische und zeigte mit einer kleinen Geste auf den zweiten Sessel. Die Geschichten lagen auf dem Tisch. Sie nahm sie nicht in die Hand - was ich erwartet hatte.

„Ich will nicht lesen, was du geschrieben hast", begann sie, „wirst es schon recht machen, aber du solltest noch warten, sie zu publizieren. Ich bin alt und weiß nicht, wie lange ich noch lebe. Es ist vielleicht besser, wenn du sie erst nach meinem Tod verwendest. Es könnte einige Leute, die sich womöglich in den Geschichten erkennen, verstimmen. Gibst du dir die Zeit? Ich für meinen Teil beeile mich."

Alma lachte und ich erschrak, konnte nicht mit ihr lachen. Ich wollte mir nicht vorstellen, dass sie nicht mehr hier sitzt, rumläuft, mir Tee macht und wir miteinander reden, sie mir Geschichten erzählt.
War jetzt die Gelegenheit, sie nach diesem Markus zu fragen, dem Mann, der mein Großvater sein konnte?
Ich wollte endlich wissen, wie und warum sie alleine hierher kam.
Wo sie überall in der Welt war.
Wie es ist, alt zu sein oder alt zu werden.
Ich war neugierig auf die Alma, die jetzt vor mir saß, die wie ein Mädchen lachen konnte und so viele Falten hatte, deren Augen strahlen konnten und die noch so viel zu erzählen hatte, wie ich glaubte.

Ich wusste, dass sie nicht gerne von sich sprach, ICH sagte, aber ich konnte sie überreden zu erzählen, auch über die Alma, die hier vor mir saß.

Angekommen

Sie sagte, sie sei angekommen.

„Und wo bist du angekommen", fragte ich sie.

„In meinem Leben, in meinem Zuhause, hier bei mir, wo sonst."

„Erzähle mir von dir", begann ich, „von der Frau, die hier vor mir sitzt. Du hast viele Reisen gemacht, viele Länder gesehen, und du bist zurückgekommen, um hier zu leben, in diesem Dorf. Warum hier", fragte ich sie.

„Dieses Dorf erinnerte mich an meine Kindheit, mein Zuhause. Irgendwann muss man ankommen, vor allem bei sich selbst, aber auch an einem Ort, einem äußeren Zuhause, verbunden mit der Geschichte des eigenen Lebens.

Ich hatte in jedem Land, an all den verschiedenen Orten, ein anderes Leben gelebt, als sei ich eine andere gewesen.

Und doch reist etwas von dir immer mit, auf das du dich verlassen kannst, etwas, das dir immer Heimat ist.

Als Siebzehnjährige wusste ich nicht, was ´bei sich zu Hause sein` bedeutet. Ich arbeitete als Kindermädchen bei einer französischen Familie, die mich mitnahm in ein kleines Dorf in den Ardennen. Im Zentrum des Dorfes gab es überdachte Waschtröge, an denen junge und alte Frauen jeden Tag ihre Wäsche schrubbten und dabei sangen und palaverten, und ich durfte zuschauen und zuhören, und ich erinnerte mich an Geschichten meiner Großmutter über Waschtage in einem Eifeldorf im neunzehnten Jahrhundert.

Diese Orte waren ein Marktplatz für neueste Nachrichten, ein Kommunikationszentrum, ein Ort der Beziehungspflege und eine politische Bühne, auf der Alternativen zu den überkommenen, meist wenig zufriedenstellenden Anordnungen von ´Denen-da-oben` geprobt wurden.

Ich, die Fremde, die Neugierige, fühlte mich oft als Eindringling, nicht zugehörig. Auch wenn ich die Sprache recht gut verstand, war ich Außenseiterin, wie in allen fremden Ländern.

Die Fremdheit in mir war da, auch in Granada im Straßencafé an der Gran via de Colón."

Alma kramte in ihrer Mappe und las vor:

„Die Normalen, die Schönen, die Hässlichen, die Besonderen, alle anwesend in ihrer Fülle, in Granada beheimatet oder auf der Durchreise. Sie gehen hin und her, schnell und gemäßigt, lachend, gelangweilt, verschlossen, suchend, skeptisch, erzählend, missmutig und mit unlesbarem Gesichtsausdruck. Die Frisuren modisch bei den jungen Mädchen. Die vielen älteren Frauen, Dauergewellte, wie sie sich in allen Städten gleichen, die Handtasche quer über der Schulter und von Hand festgehalten, denn die Taschendiebe haben sich verkleidet, getarnt.

Die jungen Teenies schlendern, sich umfassend, umher, sehen und gesehen werden von den möglichen jungen Männern, die sich im Pulk fortbewegen.

Ältere Männer tragen mehrheitlich eine Wölbung vor sich, tauchen mit ihrer hübschen weiblichen Begleitung auf. Die Frau, die gelegentlich die Tochter sein kann, schaut fragend umher: Was könnte ich noch wollen dürfen?

Gestaltete Welten, in die ich immer wieder eintauche, einzeln, anonym, passende und unpassende Gedanken zu dem Geschauten, ohne irgendetwas tun oder lassen zu müssen, eine Ansammlung von individuellem Ganzen, einmalig, allgemein.

Am Essen versündigt, im Geist verhungert, ihr Verhalten zur Gewohnheit erstarrt, im Gefühl behindert, herauskatapultiert ins Abseits, flanieren sie oder drängeln sich in engen Gässchen und auf dem Bürgersteig der Gran via de Colón. Ich schaue.

Im Vordergrund bewegt sich alles, eilt unentdeckt vorbei, mein Kopf dreht sich nach vorne, hinten, folgt mit den Augen, nicht so schnell, wie die Menschen sich entfernen, vorbei, vorbei, dem Vergessen ausgeliefert, der Anonymität überlassen, wie ich. Vorbei, vorbei."

Alma begleitete mit schnellen Handbewegungen ihre letzten Sätze und überreichte mir die Notizen.

„Ich glaube, ich war einsam und deshalb so ungnädig.

Reisen musste ich lernen, mit eigenen falschen Vorstellungen und Erwartungen umgehen lernen. Ich bewegte mich in einer Welt, in der

Andere über mich bestimmten. Ihre Sitten und Gebräuche, die mir fremd waren, lernte ich zu respektieren und mit ihnen zu leben. Ich konnte mich nur anpassen, aber das gelang nicht wirklich.

Die Armut in Costa Rica, zum Beispiel, konnte ich kaum ertragen. Ich startete eine Aktion zum Bau einer Hütte für einen alten bettlägerigen Mann und seine kranke Tochter und duldete keinen Aufschub, gab der verantwortlichen Frau im Dorf Geld. In wenigen Wochen stand die neue Hütte.

Was darf ich, was darf ich nicht, besonders als Frau in Marokko. Ich war es nicht gewohnt angestarrt zu werden, Annäherungen, die ich nicht wollte abzuwehren und die Verachtung der Männer zu ertragen, wenn ich mich alleine durch ihr Land bewegte.

Was mir gut tat, war, mit Hilfe des Fremden, das mich überall umgab, zum Beispiel in Namibia, den Tod einer geliebten Cousine eine Weile zu vergessen.

Aber jetzt bin ich angekommen, bei mir und hier in diesem Dorf, kann mich ausruhen, dir erzählen, mich an meinem Garten freuen, die Katzen der Nachbarn versorgen und streicheln und einfach nur da sein.

Ich bin noch voller Neugier auf das letzte große Abenteuer, die letzte Reise mit unbekanntem Ziel."

Dann schwieg sie.

Sie kramte in ihrem Bücherregal und wuchtete zwei schwere große Bände auf den Tisch.

„Diese beiden besonderen Werke von Marja Gimbutas, der berühmten Archäologin, möchte ich dir schenken:

Die Sprache der Göttin und Die Zivilisation der Göttin.

Ich bin mit Gimbutas morgens am Frühstückstisch gereist, habe sie lange studiert und mich daran erfreut. Ich hatte durch die Lektüre zum ersten Mal das Gefühl, in der Geschichte als selbständige Frau vorzukommen und nicht nur, seit uralten Zeiten das Anhängsel eines Mannes zu sein. Vielleicht kannst du das nacherleben.

Die Geschichte meiner Familie mütterlicherseits, deren Name zum ersten Mal 1298 erwähnt wurde und über die es viele Dokumente gab, wollte geschrieben werden. Fünf Jahre arbeitete ich daran. Ich weiß nicht, was ich da aufarbeiten wollte. Oder wollte ich etwas aus der Vergangenheit abschließen?"

Sie zeigte mir ein schön eingebundenes Buch, auf dem ihr Name stand:

GRENZWEGE. *Eine Familiengeschichte seit 1298.*

„Sechzehn Bände davon habe ich in der mütterlichen Herkunfts-Familie verteilt und alle haben sich gefreut, konnten ihre Gen-Sippe kennenlernen.

Auch ein Theaterstück von mir über meine Reise nach Spanien und über die Welt in Costa Rica kam auf die Bühne in Süddeutschland, ich spielte meine Rolle gut.

Literaturabende mit musikalischer Begleitung, Lyrik und Jazz und vieles mehr veranstaltete ich, es war ein Vergnügen.

Ich glaube, ich hatte nach dem Tod von Simon angefangen, die bedrohlich aufkommende Leere mit neu entdeckten Interessen zu füllen."

Sie reichte mir ohne Kommentar einen Band mit Gedichten, der den ganzen Abend schon auf ihrem kleinen Tisch lag: *Linien einer Zeit.* Ein weiterer Gedichtband wurde aus dem Regal geholt und mir überreicht. *Geschenkte Zeit. Elegien und Gedichte.*

Auf beiden Büchern stand ihr Name.

„Gedichte schreiben war viele Jahre mein Vergnügen und eine literarische Möglichkeit eigene und gesellschaftliche Themen in Worte zu setzen. Du kannst die beiden Bände mitnehmen, wenn du magst."

Alma stand etwas mühsam auf. „Gute Nacht liebe Freundin,"

„gute Nacht Alma."

Ich bedankte mich nochmal für die Bücher und sie schob mich sachte zur Tür hinaus.

„Geh, geh und komm wieder", sagte sie leise und schloss die Tür hinter mir.

Tagebuch

Gedanken an die junge Frau. Wie schön sie ist, wie viel Lebenshoffnung, Erwartung sie in sich trägt. Neugierig ist sie, gute Augen und Ohren hat sie, sie liebt und zweifelt. Sie lacht, ist klug und sucht das Neue, das Ungewöhnliche. Ich bin dankbar ihr begegnet zu sein.

Aufgrund meines Alters finde ich mich langsam damit ab, Alma zu sein:

> *ich bin die, die sich von den seelischen Nöten des Kindes im Krieg geheilt hat,*
>
> *die, die Lieblosigkeit und Schrecken im Elternhaus überlebt hat,*
>
> *die, die sich aus der orientierungslosen Jugendzeit gerettet hat,*
>
> *die, die sich von der erzwungenen Anpassung an die patriarchisch dominierte Gesellschaft losgesagt hat,*
>
> *die, die sich von dem, von Leid und Elend durchdrungenen Beruf, verabschiedet hat,*
>
> *die, die sich jetzt nach mehr als 90 Jahren mit Freude und mit leiser Melancholie bis zum Tod begleitet.*

Leben ist so flüchtig wie ein Fluss und die Zeit und die Wolken im Wind.

Alma wurde krank. Zumindest glaubte ich das.

Ich besuchte sie oft. Es gefiel ihr nicht. Sie wollte nicht, dass jemand sich um sie kümmert, ihre Bedürftigkeit sieht.

„Meine Zukunft ist nicht mehr üppig. Ich werde alt oder bin ich es schon?"

So empfing sie mich in ihrer gedrängten Sprache wenige Tage vor ihrem selbstbestimmten Tod, den ich nicht ahnen wollte, in der sich für mich ihre Worte erst im Nachhinein entfalteten. Hoch aufgestützt saß sie in ihrem Bett. Auf dem kleinen Nachttisch lag eines ihrer vielen Tagebücher aufgeschlagen, daneben ein leeres Glas. Das Fenster zum Garten war weit geöffnet, und man konnte die Vögel den Tag verabschieden hören.

„Kann ich dir etwas bringen, einen frischen Tee?"

„Nein, nein, setz dich."

Sie deutete auf den Stuhl neben dem Bett.

Wir schwiegen eine Weile.

„Weißt du, das Alter hat von allem zu viel angesammelt: Erinnerungen, Vorstellungen, Gewissheiten, Überzeugungen, Wissen, Meinungen und, und.

Es ist sicher gut, wenn all dies in Bewegung bleibt, nicht festgezurrt und dem Verkalken zum Opfer fällt. Aber für alles gibt es ein Ende, oder?"

Ein melancholischer Hauch durchzog ihre leisen Worte.

Ihr Blick verlor sich im Raum.

Sie stieg langsam aus dem Bett, zog sich den Morgenmantel über.

„Komm, wir setzen uns in die Küche. Finde eine Flasche Rotwein im Keller."

„Auf die Zukunft, die gewesen", sagte sie lachend, hob ihr Glas und nahm einen großen Schluck.

Dann in leicht spöttischem Ton:

„Was für eine Erleichterung, dem Leben mit seinen passenden und unpassenden Angeboten nicht mehr hinterher hasten zu müssen.

Man weiß, wann man seine Zeit erreicht hat und am Ende angekommen ist.

Es ist vielleicht wenig spannend für dich als junge Frau, deren Zukunft vor der Tür wartet, der Alten zu begegnen, deren Leben mit der matt glänzenden Sonne am Horizont verlöscht. Ein romantischer Vergleich", lachte sie

Ich sah für einen Augenblick den eingefallenen Ausdruck in ihrem Gesicht.

Zum ersten Mal hatte ich Angst um sie.

„Das Altwerden, oder besser, das Altsein hat seine eigene Geschichte."

„Warum ist die Selbstmordrate unter alten Menschen so hoch", fragte ich schnell und es tat mir sofort leid.

Alma zögerte einen Moment, blinzelte.

„Alt werden heißt Abschied nehmen, jeden Tag, jede Nacht, die Gewohnheiten bekommen zu viel Bedeutung, die Erinnerungen drängen sich in den Vordergrund, die Vergangenheit hat Vorrang vor der hastig sich zurückziehenden Zukunft. Das ist für manche Menschen schwer zu ertragen."

Sie füllte erneut ihr Glas, schaute an mir vorbei in eine gegenwärtige Vergangenheit.

„Pläne schmieden passiert selten, das Zögern, wenn ich etwas Neues beginnen will, wird stärker. Vorhaben werden möglichst sofort umgesetzt oder ganz fallen gelassen. Die Gesellschaft, das lernte ich, braucht mich nicht, vergisst mich, nutzlos erscheine ich ihr und sie wartet damit nicht, bis ich tot bin. Das bin ich für sie schon lange vorher. Die Ansichten der alten Menschen interessieren niemanden mehr. Das macht müde. Die Müdigkeit, Kraftlosigkeit ist ständiger Begleiter und nur teilweise durch Schlaf zu bekämpfen."

„Machst du einen Unterschied zwischen alt *werden* und alt *sein"*, unterbrach ich sie.

„Ja. Das Alt-Werden ist ein langsamer Prozess, der bei vielen schon früh beginnen kann. Sich dessen bewusst zu werden heißt, die Trauer über die Endlichkeit des Lebens spüren und das Unabwendbare begreifen. Die Gedanken an Vergänglichkeit und Endlichkeit tauchen immer öfter auf. Man beginnt die Welt und alles, was erlebt und erfahren wird, anders zu verstehen, einen tieferen Zusammenhang zu erkennen, Verbindungen zu schaffen, wo die Ereignisse früher oft beziehungslos nebeneinander standen und nur eine Funktion zu erfüllen hatten. Das Werden verläuft unabhängig von meinem Tun."

Alma schien in Gedanken vertieft, zögerte einen Moment, bevor sie weitersprach.

„Alt-Sein ist ein zeitloser Zustand, der sich über mich legt, mit meiner Haut zusammengewachsen ist. Die Zeit läuft auf Uhren weiter, aber ich habe meine Zeit erreicht, bin am Ende angekommen. Gelassenheit bewohnt mein Herz, die eigene Bedeutungslosigkeit schmerzt nicht mehr und das ist angenehm. Ich *muss* nichts mehr, außer essen, trinken, schlafen. Ich darf so sein, wie ich sein kann und jetzt gerade sein möchte. Ich frage niemanden mehr um Erlaubnis. Diese Freiheit, wenn man nicht durch Altersarmut beschämt wird, ist ein Geschenk an das Alter. Großzügigkeit gegenüber Andersdenkenden, gegenüber den eigenen Makeln und Lastern, den Fehlern anderer, wächst. Alles verliert ein wenig an Gewicht; wichtiger wird, wo liegt meine Brille, an wen habe ich das Buch, das ich lesen möchte verliehen.

Wann habe ich wieder einen Termin bei der Fußpflege? Die Schlüssel sind verschwunden und Ähnliches."

Alma lachte.

„Und wenn er oder sie das Glück hat alt zu werden und dann lt zu sein, kann ich ihm oder ihr nur wünschen, dem Tod mit offenen Augen zu begegnen.

Ist es nicht tröstlich, dass jeder Mensch sterben muss?

Wenn wir unser kleines Bewusstsein mit dem universellen Bewusstsein im Tod vereinen, dann ist das Ich, verschwunden, eingegangen in die universelle Einheit, in Raumlosigkeit, Zeitlosigkeit. Ich bin sehr neugierig, ob ich mit meinem Bewusstsein mehr von diesen Geheimnissen verstehe, wenn mein Körper tot ist."

Alma lächelte kaum merklich.

In die Stille hinein fasste ich endlich Mut, das anzusprechen, was in meinem Kopf lange schon herum mäanderte.

„Mein Großvater hat sich umgebracht", sagte ich leise. „Er schluckte zu viele Schlaftabletten. Großvaters immer wieder auftretende und wieder vergehende Depressionen gehörten zu ihm. Medikamente, die ihm hätten helfen können, verweigerte er. Seine Frau konnte ihn nicht retten, fühlte sich schuldig. Der Selbstmord ihres Mannes fiel über sie wie ein Netz, in dem sie gefangen lag. Viele Jahre. Ich konnte Großmutter nicht retten. Vor 3 Jahren starb auch sie."

Alma schaute mich mit weit geöffneten Augen angestrengt an. Und ich fragte weiter mit klopfendem Herzen:

„Wie hieß der Mann mit Familiennamen, den du in deiner Geschichte Markus nennst? Die Geschichte dieses Markus ist mir vertraut. Das Bild mit dem alten Citroen und den drei jungen Männern hatte ich schon mal gesehen, aber ich weiß nicht mehr wo. War dieser Markus mein Großvater?" Alma atmete tief ein und hörbar lange aus.

Nach längerem Schweigen begann sie. Ihre Stimme zitterte.

„Ja, es war dein Großvater, den ich Markus nannte. Ich hatte gehofft, deine Großeltern noch anzutreffen, als ich hier her zog. Jemand erzählte mir dann, dass sie tot sind. Aber die Enkelin lebe in meiner Nachbarschaft in deren Haus. Als du deinen Namen zum ersten Mal nanntest, erschrak ich und wusste, dass du die Enkelin bist. Dann bemühte ich mich, dich kennen zu lernen, freute mich über dein Interesse an meinen Geschichten. Aber ich hatte zu große Scheu, auch Scham, dir zu sagen, was mich mit deinen Großeltern aus der Vergangenheit verbindet."

Hinter unserem Schweigen breitete sich Trauer und Schmerz aus.

Alma schaute in eine Vergangenheit, in der ich nicht anwesend war.

Sie schien in ihrem Stuhl tiefer eingesunken, als sie wieder begann.

„Ich war einige Jahre die Geliebte deines Großvaters", sagte sie leise.

„Ich habe ihn verlassen, wie seine Mutter ihn verlassen hatte. Er war danach nicht mehr derselbe. Seine Kindheit wiederholte sich, ohne dass ich etwas daran ändern konnte."

Und nach einer langen Pause: „Er wollte unbedingt mit mir leben, ich glaube, er liebte mich und hätte alles für mich getan, um mich glücklich zu machen.

Aber das Leben und ich, wir wollten es anders."

Wenig später fügte sie leise hinzu:

„Ich weiß nicht, wie viel Schuld ich an seinen depressiven Episoden trage. Ich habe oft darüber nachgedacht. Ich glaube, dass ich seine ganze Verzweiflung damals nicht verstand. Verzeih mir, dass ich nicht früher davon sprach. Ich habe in den Erzählungen über ihn sicher Einzelheiten betont, einiges weggelassen oder hinzugefügt. Erinnerungen sind wie das Vexierbild der Wirklichkeit. Worte sind veränderbar, aber Handlungen sind unwiderruflich."

Und wieder folgte Stille.

„Es tut mir sehr leid, dass er sein Leben zu früh beendete und damit deiner Großmutter, seinem Sohn und dir so viel Leid bereitet hat." Alma sah unendlich traurig aus.

„Ich bin müde", sagte sie leise.

Ihre Stimme klang rauh.

Mein Herz schmerzte und ich wusste nicht, ob ich ihr böse sein oder hier mit ihr weinen sollte.

Alma umarmte mich, hielt mich lange fest und küsste mich auf beide Wangen.

"Verzeih mir." Tränen liefen über ihre Wangen.

Ich konnte meine Tränen nicht zurückdrängen und es war gut so.

„Danke für alles. Geh jetzt, geh."

Es war meine letzte Begegnung mit Alma.

Wenige Tage später überließ sie ihren Körper dem Tod.

Epilog

Sie sagte, sie sei Alma.

Sie lebte die Leben der Frauen, denen sie unterschiedliche Namen gab in ihren Geschichten.

Sie war Dschani das Kind, Janet die Jugendliche, Juana die junge Frau, die die Männerwelt kennenlernte, Hannah die Mütterfrau, Greta die Außer-Haus-Frau.

Sie sagte nicht ICH, wenn sie von diesen Frauen sprach.

Das hatte sie weit von sich gewiesen. Das ICH gibt es nur hier und heute, erklärte sie.

Sie sagte, ich erinnere mich gerne, auch um das Verrinnen der Zeit weniger schmerzhaft zu empfinden.

Sie sagte, es kann sein, dass es sich schon des Alters wegen lohnt zu leben.

Die geringe Wichtigkeit, die sie in all den Jahren von ihrer Person machte, beeindruckte mich. Freiheit und Selbstbestimmtheit über das Leben hinaus war ihr eine Notwendigkeit.

Sie gab mir die Erlaubnis, von mir ausgewählte Texte nach ihrem Tod zu veröffentlichen.

Danke Alma.